繡裡乾坤

4

風文創 1208

夏言 著

風 文創 1208

目錄

第三十一章

喬老太太看著一紅一藍兩件斗篷，看向了紅色的那件，滿臉笑意。這顏色很正，意晚膚色白皙，穿上這件定能驚豔四方。

瞧見孫女來了，老太太笑著把斗篷遞給了喬意晚。

「今日是去承恩侯老夫人的壽宴，莫要穿那麼素的衣裳，換這件。」

喬意晚看了一眼老太太手中的斗篷，說道：「祖母，這件太亮了，孫女身上這件正合適。」

老太太堅持道：「妳年紀輕輕的，穿亮色的才好看，等年紀大了，再穿這種顏色就不合適了。」

喬意晚雖然接了過來，但還是不想穿。今日是秦老夫人的壽辰，她穿這件有些喧賓奪主了。

老太太指了指一旁的藍色斗篷道：「這件也是給妳新作的，一會兒讓妳丫鬟拿回去，等下次宴席的時候穿。」

她眼角瞥到了旁邊那件寶藍色的斗篷，這件雖然顏色同樣亮麗，但沒那麼顯眼。

「祖母，孫女還是穿那件吧。」

老太太立刻就反對道：「那件不行，那件以後穿。」

喬意晚瞧出老太太的堅持，換了個方式問：「祖母，不如孫女穿上您看看？」

老太太猶豫了一下，點了點頭。她已經想好了，不管一會兒孫女穿上看起來怎麼樣，她都要說那件紅色的好看。

不過，在喬意晚穿上寶藍色斗篷的那一瞬，老太太心中的想法還是動搖了，不得不說，這件寶藍色跟孫女的氣質更搭，穿上之後整個人都感覺清冷了幾分、高雅脫俗了幾分。

喬意晚看出老太太眼底的動搖，走過去挽住了老太太的胳膊，笑著說道：「祖母今日穿松花綠，我穿寶藍色，正相配，讓人一眼就知咱們是祖孫。若是孫女穿紅的，在祖母身側就不和諧了呢。」

被喬意晚這麼一說，老太太更加動搖了。

這時，陳氏在一旁說道：「我瞧也是寶藍色的更好看。」

想到老太太的心思，她又補了一句。「年底了，大家都喜歡穿紅色，意晚穿藍色的反倒更容易出彩。」

這話說到了老太太的心坎上，老太太看看那件紅色的斗篷，又看看喬意晚身上的藍色，沒再堅持。

再過幾日就是老太太的壽辰，府中正忙著，又臨近年關，府中得有人，所以陳氏和溫熙然沒有跟著去承恩侯府。

老太太和喬意晚一輛馬車，何氏和喬婉琪一輛馬車。

車廂裡，何氏想到剛剛看到喬意晚換穿斗篷的情形，再看坐在一旁吃點心的女兒，忍不住道：「妳平日沒事就去瑞福堂坐坐。」

喬婉琪道：「知道了。」

何氏嘆氣。「妳怎麼就不明白呢？」

喬婉琪疑惑。「明白什麼？」

何氏道：「討好妳祖母啊！妳看婉瑩從前多會討好妳祖母，妳祖母有什麼好東西都想著她。如今意晚也時時陪在妳祖母身邊，妳祖母更是寵她。」

女兒從小就跟婆母關係不親近，婆母有什麼好事會想到西寧、想到琰寧、想到婉瑩，卻從不會想到女兒。如今婉瑩不在府中了，婆母日日掛在嘴邊的變成了意晚。

喬婉琪反駁道：「婉瑩心機重，大堂姊可沒刻意討好祖母，那是祖母自己喜歡她。」

何氏看著天真的女兒，一時不知該說什麼好。

喬婉琪說：「大堂姊待人真誠，我也喜歡她，母親不是也很喜歡她嗎？難道妳喜歡大堂姊是因為大堂姊討好妳了嗎？」

何氏被女兒反駁得啞口無言，意晚的確沒有巴結她，但意晚對女兒好，又教女兒刺繡，她打心底感激意晚。

她思來想去，再次嘆氣，妥協道：「罷了，我看妳也別去討好妳祖母了，妳多跟意晚學學吧。」

女兒若是能學到意晚身上的一星半點兒優點，也不用費力去討好誰了。

這話喬婉琪愛聽，她笑著答應下來。

馬車很快就到了承恩侯府。

喬意晚本就長得好看，從前穿暗色的衣裳出門就有不少人盯著她看，如今她換了件寶藍色的斗篷，盯著她看的人就更多了，再加上老太太的高調介紹，眾人的焦點一下子落在了喬意晚身上。

「這位就是當初為了一個窮書生拒絕敬臣的姑娘吧，今日一見，果然與眾不同。」

一個陰陽怪氣的聲音響了起來，是承恩侯夫人，也就是當初受秦氏所託，去雲府提親的周氏。

可惜，她算漏了一個人。

老太太向來不是一個冷靜周全的人，極其護短，聞言，想也沒想就懟了回去。「我當是誰呢，原來是當年被老定北侯退親的小丫頭，這麼多年了，妳還沒忘了那件事啊！」

揭短嘛，誰不會？老太太活了這麼多年，知道的各家秘辛並不算少，吵架嘛，自然是哪裡痛戳哪裡，畢竟，誰讓對方先不要臉面的呢？

此話一出，喧鬧的院子頓時變得安靜下來。

承恩侯夫人周氏從世子夫人熬到現在，如今底下兒女雙全，整個承恩侯府內宅幾乎都在她的掌控之中。她是太子的舅母，受人尊敬，就連太子見了她也是客客氣氣的，已經有很多年沒人敢在她面前說這般難聽的話了。

對方不過是個被皇上厭棄的侯府老夫人，他們府可是出過皇后的承恩侯府，今日是他們承恩侯府的喜事，容不得旁人在這裡叫嚣。

周氏臉上掛不住，叫道：「老夫人，您這是何意！」

老太太臉色也冷了下來。「妳什麼意思我就是什麼意思！」

老太太年輕時就是個直性子，說話做事不給人留情面，也不懂得委曲求全，不然當年的孫姨娘也不會占上風。

如今她年紀大了，脾氣就更不好了，說一不二，即便對方比他們永昌侯府更得盛寵，她也沒有在怕的，這事鬧到哪裡都不是她的錯。

周氏臉上的神色算不得好看，她瞥了喬意晚一眼，道：「我不過是告訴大家一個事實！」

老太太立即回道：「我又有哪句話是虛的？妳當年難道沒被老定北侯退親嗎？」

喬意晚眉頭緊鎖。今日的事源頭在她，她正欲上前回話，被老太太抬手擋了回去。

她是長輩，她怎麼說周氏都行，甚至罵她兩句都沒關係，意晚是晚輩，不管她說什麼都是錯。

見祖母朝自己搖頭，喬意晚只好不動聲色。

周氏快要氣炸了，這老太太竟然敢提從前的事情，不就是仗著孫女要嫁給敬臣了嗎？這事她婆母可沒答應，兩家也尚未正式訂親，未必就能成！

「妳——」

周氏一句話都沒說完就被老太太懟了回去。「妳一個小輩敢在長輩面前這般沒大沒小，妳婆母、妳娘是如何教妳的！沒規矩！」

眼見著這二人就要大吵起來，旁人嚇得大氣都不敢出。

這兩家都不好得罪啊！一個是已故皇后的娘家、太子的外家，如今正得盛寵；一個雖然沒那麼得盛寵了，可也是文官清流，門生舊故遍布青龍國，再者，聽聞定北侯就要跟永昌侯府的女兒訂親了，這背景雄厚啊！

院子裡的人都不敢說話，屋內也靜了下來，秦老夫人臉色極為難看，她揚聲道：「永昌侯老夫人既然來了，怎麼還不進來？」

這話打破了院內外的沈寂。

老太太瞥了周氏一眼，道：「今日是妳婆母的好日子，我就先不跟妳一個晚輩計較了，下次若是再讓我聽到妳說這樣的話，別怪我不客氣，即便是鬧到太后娘娘那裡，我也是占了理的！」

說完，老太太昂首進去了，喬意晚緊隨其後，進了正廳。

一進去，老太太立即換上了笑臉。

「喲，好久不見，老姊姊風采依舊啊，還是這麼有精神，還是這麼中氣十足。」

這是在說剛剛秦老夫人打斷她和周氏的談話。

秦老夫人笑著說道：「妳也一樣，說話做事還是那麼爽利，直來直往。」

這是在暗諷老太太什麼話都往外說，兩人各自話中有話。

喬老太太道：「妳也知道的，我一向這樣，學不會那些虛與委蛇的把戲，旁人說我什麼，我就回敬什麼。」

這是在暗示是周氏先惹她的。

秦老夫人心中暗怪兒媳不懂事，當著這老太太的面就說她孫女，京城裡誰不知道這范氏脾氣不好，惹誰也別惹她。

既然不好跟范氏說，秦老夫人看向站在她身後的小姑娘。

在看清楚喬意晚的樣貌時，秦老夫人心中暗自一驚。這小姑娘長得可真好看啊，尤其是周身的氣度，清麗脫俗，怪不得敬臣癡迷於她，一心只想求娶她。

不過，此事還不算成。

「這是誰啊，怎麼這麼久了也沒人給我介紹？」

這又在暗諷喬意晚不懂規矩，沒主動給長輩請安，秦老夫人自然不高興了。

喬意晚上前一步，朝著秦老夫人福了福身，笑著說道：「本來一進門我就想上前跟您請安的，只是您跟祖母許久不見，見了面便寒暄起來，意晚作為晚輩，不好打擾您敘舊，便沒有上前。」

秦老夫人笑了笑，對眾人說道：「這小姑娘伶牙俐齒的，跟她祖母似的。」

喬意晚面上神色絲毫沒變，語氣溫和地說道：「能像祖母是意晚的福氣，意晚也想像祖母一樣做個性子爽利之人。這樣的話，受到旁人言語欺辱時就不必忍氣吞聲，可以大膽地還擊回去，可惜意晚尚未學到祖母的兩成，膽子又小，旁人說了難聽的話也只能默默受著，以後可要跟祖母好好學一學。」

喬意晚向來與人為善，不願道人是非。若秦老夫人只說她一人，她便受著了，只是，先是承恩侯夫人，又是老夫人，一個一個都過來跟祖母吵，讓人心中很不愉快。

而且，秦老夫人前世就不喜歡她，人永遠無法讓一個本就心存偏見的人喜歡自己，她也就豁出去了。

秦老夫人臉上的笑漸漸落了下去，看向喬意晚的眼神有幾分涼意。

這小姑娘看似很柔弱，沒想到說起話來這般厲害，好像什麼都沒說，又像是什麼都說了，還讓人抓不住任何的把柄。

和秦老夫人不同的是，喬老太太臉上的笑意逐漸加深，她拍了拍喬意晚的手，笑著說道：「沒事，祖母以後慢慢教妳。」

喬意晚道：「勞祖母費心了。」

這時，門外又來了其他府上的人，秦老夫人沒再多說什麼。

喬老太太落坐後，看了看周圍的人，對喬意晚道：「妳去找婉琪她們玩吧，不用在這裡陪我。」

喬意晚看了一眼秦老夫人的方向，神情流露出一絲遲疑。

喬老太太笑了笑，低聲道：「不必擔心我，他們能拿我怎樣？敬臣今日應當也來了吧？去找他吧！」

聽見祖母提到顧敬臣，喬意晚臉色微紅，想到剛剛祖母的表現，想了想，離開了。

出了門，喬意晚環顧四周，幾乎沒有看到跟自己相熟的人，喬婉琪也不見了蹤影。

何氏剛剛和女兒下車後就看到了自己娘家人，沒有跟著老太太一起去正廳。

雖然沒有找到喬婉琪，喬意晚也不願再去正廳，於是在承恩侯府中轉了轉，打算尋一處安靜的地方待一會兒。

她正往一旁的暖房走去，路上便聽到了兩個丫鬟的談話。

「姊姊，水榭那邊的男子是定北侯吧？」

「是啊，那位就是定北侯，妳今兒運氣好，見著了他，他平日裡都在軍營練兵。」

「那和他在一處的可是那位與他議親的永昌侯府嫡長女？」

「噓！那位姑娘並不是侯府的嫡長女，好像是聶將軍的女兒。」

「啊？將軍的女兒？定北侯不是和永昌侯府嫡長女在議親嗎？怎麼跟將軍的女兒又扯上關係了？」

「定北侯只是議親，又還未正式訂親，也沒有成親，真訂了親也可以退親的，這些事可是說不準的。」

那小丫頭還想再問，另一個丫頭催促她快走，兩個人的聲音便在耳邊消失了。

紫葉看了一眼自家姑娘的神色，小心翼翼地問道：「姑娘，咱們去哪兒？」

喬意晚回過神來，至於去哪裡，她在猶豫。

紫葉道：「那兩個小丫頭定是胡說的，侯爺對您那般好，不會跟別的女子親近。」

喬意晚輕輕應了一聲。「嗯。」

顧敬臣的確不會跟別的女子親近，這一點她前世就知道了，如果顧敬臣真的對聶姑娘有意，他早就把她娶回家了，不會向自己提親。

而聶姑娘愛慕顧敬臣，這一點她也知道。

前世她嫁給顧敬臣後，聶姑娘也時常來侯府，偶爾也會去前院跟顧敬臣見面，他們說了什麼、做了什麼，她從來不曾過問。

她應該相信顧敬臣的，可不知為何，剛剛聽到那兩個丫頭的談話，令她內心不再像從前那般平靜。

「去水榭看看吧。」喬意晚道。

紫葉抿了抿唇，跟著自家姑娘前往水榭。

走過小花園，再穿過迴廊，走到月亮門那裡，就能看到水榭那邊的情形，喬意晚會讀唇語，只要能夠看到他們，她就能辨清他們說些什麼。

然而，就在距離月亮門數尺的地方，喬意晚停下腳步。她找了塊乾淨的地方坐下去，冷風一吹來，她的腦子稍微清醒了。

就算過去又能怎樣呢？想到他們二人可能舉止親暱的畫面，她內心便覺得難受不已。而如果他們二人沒什麼，自己這麼急急趕過去，豈不是顯得自己多疑又不相信顧敬臣？

有些事情倒不如不知道、不過問。

喬意晚就這般坐在迴廊上，既不靠近，也不離開。

不一會兒，小花園那邊走過來一個有幾分熟悉的人，承恩侯長女秦錦兒。

秦錦兒看到喬意晚，眼中流露出一絲意外。「喬姑娘怎麼在這裡坐著，不去屋裡暖和暖和？」

喬意晚道：「屋裡有些悶熱，我出來透透氣。」

秦錦兒了然。「哦，原來是這樣呀。前面有個水榭，如今雖然用簾子隔起來了，四面也還有風，對面能看到湖中的景色，倒是適合透透氣，不如我讓人帶妳去那邊坐坐？」

聞言，喬意晚明白了。

若是一般的主家，冬日絕不會建議客人去水榭，她剛剛便覺得那兩個小丫鬟出現得有些刻意，像是故意說給她聽似的，剛剛她沒去水榭，也有這麼一層顧慮，萬一是別人設的陷阱呢？

此刻聽到秦錦兒的說法，便知自己並未多想，這的確是個陷阱，但又並非她想像中的陷阱，故意讓丫鬟引誘她去水榭，想來顧敬臣和聶姑娘此刻定是在水榭中。

喬意晚站起身。「不了，我已經休息夠了，正準備離開。」

見喬意晚真的抬步要走，秦錦兒頓時有些慌了，開口說道：「我剛剛瞧見敬臣表哥好像去那邊了，喬姑娘不過去看看嗎？」

這刻意的話更加證實了喬意晚的猜測。原來這位秦姑娘也對顧敬臣有意思，怪不得前世秦老夫人和周氏對自己不善。不過，前世這位秦姑娘很快就嫁了人，也極少來侯府，平日見面時秦姑娘也對她很客氣，基於這些，她當時並沒有察覺到這一點。

喬意晚道：「沒關係，我二人正在議親，不便相見。」

說完，她抬步離開。

看著她離開的背影，秦錦兒握緊了手中的帕子，一旁的丫鬟小聲問了一句。「大姑娘，喬姑娘走了，咱們怎麼辦？」

秦錦兒抿了抿唇，看向水榭的方向，眼神中透露出一絲堅定，轉頭又看向喬意晚離開的方向，低聲道：「去告訴陳大人。」

丫鬟道：「是。」

秦錦兒斂了斂臉上的神色，朝著水榭的方向走去。

若他們二人情比金堅，她便就此罷手，若這二人的感情不牢固，那就怪不得她了。

此刻顧敬臣和聶扶搖還在水榭中。

說完聶將軍的事情，顧敬臣隨口問道：「對了，妳剛剛說妳想起關於我母親病情的事，究竟是何事？」

聶扶搖笑著說道：「我本來覺得侯府中有個丫鬟有些可疑，剛才細細想了想，又覺得是我多心了。」

顧敬臣本也沒覺得能從她這裡問出什麼，如今聽到這樣的答覆，多少猜到對方怕是以此為藉口想要留他。

他皺了皺眉，道：「既無事，顧某就先離開了。」

時辰不早了，永昌侯府的女眷差不多該到了，意晚應該也來了吧，她答應他要來的。

聶扶搖道：「等一下——」

顧敬臣站定腳步，看向聶扶搖，這時，秦錦兒過來了。

「咦？竟然真的是表哥和聶姑娘。」

顧敬臣看向出現在眼前的秦錦兒，秦錦兒笑著說道：「剛剛我瞧見永昌侯府的喬姑娘盯著這邊看了許久，一臉不悅，我還在想她究竟看到什麼，怎麼是那般表情，原來是……」

後面的話她沒來得及說完，顧敬臣臉色大變，看向月亮門那邊，那裡已經空無一人，急問道：「她往哪裡去了？」

秦錦兒道：「喬姑娘好像往那邊竹林方向去了。」

「是嗎？我去找她。」

說著顧敬臣就要離開，聶扶搖在身後揚聲說道：「敬臣哥，我跟你一同去跟喬姑娘解釋清楚。」

顧敬臣沒理她，逕自朝著竹林那邊走去，聶扶搖趕忙跟上。

秦錦兒看著二人離去的背影，臉上的笑意消失了。

表哥就那麼喜歡喬姑娘嗎？她究竟有什麼好的，值得表哥這般喜歡？去歲在永昌侯府的壽宴上，表哥就不顧危險捨身相救，如今聽到喬姑娘的消息，又是這般緊張。

秦錦兒沈著臉，慢慢抬步朝著竹林走去。

喬意晚看著出現在面前的陳伯鑒，眼中流露出一絲驚喜，說起來她已經很久沒見到表哥了。

陳伯鑒入職翰林院已有半年多，極得盛寵，雖然在官場浸潤幾個月，但仍舊是一身書卷氣。

喬意晚朝著陳伯鑒福了福身。「表哥。」

陳伯鑒上上下下打量著喬意晚，見到她無事，終於鬆了一口氣。

他沒有提剛剛從婢女口中聽說她受傷的事情，轉而問道：「好久不見，妳最近過得可還好？」

喬意晚笑著說道：「託表哥的福，一切都好。」

看著喬意晚臉上和以往不同的輕鬆表情，陳伯鑒也笑了。

「過得好就好。」

至於她跟定北侯議親的事情，他不想多問了，早就已經知道結局了，何必問來問去徒增煩惱和傷心。

「定北侯人品極佳，堪為良配。」

聽到陳伯鑒提及顧敬臣，喬意晚也笑了笑。

「嗯，表哥這麼好，將來也定會遇到適合你的姑娘。」

會嗎？應該沒有了，像喬意晚這樣的姑娘，一輩子遇到一次已經是他的幸運，只可惜他們緣淺，沒能走到一起。

「咳咳。」喬意晚突然忍不住咳嗽了兩聲，許是剛剛在迴廊那裡吹了風。

陳伯鑒微微皺眉。「這裡風大，去暖閣吧。」

喬意晚道：「好。」

兩人抬步朝著暖閣方向走去。

喬意晚問道：「外祖父和外祖母身體可還好？」

陳伯鑒道：「祖父身子依舊硬朗，祖母前幾日吹了風，身子有些不適，今日便沒有來。」

喬意晚道：「怎麼沒去侯府說一聲？」

陳伯鑒笑著解釋。「祖母怕姑母擔心才沒說的，如今祖母身子已好了，我才敢跟妳說。」

喬意晚又道：「當真好了？」

陳伯鑒道：「好了。」

喬意晚琢磨了一下，猜想外祖母的身子定然是好了的，不然表哥不會告訴自己。

陳伯鑒笑道：「府中一切都好，表妹不必擔心。」

喬意晚點頭。「嗯。」

兩人正說著話，喬婉琪和一男子的身影出現在轉角處。

看到陳伯鑒，喬婉琪眼睛一亮，站在她身側的男子看見她臉上的神情，心中頓時有些不是滋味，但嘴上還是說道：「我不就說了嗎，我能帶喬姑娘找到伯鑒兄。」

喬婉琪看也不看身側的言鶴，敷衍道：「嗯嗯，你說得對。」

言鶴看到站在陳伯鑒身邊的喬意晚，眼眸微動，說道：「不過，我瞧著伯鑒兄似是對他身側的姑娘有意，喬姑娘的芳心怕是要錯付了。」

喬婉琪臉上的笑頓時消失了，怒視言鶴。

言鶴有些心虛，支支吾吾道：「我……我又沒說錯什麼，妳應該討厭那位姑娘才對，這般看著我做甚？」

喬婉琪斥道：「你莫要胡說八道！那是我大堂姊，大堂姊和陳家表哥是表兄妹的關係，他們二人關係好也是應該的，我大堂姊已經許給定北侯了，陳家表哥對她只有兄妹情，你可別毀了我大堂姊的名聲。」

言鶴皺眉道：「言某沒那個意思。」

他說那番話只是想讓喬婉琪死心，無奈這小丫頭壓根兒不往他說的方向想。

喬婉琪沒好氣地道：「你最好沒有！」

說著，她快步朝著喬意晚和陳伯鑒走去。

「大堂姊、伯鑒表哥。」

喬婉琪看向陳伯鑒的神情帶了一絲羞澀。

喬意晚先看了喬婉琪一眼，又看向跟在她身後的言鶴。

言鶴道：「伯鑒兄、喬姑娘。」

陳伯鑒道：「子青、婉琪妹妹。」

喬意晚拉住喬婉琪的手往旁邊移了移，這樣，她們就站在一起，也就站在了言鶴的對面。

「言公子怎麼跟二妹妹遇到一起的？」

喬意晚的眼神裡有幾分探究，上次這位言公子見到婉琪時便有些不對勁，看上去對婉琪甚是感興趣。

言鶴在回答這個問題之前先看了喬婉琪一眼，喬婉琪眼珠子動了動，立刻道：「偶遇，大堂姊，我跟他是偶遇！」

說完，不忘給言鶴使了個眼色，暗示他可千萬別說出她是特意來找陳家表哥的。好在言鶴接收到她的目光，聽話地道：「對，偶遇。」

喬意晚看看喬婉琪，又看看言鶴，越發覺得這二人之間藏著什麼秘密，不過，婉琪既然不願當眾說出來，她也不會再多問，等私下再好好問問她。

陳伯鑒並未多想，笑著說道：「沒想到最近竟然能時常在京城見到你，你從前不是最討厭來京城的嗎？怎麼，如今想通了，咱們的言公子也開始食人間煙火了？」

言鶴快速瞥了喬婉琪一眼，說道：「祖母身子不太好，父親太忙了，我便代其回來侍疾。」

陳伯鑒正了正神色，問道：「國公夫人病了？可嚴重？」

言鶴道：「不嚴重，已經大好了，只是因思念我父親心中不暢快，我便受父親所託，在京城多住些時日。」

言鶴的父親是青龍書院的山長，言鶴隨父親住在山上，甚少回京。但其實，言山長是文國公的長子，只因不喜朝廷中紛雜的爾虞我詐，故而放棄世子之位，去了山中隱居，平常無事就教教學生，過著閒雲野鶴的生活。

因言山長極具才華，比文國公更勝一籌，文國公自然不願放棄這個兒子，儘管這些年府中其他人已為了世子之位爭得頭破血流，他也沒有另立世子。

文國公夫人只得這一個兒子，剩下的全都是庶子，她又豈會甘心把經營了這麼多年的國公府給那些庶子們？

可惜，這麼多年過去了，言山長依舊不改初衷，不願回京，不管國公夫人如何哭鬧，甚至以死相逼，他都不曾動搖過半分。

陳伯鑒頓時明白過來，拍了拍言鶴的肩膀道：「子青兄辛苦了。」

言鶴道：「還好，也算不得辛苦，京城跟我想的不太一樣，也並非如父親口中的龍潭虎穴，挺有意思的。」

陳伯鑒笑著說道：「你能這麼想那實在是太好了，你可要多住些時日，咱們幾個好好聚一聚。」

言鶴點頭道：「好啊。」

喬意晚看向喬婉琪，發現喬婉琪的目光一直看著表哥，而那位言公子的目光卻時不時落在喬婉琪身上。

這時，身後突然傳來了說話聲和腳步聲。

「這片竹林好大啊，夏天來一定非常涼快。」

秦湘兒道：「那當然了，我祖父讓人種的，等夏日大家一起來玩啊。」

等那一群人接近了，馬上就又看到了喬意晚等人，雙方人馬乍看到彼此都愣了一下。

「陳大人、喬姑娘？」雙方還來不及見禮，沒想到月珠縣主先開口了。「我聽說喬姑娘已經跟定北侯訂了親，怎麼還跟外男在一處？」

月珠縣主本就對顧敬臣有意思，只因其高不可攀才沒敢行動，後來她看上了冉玠，便日日追在冉玠身後，只可惜這麼多年過去了，冉玠從來沒正眼瞧過她。

然而，這兩個男人都鍾情於喬意晚，這如何能讓她不恨？所以每每看到喬意晚，她都心緒難平。

本來大家並未多想，畢竟喬意晚並非單獨和陳伯鑒在一處，而是有四個人在談話，經月珠縣主一說，事情立刻變了調，眾人私下悄悄議論起來。

喬婉琪立即就站出來反駁。「你們胡說什麼呢？大堂姊和伯鑒表哥是表兄妹，見了面打聲招呼都不行嗎？難道你們跟自己的表哥從不見面、從不說話的嗎？」

這話一出，議論聲少了一些，但月珠縣主又道：「旁人便就罷了，可陳大人不同，陳大人以前就喜歡跟喬姑娘在一處，還為喬姑娘揭露了身世，不會是喜歡喬姑娘吧？可喬姑娘已經跟定北侯議親了，這樣做難免引人非議吧？」

陳伯鑒皺了皺眉，道：「我今日跟表妹的確是偶遇，並非如縣主所說的這樣，還望縣主明是非，莫要憑空捏造事實。」

月珠縣主每次都要刻意說上兩句，喬意晚著實不願跟這樣的人多費口舌。她看也不看月珠縣主，對身側的人道：「表哥、二妹妹、言公子，此處過於喧鬧，咱們另尋一處僻靜的地方吧。」

陳伯鑒見喬意晚面色平靜，也不欲再多言。「好。」

見這四人旁若無人正欲離開，眾人都很驚訝，不過也沒有再追問下去的道理，因此大家不再多言，準備繼續看竹林的風景。

然而就在這時，月珠縣主眼角瞥到顧敬臣的身影，頓時來了精神。

「喬姑娘，妳在這裡和外男私會，對得起定北侯嗎？」

私會？這個詞用得過分了。喬意晚臉色沈了下來，站定腳步，回頭望去。

秦湘兒也看到定北侯走來了，身後跟著秦錦兒和聶扶搖，立刻跟著大聲說道：「表哥，你快過來，喬意晚跟別的男子在一處呢。」

她早就知道長姊心繫表哥，故意這樣說。

喬意晚等人紛紛回頭望去，喬婉琪看著顧敬臣身後跟來的聶扶搖和秦錦兒，頓生不悅。她轉頭開罵。「你們眼睛都瞎了嗎？我可是一直跟在大堂姊身邊，我大堂姊並沒有單獨跟外男待在一處，定北侯才是單獨私會女子的人！這位聶姑娘和秦姑娘也是，明知道定北侯同我大堂姊在議親了，還巴巴地跟在定北侯身側，要說不知檢點，定北侯排第一，這兩位姑娘當並列第二！妳們怎麼不去指責他們？」

這還沒正式訂親呢，定北侯就跟旁的姑娘私會，他把大堂姊放在哪裡了？

定北侯不知檢點……這話也就喬婉琪敢說了，換個人在看到顧敬臣的冷臉時都說不出來這樣的話。

周遭氣氛頓時一滯，秦湘兒率先反應過來，斥道：「妳怎麼能這麼說我表哥和長姊，這件事分明就是妳們不對，如今被我們發現了就開始狡辯了。」

喬婉琪瞥了秦湘兒一眼。「誰狡辯了？妳才是真的狡辯！先咬人的是妳們，死不承認的還是妳們，話都被妳們說全了。」

秦湘兒氣不過，看向顧敬臣，委屈巴巴地說道：「表哥，你看看她，她罵你，還欺負我和大姊。」

顧敬臣此刻站在竹林前，身側是京城中的諸多貴女；喬意晚站在迴廊，身側是陳伯鑒、言鶴和喬婉琪。

兩個人像是互相對立的兩方，顧敬臣很不喜歡這種感覺，他看也不看秦湘兒一眼，沈著臉，抬步走向喬意晚。

秦錦兒愣住了，只能眼睜睜看著顧敬臣的背影，瞧著他一步一步堅定地走向喬意晚，每一步都在遠離自己……

顧敬臣來到喬意晚身側，沈聲道：「抱歉，此事是我不對，妳原諒我吧！」

眾人聽著顧敬臣卑微的語氣，眼珠子都快要掉在地上了。

顧敬臣脾氣一向不好，又不近女色，哪有人見過他這般伏低做小的模樣？他可是高高在上，在朝堂上據理力爭，在戰場上殺伐決斷的定北侯啊！

秦錦兒眼神黯淡下來，明白自己該清醒了。

喬意晚得知顧敬臣和別的女子在一處時並未上前質問，而是冷靜地旁觀。而顧敬臣在看到喬意晚和別的男子在一處時，也沒有懷疑她，而是堅定地走到她身邊。

這兩人對彼此很信任，這樣的感情不是輕易可以被破壞的。

喬意晚既沒有當眾攤開自己情感問題的習慣，也沒有四處炫耀顧敬臣對自己的情意的習慣，她覺得，這是她跟顧敬臣的私事，應該兩個人私下解決。

「沒什麼原諒不原諒的，此事一會兒再說吧。」

顧敬臣道：「好。」

顧敬臣都這麼說了，哪還有人敢再說什麼，貴女們瞧著顧敬臣對喬意晚的態度，心中羨慕得不得了，只有月珠縣主和秦湘兒心中那口氣順不過來。

秦湘兒忍不住道：「表哥，她有什麼好的，不就是長得好看嗎？她都訂過好幾次親了，還常常與外男拉拉扯扯，我姊姊——」

顧敬臣尚未開口，秦錦兒先斥責了妹妹。「湘兒，閉嘴。」

秦湘兒仍執著道：「姊……」

秦錦兒瞥了妹妹一眼，用眼神警告她不要再說，秦湘兒頓時不敢再多言。

秦錦兒道：「表哥，今日的事都是誤會。」

顧敬臣轉身看向秦錦兒，嚴厲地道：「錦兒，我對妳很失望。」

表哥知道今日的事情是自己安排的了？秦錦兒臉色驀地一變，不敢再說話。

最後顧敬臣領著喬意晚一行人離開了。

到了僻靜處，言鶴道：「伯鑒兒，我最近畫了一幅畫，不如你隨我一同去欣賞一下？」

陳伯鑒明白言鶴這是藉故要離開，他看了一眼喬意晚和顧敬臣，答應了。

「好，正好許久不曾見過子青的大作了，帶我去看看。」

言鶴又看向喬婉琪道：「喬姑娘不如隨我和伯鑒兒同去？」

聽到陳伯鑒也去，喬婉琪立刻就心動了，她看看顧敬臣又看看喬意晚，最終目光落在了顧敬臣身上。「侯爺，你可別欺負我姊姊。」

顧敬臣道：「好，顧某記住了。」

交代好，喬婉琪這才放心地離開。

見三人已離開，顧敬臣牽起喬意晚的手朝著一旁的暖閣走去。

這裡是他外祖家，故而他對這裡熟悉得很，一路上一個人也不曾遇到，兩人順利來到了暖閣。

等到了暖閣，喬意晚動了動手，顧敬臣終於不捨地放開她。

他心裡難受極了，張了張口，沈聲道：「對不起。」

喬意晚看著顧敬臣的眼睛，疑惑地問道：「你為何要跟我說對不起？」

難道他剛剛跟聶扶搖發生了什麼事情？可這完全不可能。

顧敬臣說：「我後悔了。」

喬意晚秀眉微蹙。「後悔什麼？」

顧敬臣又說：「後悔為了能見到妳讓妳來承恩侯府，若妳不來這裡，也不必受這些委屈。」

原來是這事，喬意晚抿了抿唇，道：「我自願來的，你不必內疚，況且我也沒有受委屈。」

見她依舊如往常一般善解人意，顧敬臣心中更加心疼。

「妳剛剛去水榭那邊了？」

喬意晚一頓，隨後點了點頭，應了一聲。「嗯。」

顧敬臣問：「為何不來找我？」

喬意晚垂眸，沒有說話。

顧敬臣道：「我父親生前和聶將軍是好友，如今聶將軍被皇上降職，日子不好過，聶姑娘以此為由約我見面，所以我見了她，而且幾個月前我母親生病，病得蹊蹺，當時聶姑娘曾去過侯府，她說想起一些線索，我便多問了幾句。」

喬意晚應道：「哦。」

顧敬臣強調道：「除此之外，我和她沒有多說半個字。」

喬意晚應了一聲。「嗯。」

顧敬臣補充道：「錦兒表妹是之後過來的，我和她更是沒有多說什麼。」

喬意晚還是應了一聲。「哦。」

顧敬臣一一解釋了今日的事情，喬意晚垂著頭，只簡單應一聲，顧敬臣一時無法判斷她的想法，心裡也就更加沒底。

「晚兒，妳抬頭看看我好不好？」

顧敬臣的語氣出奇的溫柔，甚至語氣中帶了一絲不易察覺的討好。

喬意晚抬頭看向顧敬臣。

顧敬臣低語道：「晚兒，我說的都是實話，妳信我好不好？」

喬意晚認真地說道：「我一直都相信你，從未懷疑過你。」

顧敬臣心裡一鬆，但還是多問了一句。「那妳剛剛為何不來找我？」

喬意晚低聲道：「說實話，我是有些猶豫，理智上，我是全然相信你的，也知曉你絕不會做對不起我的事情，可是……」

說到這裡，她頓了頓。

「可是，情感上，我有些克制不住自己，很想去看一眼你們二人究竟在那裡做些什麼事情，又說了什麼話，可我害怕會看到自己不想看的畫面，所以在迴廊那裡坐了兩刻鐘，沒去找你就離開了。」

這話聽得顧敬臣既開心又心疼，開心的是她心中有他，心疼的是讓她在寒風中坐了兩刻鐘。

「晚兒，妳放心，我以後再也不見她們了。」

喬意晚本想說不必這般，可話到了嘴邊，那些大方的話卻怎麼都說不出口。

她想了想，說道：「我今日和表哥是偶遇。」

顧敬臣道：「我知道。」

他後來看到表妹跟過來時就猜到了她可能在竹林那邊安排了什麼，果不其然他們就相遇了。

只是，陳伯鑒實在是太出色了，即便是知曉他與喬意晚之間沒什麼，他還是忍不住心生防備。

「陳大人也到了適婚年紀，太傅沒有為他相看合適的姑娘嗎？」

喬意晚道：「相看過，只是沒有合適的，就一直這麼拖著了。」

顧敬臣點了點頭，頓了頓，又問道：「那位言公子是怎麼回事？」

喬意晚說道：「他和婉琪一同過來的，上次在康王府賞梅宴上遇過一次，他還為婉琪和我畫了一幅梅花圖。」

顧敬臣想到剛剛那位言公子說過的話，頓時明白了。

一切都說清楚了，他心中的大石落地，看著眼前的喬意晚，心裡漸漸變得柔軟。她今日可真好看，一身寶藍色的斗篷襯得她膚色白皙，如同天上的仙子一般清新脫俗，彷彿下一瞬就要羽化成仙。

喬意晚想到剛剛婉琪說的話，怕他誤會她，開口為她解釋了幾句。「剛剛婉琪說的話你莫要放在心上，也別怪她。她平日裡知書達禮、性子溫和，為了維護我才罵你的，並非出自她真心。」

顧敬臣看著喬意晚小心翼翼為自家妹妹解釋的模樣，心裡有些不舒服。

他和她很快就會是一家人了，她怎麼這般怕他呢？

顧敬臣道：「我怪她做甚？她處處維護妳，我心中是很感激，改日要好好謝謝她才是。」

一句話，顧敬臣就把喬意晚拉到了自己這一邊，彷彿他們二人才是同一條線上的，喬婉琪就是個外人。

聽他這麼說，喬意晚提著的心放下了。

她說道：「你不用特意謝她，你放心，我是相信你的，不會因旁人隨便說什麼就誤會你。」

顧敬臣頭微微垂下，開心的笑了。

喬意晚這才發現兩個人之間的距離有些太近了，她正靠在門邊，退無可退。

她抬手推了推顧敬臣，顧敬臣卻再次藉機握住了她的手。

喬意晚微惱，臉上浮現一絲紅暈。「你幹麼呀。」
顧敬臣說道：「我怕妳跑了。」
喬意晚無語，她怎可能做這樣幼稚的事？
「不會的。」
顧敬臣不說話，就這般緊緊握著喬意晚的手，感受著指腹下的柔軟細膩，他沈聲道：「晚兒，妳還是不要太相信我比較好。」
喬意晚道：「嗯？」
顧敬臣的臉又湊近了些，啞聲道：「其實，剛剛二妹妹那句話說對了。」
喬意晚詫異。
二妹妹？秦湘兒？回想剛剛秦湘兒說過的話，她那嘴裡可沒說出一句中聽的話，他覺得她哪句話說得對？
「顧某有時的確不知檢點。」
說著，顧敬臣忍不住摩挲著掌心裡的小手。
喬意晚不語，不知是屋內的炭火太足，還是顧敬臣的眼神太過炙熱，自己的臉越發紅了。
瞧著她這副模樣，顧敬臣的眼神漸漸變了。她怎麼這麼好看，好看到讓人挪不開目光，他必須極力克制住自己，才沒讓自己做出更過分的事情。

喬意晚看著顧敬臣的眼神，不期然地又想起前世的一些畫面，有些時候，他就像是一匹脫韁的野馬。

臉漸漸熱了起來。她有些受不住顧敬臣的目光，小聲道：「你別看我了。」

顧敬臣也覺得自己不該再看了。

因為，再看下去他怕自己就再也控制不住自己了。

他挪開目光。

然而，有些事情不是想克制就能克制住的。眼神移開一瞬，他又忍不住看了回去。

喬意晚紅著臉，小聲嘟囔了一句。「你怎麼還看？」

顧敬臣失笑道：「晚兒，妳不看我怎知我在看妳？」

喬意晚並未一直盯著他看，然而，他的目光太具侵略性，想忽視太難了。

「你再這樣我就走了。」

顧敬臣終於知道害怕了。「好，我不看了。」

嘴上說著不看，眼睛卻時不時瞥向她。

喬意晚已經說了多次，也不想再糾結這個問題了，不再提醒他。

顧敬臣緊緊握著喬意晚的手，漸漸地，手心都有些出汗了。

見喬意晚又想把手抽回去，顧敬臣開口說起別的事情轉移她的注意力。

「妳這幾日都做了什麼？」

果然，這方法很奏效，喬意晚沒再試圖抽回自己的手，認真回答他的問題。

「每日都去正院跟母親學管家，偶爾也會去大嫂那裡跟她一起置辦祖母的壽宴。」

顧敬臣問：「早上起來就去正院嗎？」

「也不是，若父親留宿正院，我便吃過飯再去。若父親不在，早上我就陪母親一同用飯。」

顧敬臣又問：「早飯一般吃什麼？」

喬意晚道：「什麼都吃。」

顧敬臣追問道：「那妳最愛吃什麼？」

顧敬臣把她最近做過的事情，鉅細靡遺都問了一遍。

喬意晚答完之後，頓了頓，反問了一句。「那你最近做了什麼？」

她竟然開始關心他了？顧敬臣心裡微甜。

「白日裡在京北大營練兵，晚上回侯府。」

喬意晚淡淡道：「哦。」

顧敬臣正準備繼續回答，結果喬意晚問完一句就沒了後文。

「妳不想知道更多關於我的事情嗎？」

喬意晚愣了一下。顧敬臣的習慣跟前世一樣，不用問她也知道。

但看著他期待的眼神，她還是撒了謊。「想啊，我怕涉及到朝廷大事，所以沒敢多問。」

顧敬臣道：「也沒那麼多機密，基本都是可以說的。」

喬意晚點頭道：「哦。」

接下來，也不用喬意晚問，顧敬臣就把自己的事情通通都說了出來。

兩個人在暖閣中待了許久，直到外面要開席了才準備出去。

顧敬臣又道：「既然晚兒那麼想知道我每日做了什麼，那我以後日日寫信跟妳說。」

喬意晚皺了皺眉。「不用那麼麻煩。」

顧敬臣每日除了練兵就是練兵，偶爾會去上朝，沒什麼特別的，兩、三句話就能說清楚。

顧敬臣笑道：「不麻煩的。」

他都這樣說了，喬意晚也不好提出反對意見。

「好。」

顧敬臣立即說出自己的真實目的。「那妳是不是也要每日告訴我做了什麼？」

見不著人，知道她在做什麼也好。他自然也可以半夜神不知鬼不覺地爬上屋頂去偷窺，可他不願做這樣的事。

喬意晚道：「好。」

二人邊說邊朝著外面走去，走到門口時，喬意晚終於從顧敬臣手中抽回自己的手。

顧敬臣看著空空的手，心裡也覺得空落落的，但下一瞬，他的手心裡突然出現了一樣東西。

顧敬臣看著手中的荷包，臉上的笑容加深。

「喜……喜歡嗎？」喬意晚問。

「很喜歡。」顧敬臣頓了頓，又道：「不過——」

喬意晚疑惑。「嗯？」

顧敬臣道：「妳何時要為我繡一些別的物件？」

喬意晚問：「比如？」

顧敬臣說道：「比如……鞋襪。」

那些都是夫人才會做的東西，喬意晚的臉色一下子紅了起來，紅著臉跑開了。

顧敬臣臉上露出一絲輕鬆的笑。

還說不會跑，他一放手，她就跑了，真是個小騙子！

第三十二章

喬意晚回到屋裡時，老太太已經聽說了剛剛發生的事情，心裡對承恩侯府的不喜頓時又增加了幾分，不過，即便是心裡不高興，老太太也沒有立刻就走的想法。

此事是她孫女占了上風，她們為何要走？自然是留在這裡噁心別人，氣死他們才好。

喬意晚前腳剛到，顧敬臣後腳就跟過來了。

顧敬臣先在屋裡尋到喬意晚，隨後向秦老夫人問安。「見過外祖母。」

秦老夫人笑著說道：「敬臣來了啊！數月不見，你看起來瘦了。」

顧敬臣道：「勞外祖母掛心。」

秦老夫人看向身邊的幾個孫女說道：「妳們幾個還不快去見見妳們表哥。」

顧敬臣瞥了一眼幾位表妹，冷淡道：「剛剛已經見過了。」

說完，他沒再理會表妹，徑直走到喬老夫人跟前，行了個大禮。「見過老夫人。」

老太太的虛榮心在此刻得到了極大的滿足，故意說道：「好好好，幾日不見，怎麼瞧著精神頭不太好？你可別太累了，要好好休息。」

顧敬臣應道：「多謝老夫人掛心，晚輩記住了。」

顧敬臣已經跟秦老夫人見過禮，再留下就不合適了，他深深地看了喬意晚一眼，轉身離去。

待顧敬臣走後，有那和喬老太太相熟之人問道：「妳最近常見到定北侯？」

喬老太太笑著說道：「也不算常見吧，就是這孩子特別懂事，常常送些東西到侯府。」

秦老夫人作為顧敬臣的正牌外祖母幾個月才見到他一次，喬老夫人卻能經常見，還收到顧敬臣的禮，孰親孰遠，一目了然。

秦老夫人氣得不輕，開口說道：「這還沒正式訂親呢，敬臣就老是往侯府跑，我可得好好說說他，莫要這般不懂規矩，敗壞了姑娘家的名聲。」

喬老太太就等著這話呢，她立即說道：「老姊姊錯怪敬臣了，敬臣一向是個守禮的，從不曾去內院，只在外院待著，若不是我那日恰好去外院書房，也見不到他，我家意晚更是個懂規矩的，從不去外院。」

陳侍郎的夫人崔氏接著喬老太太的話說道：「還是永昌侯府講究，否則定北侯已經跟意晚議親，二人遲早是一家人，有長輩在場見見面說說話也沒什麼。至於敗壞名聲……二人都要定下來了，何來『敗壞』一說？那些明知對方已經議親，還要眼巴巴貼上去的人才是真正的不懂規矩。」

這話是在點秦家姑娘了，剛剛發生的事情不僅喬老太太知道了，她也知道了，秦家姑娘利用她兒子想敗壞意晚的名聲，其心可誅！

秦老夫人接連受了兩次窩囊氣，心氣實在不順，可誰讓自己的女兒和外孫不聽話，孫女又不爭氣呢？若是再吵下去，當真是要傷了和氣了。

秦老夫人陰陽怪氣地說了一句。「論起規矩來，還是崔家最懂，看來這京城的姑娘們都該好好學學規矩了。」

崔氏沒再多言，很快，廚房那邊來報，準備開席了。

喬老太太這才發現兒媳身邊不見喬婉琪的人影，原來婉琪還沒回來，喬意晚頓生愧疚。

「婉琪剛剛和伯鑒表哥還有言公子在一處，不知此時還在不在，我去尋她。」

喬老太太把她摁住了。「不用，伯鑒是個好孩子，定能看住婉琪，不會出事的，讓婢女去找便是。」

何氏更關心和女兒在一處的人。「言公子是哪一位？」

陳伯鑒的品行她是信得過的，也知曉女兒中意他，可惜陳伯鑒對女兒無意，但這位突然冒出來的言公子又是何人？

喬意晚道：「青龍書院山長之子，言鶴。」

聞言，喬老太太和何氏對視一眼，都看到了對方眼中的驚喜。

喬老太太細細問道：「文國公府的那位？」

喬意晚點了點頭。

何氏繼續問道：「婉琪怎會和他在一處？」

喬意晚搖了搖頭。「我也不知，我看到二妹妹時，他們二人便在一處了，後來言公子邀請表哥和婉琪去看他的畫作，三人便一同離開了。」

何氏激動地問道：「言公子主動邀請婉琪去看？」

喬意晚想了想當時的情形，的確是言鶴提議的，她點了點頭。

喬老太太和何氏心中都有了些想法，便沒再多問。

喬意晚說：「二嬸兒，還是我去找找二妹妹吧。」

何氏道：「不用不用，妳坐下，伯鑒是我看著長大的，他的品行我是信得過的，婉琪跟他在一處不必擔心。」

喬意晚也信得過表哥，可她信不過言鶴。

「可那位言公子……」

何氏笑著說道：「那是文國公府的公子，也不必擔心。再說了，有伯鑒在呢。」

說到底，何氏是相信陳伯鑒的為人。

此刻，外頭永昌侯府的人已經尋到了喬婉琪。

陳伯鑒見永昌侯府的人來了，便先行離去，喬婉琪想跟著陳伯鑒，卻被言鶴留住了。

喬婉琪不解道：「你還有事？」

言鶴說：「妳剛剛聽到了吧？」

喬婉琪不耐道：「什麼？」再不說，表哥就走遠了。

言鶴道：「伯鑒兄說改日邀我一同去遊湖作畫。」

喬婉琪道：「聽到了啊，怎麼了？」
言鶴又道：「我可以帶妳一起去。」
喬婉琪立刻就不著急了，問道：「帶我一起？」
言鶴點頭道：「是啊，妳不是對伯鑒兄有意思嗎？我可以幫妳。」
喬婉琪眼珠子轉了轉，問道：「如何帶我一起？」
言鶴笑道：「屆時妳男扮女裝不就好了？我妹妹在書院中一向都是以男裝示人，扮了那麼多年也不曾有人發現。」
喬婉琪臉上流露出驚喜之色。「真的？」
言鶴點頭。
喬婉琪笑道：「好，你到時候別忘了叫我。」
言鶴答應。「沒問題。」
兩人說定之後，喬婉琪便隨著婢女回到了宴席上。
何氏雖然有一肚子話想問女兒，但因為此處人多口雜，不好多問，她忍住了。
飯畢，喬老太太跟秦老夫人打了聲招呼便帶著侯府一行人準備離開，來到門口永昌侯府的馬車前，喬意晚突然瞧見不遠處崔氏和陳伯鑒正走過來。
「祖母，我看到舅母和表哥了，想去跟他們打一聲招呼。」
老太太道：「也好，妳去吧。」

喬意晚小心扶著外祖母上馬車，而後自己下了馬車，在一旁等著崔氏母子。

「見過舅母、表哥。」

崔氏笑了笑。「嗯，多日不見，妳氣色倒是比從前好了。」

喬意晚道：「如今日日在府中養著，不曾累著凍著。」

略說了幾句話後，喬意晚看向陳伯鑒，崔氏看出她有話要問，於是先行上了馬車。

陳伯鑒問：「表妹有事？」

喬意晚說：「我想問問那位言公子人品性情如何？」

陳伯鑒略一思索便明白了。「妳是為婉琪問的？」

「這……不是，是定北侯剛剛說起他，我便想替他問一問。」

喬意晚隨口說了個理由，她想到婉琪一直愛慕表哥，表哥如今雖然對婉琪無意，可將來的事情誰都說不準，萬一某日表哥也對婉琪動了心思，再想起今日的事情就不太好了。

陳伯鑒雖有些奇怪顧敬臣為何問這樣的話，但還是如實道：「子青人品性情自然沒話說，他從小在山上長大，心性純良、性子單純，不諳世事。」

想到是顧敬臣問的，或許是為了朝廷上的事，便又補了幾句。「他自幼飽讀詩書，頗具才華，若參加科考，定能中舉，在繪畫方面尤其厲害，堪稱一絕。」

喬意晚覺得那位言公子心眼兒挺多的，不像是單純之人，不過她相信表哥的眼光，既然表哥覺得他人品好，那應該沒什麼問題。

來。

「嗯。」

她又問了幾句，而後終於上了自家的馬車。

不遠處，揚風看向站在身側臉色難看的侯爺，趕緊挪開了目光。

目送永昌侯府的馬車駛遠，陳伯鑒轉頭朝著自家馬車走去，就在這時，顧敬臣走了過來。

陳伯鑒見到他便停下腳步，行禮道：「見過侯爺。」

顧敬臣道：「陳大人這是要離開了嗎？」

陳伯鑒回道：「對，我正欲隨家母離開。」

顧敬臣還在介意著剛剛看到的畫面，終究還是沒忍住，問出口了。「晚兒可是遇到了什麼難事？」

陳伯鑒先是一怔，隨後反應過來他說的是何人，直覺回道：「應該沒有吧，剛剛並未聽表妹提及。」

顧敬臣看著陳伯鑒，有些問題想問又問不出口，好在陳伯鑒擅長察言觀色，貼心地說道：「您別誤會，剛剛表妹是為您在問問題。」

顧敬臣詫異道：「為我？」

陳伯鑒道：「正是，意晚說您想知道言公子的人品性格如何，說實話，若是侯爺想推舉子青，我舉雙手贊成，子青絕對能擔大任，不過，就是不知子青那邊意下如何，他和言世叔一樣品性高潔，不喜世俗之事，侯爺可能要費一番功夫。」

在聽到喬意晚問陳伯鑒關於言鶴的事情時，顧敬臣就不淡定了，至於後面陳伯鑒又說了什麼，他並未仔細聽。

「嗯，多謝陳大人告知。」

陳伯鑒朝著顧敬臣行了一禮，離開了。

意晚打聽言鶴的事情究竟是為了她的堂妹，還是為了她自己？她一向喜歡讀書人，那位言公子一看就是學問極好的樣子，聽說他還曾為意晚作過畫……

顧敬臣的心情有些被影響了，他在原地站了一會兒，沒有注意到這時秦錦兒來到了他身旁。

看著顧敬臣一臉沈重的模樣，秦錦兒心中一緊，握了握拳，鼓足勇氣開口。「表哥，對不起，今日的事是我安排的，都是我的錯。」

顧敬臣看到她，更加沈著臉沒說話。

秦錦兒道：「是我得知你跟聶姑娘在水榭談話，故意把此事告訴喬姑娘，想讓喬姑娘去水榭那邊尋你，不過她走到半路就離開了，可見她非常信任你。後來她會見到陳大人，是因為我讓丫鬟去通知陳大人說喬姑娘受了傷，陳大人才會去找她的。喬姑娘和陳大人之間並無任何逾矩之舉，您莫要誤會喬姑娘，至於言公子，他是和喬二姑娘一同出現的。」

今日的事是她此生做過最出格，也是最勇敢的事，她只是想放手一搏，為自己再爭取一次機會，可惜最終還是失敗了。

顧敬臣不想多說，只是簡單道：「我知道。」

秦錦兒說：「表哥，縣主和二妹妹突然出現是我沒料到的，因我之故，導致她們當眾羞辱喬姑娘，我感到非常內疚。」

顧敬臣道：「錦兒，妳是個好姑娘，若遇到合適的人，就嫁了吧。」

秦錦兒感覺心痛到了極點，她克制住情緒，冷靜地道：「嗯，父親最近看中了幾家，正在為我挑選合適的夫婿。」

顧敬臣淡淡應了一聲，離開了。

秦錦兒看著他的背影，眼淚從眼眶裡滑落出來。

她心中追逐之人終究還是漸漸離她遠去。

顧敬臣剛走到拐角處，就見啟航匆匆過來了。

「侯爺，皇上宣您進宮。」

難道是邊關又出事了？顧敬臣臉色沈了下來。

進宮後，皇上先問起了關於京北大營的一些事情，又問了延城的事，顧敬臣一一回答，心中疑惑漸漸加深。

皇上今日也沒問什麼緊急的事情，為何突然宣他進宮？

議完政事，皇上看著站在殿中的臣子，問道：「朕聽說永昌侯答應把女兒嫁給你了？」

顧敬臣道：「勞皇上關心，福王妃於半個月前去永昌侯府提親，永昌侯已經答應了。」

聞言，皇上既覺得欣慰，心中又有些不得勁。

都議親半個月了，竟沒有一個人來跟他說，若非今日去母后宮中時聽到福王妃說起此事，他還不知道。

「說起來，定北侯府和永昌侯府結親也是一件大喜事，不如朕寫一道聖旨為你二人賜婚。」

顧敬臣果斷拒絕了。「多謝皇上好意，不必了，兩府已經定好了日子，很快親事就能成了。」

提議被一口拒絕了，皇上臉色不太好看。

顧敬臣像是不知自己剛剛說了什麼大逆不道的話，垂眸看著殿中的深紅色地板，一個字也沒解釋。

過了片刻，殿中再次響起了皇上的聲音。

「朕記得永昌侯的女兒拒絕了你兩次，你確定在成親前她不會反悔嗎？」

聞言，顧敬臣頓了頓，抬眸看向皇上。

皇上道：「若是加了一道聖旨，她可就不能反悔了。」

顧敬臣一時沒答，他想到了陳伯鑒，又想到了言鶴，愛慕她的男子眾多，她也不是非得選自己不可。

不過，他相信她。她已經選擇了他，定不會再反悔。

見顧敬臣仍舊沒同意，皇上換了個角度又說道：「她從前被人錯抱，在區區一個從五品官員府中長大，想必京中很多人瞧不起她，若是朕下旨賜婚，定不會有人敢多說什麼，還能為她加一道保障。」

顧敬臣眼眸微動，想到今日她在承恩侯府中被人刁難嘲諷，心緒難平。

皇上察覺到顧敬臣的變化，接著道：「京城中愛慕你的女子眾多，這樣做既能讓那些對你心存情愫的姑娘死了心，也能讓她安心。」

顧敬臣撩了下衣襬，跪在了地上。「臣謝主隆恩。」

皇上嘆了口氣，想要給人施恩怎麼就這麼難？但不管怎麼說，至少這樣一來，從表面上看顧敬臣的親事是他定下來的，以後旁人再提起此事，也只會記得這樁婚事是他所賜婚。

顧敬臣道：「永昌侯忠君愛國，恪盡職守，當初拒婚，實則一片愛女之心，望陛下寬宥一二。」

這是在提醒之前皇上對永昌侯的冷落了。

皇上心頭微微有些堵，但還是應了。「嗯，朕知道。」

喬意晚回到侯府沒多久，賜婚的旨意就到了。

「……定北侯顧敬臣名門之後，威名聞達於內外，相貌英俊，品性甚佳，適婚娶之時；永昌侯喬彥成之長女才貌出眾，言容有則，溫婉淑儀，待字閨中，與定北侯堪稱天設地造，特將汝許配定北侯為夫人，望汝二人今後夫婦和睦，攜手到老，勿負朕意……」

老太太歡喜不已，喬意晚看著手中的聖旨有些出神。

前世她嫁給顧敬臣前也接到過聖旨，聖旨上的內容跟這個寫得幾乎一模一樣。

婉瑩嫁給顧敬臣時是沒有聖旨的，她作為繼室反而得到了皇上的賜婚。

如今她是顧敬臣的原配，依舊得到了賜婚的聖旨，心頭的疑惑越來越深，既然顧敬臣不喜歡婉瑩，前世為何會娶她呢？

皇上賜婚，這於永昌侯府而言是一件大喜事，不僅能看出皇上對這門親事的重視，更重要的是，此事一出，便打破了之前皇上對永昌侯不喜的傳聞，畢竟，皇上若是真的厭棄了永昌侯，又怎會特意賜婚呢？

喬彥成樂得在席間多喝了幾杯。

果然，皇上之前對他不喜是因為侯府拒絕了顧敬臣的提親，如今他們答應了和定北侯的親事，皇上又開始重視侯府了。

晚上，喬意晚進入了夢境之中。

這一次，她發現自己身在侯府的小花園中，沒等她想明白這是什麼時候，就看到承恩侯夫人來到了瑞福堂——

「……我受長姊所託，前來為她家兒子提親，定北侯老夫人看中了妳家婉瑩，不知貴府是何意？」

承恩侯夫人的態度算不上好，但老太太也沒在意。

待她走後，老太太把永昌侯和陳氏叫了過來。

「太子已經定了正妃，婉瑩入東宮無望，定北侯是個極好的選擇，不如答應下來吧。」

永昌侯滿臉喜悅道：「這門親事不錯。」

陳氏略顯猶豫道：「總得問問婉瑩的意思吧。」

很快，前世的喬婉瑩過來了，笑著同意了這門親事。

接著，畫面一轉，她看到了站在延城城樓上的顧敬臣。

揚風道：「侯爺，府中來信，承恩侯夫人已於七日前去永昌侯府提親，婚期定在下個月，老夫人問您意下如何？」

顧敬臣臉色嚴肅問道：「母親身子如何？」

揚風猶豫了一下，道：「不太好。」

顧敬臣眼神若有所思，看向城樓下。

喬意晚順著他的目光看去，下面有不少青龍國的士兵在打掃戰場，遠遠望去，能看到不少血腥的場面，這樣的場面本會令人作嘔，可想到浴血奮戰的將士都是保護國家的功臣，心中文肅然起敬。

由此可見，幾個時辰前這裡剛剛經歷了一場惡戰，不僅戰場上，站在她身側的顧敬臣身上還有隱約未乾的血跡。

喬意晚覺得他一定是想回京城，然而此刻卻走不了而苦惱吧。

顧敬臣沈聲道：「那就下個月吧。」

一個月的時間，他一定要把大梁軍趕出青龍國！

揚風看著主子蕭索而又孤獨的身形，心頭悶悶的。

「侯爺，那梁家小子不過是個文弱書生，雲家長女雖與他訂親，但二人尚未婚配，咱們打了勝仗回京搶回來便是！」

顧敬臣瞥了他一眼，眼神涼涼的，揚風頓時不敢再多言。

若是直接把人搶過來，那麼他與那個人又有什麼不同？不說雲姑娘並不認識他，他對雲姑娘的感情也沒那麼深，不過是見過兩面、提過一次親。

既然對方對他無意，那便罷了，若母親身子能好，娶誰都一樣。

顧敬臣收斂了思緒，繼續盯著下面的戰場。

大梁國這次突然襲擊讓人措手不及，得想個法子守住城，適時反擊才是。

喬意晚睜開眼看向了床帳。

沒想到她昨晚竟然夢到了顧敬臣前世和婉瑩訂親的細節。

她默默地在心中比較了一下，今生顧敬臣提親三次，第一次是承恩侯夫人去的雲府，第二次是秦氏親自來永昌侯府，第三次是秦氏先來探口風，最終請的是福王妃來提親。

在夢中，前世到雲府提親的是承恩侯夫人，也足以見得顧敬臣對她的重視，只可惜當時她並不知道此事。

至於他並未同意揚風搶親一事，她倒是覺得很符合顧敬臣的風格，他一直都是這樣正直的人，做不出搶親的舉動，後面他會娶自己，一定也是喬氏強烈要求，他順勢才答應的。

這一日散朝後，永昌侯被皇上單獨留了下來，二人在殿內說了一刻鐘左右的話，永昌侯滿臉喜色地回府了。

「夫人，訂親的日子定在臘月二十六吧。」

陳氏皺眉道：「太急了，不是說好過了年再訂親嗎？」

喬彥成道：「散朝後皇上把我叫了過去，皇上說已經讓欽天監算好了日子，臘月二十六是好日子。」

聽到皇上插手，陳氏沒再多言。

轉眼間老太太的壽辰到了，這次壽辰雖不是整壽，也沒有邀請太多人，可前來祝賀的人卻不少，連不少沒收到帖子的人也來了，這可把溫熙然急死了。

府中雖多備了食材和餐具，可也沒想到會臨時增加這麼多人，足足多出五桌，這已不光是食物的問題，廚子也忙不過來，至少得再找兩個幫手來幫忙。

喬意晚琢磨了一下，提議道：「嫂嫂，不如讓年輕人吃燒烤吧？」

溫熙然眼睛一亮。「燒烤？」

喬意晚點頭。

溫熙然有些猶豫。「會不會……太不正式了？祖母一向講規矩……」

老太太每每見了她就要說她規矩禮儀哪裡有問題，以至於一提到老太太她就犯怵。

喬意晚眼角瞥到一個熟悉的身影，靈機一動道：「不如咱們去問問大哥的意思？」

溫熙然想了想，點頭。

喬西寧聽到妹妹的提議，琢磨了一下，道：「這個提議不錯，年輕人在一處燒烤，就不用廚子，也不需要那麼多張桌子，簡單省事，還更熱鬧一些。」

見大哥答應了，喬意晚開心地看向溫熙然。

溫熙然有些愣住，她沒料到喬西寧竟然會答應，在她心中，他跟老太太一樣，都是極為講規矩的人，應該不會答應才對。

見溫熙然沒答話，喬意晚笑著說道：「嫂嫂放心，若是祖母問起來，咱們就說是大哥的主意。大哥，你說好不好？」

她看向喬西寧。

妹妹如今倒是比剛剛回來的時候活潑了些，喬西寧笑道：「好，都推到我身上便是。」

見喬西寧答應，溫熙然心中也歡喜，只是——

「咱們也沒那麼大的燒烤架。」

喬西寧道：「這個不必擔心，前些日子我讓人做了一個大的燒烤架子，正準備過年時用，昨日已經送過來了，就放在前院。」

聞言，溫熙然怔怔地看向喬西寧。

他不是不喜她吃燒烤嗎，怎會讓人做燒烤架子？

喬意晚看看喬西寧，又看看溫熙然，笑了。

老太太的壽宴結束後，永昌侯府闔府上下就全力在準備喬意晚訂親一事。

終於來到了臘月二十六，這一日永昌侯府張燈結彩，熱鬧不已。

喬意晚見到了顧敬臣，顧敬臣今日穿了一件紅色的衣裳，滿臉的笑容根本遮不住，喬意晚本想說些什麼，瞧見他歡喜的模樣，話未說出口，人先笑了起來。

「你就那麼開心？」喬意晚問。

顧敬臣毫不掩飾，他握著喬意晚的手，說道：「自然，晚兒，妳不知我等這一天等了多久了，像是兩輩子那麼久。」

聞言，喬意晚想到了那日的夢，心頭一動。

「兩輩子？若是有前世，你也會娶我嗎？」

顧敬臣沒有一絲遲疑，立刻答道：「自然會的。」

從見到她的第一眼起，他就滿心都是她了。

喬意晚琢磨了一下，道：「假如，我是說假如，假如你只在寺中見過我一次，後來燕山發生事情時你沒有見到我，秋獵時我也不曾去，那你會向我提親嗎？」

顧敬臣張了張口想回答，但是看到她臉上認真的神色，他又認真思索了一下這個問題。

片刻後，他如實道：「若只見過一次，我可能不會冒然去提親。」

喬意晚微微蹙眉，前世他就去了。

只聽顧敬臣又道：「但若母親一直催促，妳又沒有許配給旁人，我可能還是會去。」

喬意晚眼眸微動，接著問道：「假使你向我提親時，發現我已經心有所屬，將另許他人，你還會不會堅持？」

顧敬臣皺了皺眉。

這樣的假設不就是自己第一次提親時發生的事情嗎？那時喬氏的回應就是女兒鍾情於梁家後生，二人即將要訂親，以此回絕他的提親。

「晚兒，我不喜歡聽這樣的話。」

喬意晚抿了抿唇，道：「我這不是隨便問問嗎，我心裡自然是沒有旁人的，只是那日我作夢夢到母親將我許配給了旁人，我就想問問如果真遇到了這樣的情況，你會如何做？還會堅持娶我嗎？」

顧敬臣道：「不會。」

喬意晚有些失望，事實上，不光是前世，今生顧敬臣在誤以為她喜歡梁大哥時，他也放棄了。

顧敬臣怕她多想，補充解釋道：「我是希望妳能開心，若妳喜歡別人，我自然不會破壞。」

聞言，喬意晚笑了。

「嗯，我知道了。」

顧敬臣看著喬意晚此刻的神情，忍住抬手撫上她面頰的衝動，啞聲道：「但若是妳對我這樣笑，我未必能守住君子的底線。」

喬意晚臉上浮現了紅暈。

訂親後剩沒幾日就是新年了，宮宴上，永昌侯府的人都到齊了。

定北侯是武將，永昌侯是文官，這兩府本應分立在兩邊，可不知是何人安排的，把這兩府的座次放在一處，定北侯府在前，永昌侯府在後。

秦氏今年依舊沒來參加宮宴，定北侯府偌大的桌位只有顧敬臣一人坐在那裡，看起來孤零零的。

皇上說了新年祝詞，底下的官員共同慶賀，歌舞表演也開始了。

兩支舞畢，一位身著華服的年輕男子來到了宮殿上。

周景禕瞥了一眼來人，揚聲道：「四弟怎地才來？可是被什麼事情絆住了？」

周景祺神色微頓，看向坐在上首的皇上，跪地說道：「父皇，兒子半路不小心跌了一跤，弄髒了衣裳，恐會污了祖母和您的眼睛，故回去換了一身。」

太后心疼地問道：「可摔傷了？快讓祖母瞧瞧。」

周景禕嗤笑一聲，盯著周景祺胸前的一處污漬，驚訝地道：「四弟身上怎地有胭脂，剛剛莫不是沒摔倒在地，而是醉倒在溫柔鄉裡了？」

此話一出，大殿一片安靜，喬意晚抬眸看向周景禕和周景祺。

四皇子一向跟在太子身後，唯太子馬首是瞻，太子也很疼愛這個弟弟，可今日她怎麼瞧著二人這狀態不太對勁啊。

顏貴妃笑著說道：「都怪我，那日讓祺兒為我用胭脂作畫，不小心弄到了身上。這浣衣院的人最近可真是會躲懶，衣裳都沒洗乾淨。」

皇上的臉色這才好看了些，對四皇子招呼道：「落坐吧。」

周景祺道：「是，父皇。」

顏貴妃遮了遮唇，看向皇上，笑著說道：「說起曲兒，還是南邊的好聽，細膩柔軟。」

皇上點頭道：「嗯，南北方不同，各有各的好。貴妃若是喜歡，改日讓戲曲班子排練一曲。」

顏貴妃道：「何必那般麻煩，臣妾聽聞太子東宮近日來了一位會唱曲兒的，那日路過時還聽到了，歌聲婉轉動聽。今日是大宴，不如太子把人請出來讓大家鑒賞一番？」

皇上臉色一沈，周景禕心裡有些慌。那唱小曲兒的姑娘是他前些時候在宮外遇到的一個姑娘，他覺得聲音好聽，便留下來解悶兒，沒想到竟被貴妃抓住了把柄。

從前他也從宮外帶過女子回來，那時貴妃一個字也不曾多說。

馮樂柔心思微動，看向周景禕，正色道：「殿下，妾身早就勸您不要因為奉儀肚子裡有了孩子就過分寵愛她，她想聽曲兒，您就為她尋了一位會唱曲兒的姬人，這般做不合規矩。」

周景禕很快反應過來，回道：「太子妃未免太重規矩了，奉儀有孕在身，想聽聽曲兒也沒什麼，就是沒想到竟然吵到了貴妃娘娘，這是孤的不是了。」

兩人一唱一和，一個善妒，一個寵妾。

相較於太子沈迷於女色，這些事倒是小事了，皇上並未深究，此事很快過去了。

喬意晚看看顏貴妃，又看看太子，看來，這二人應是生了嫌隙，矛盾還挺深的，怪不得太子最近沒怎麼出現在外面，想來是在花心思對付顏貴妃，這於她而言倒是一件好事。

顧敬臣低頭飲酒，間或跟永昌侯說些話，一眼都不曾看往太子的方向，這倒是讓永昌侯有些看不懂了。

太子和顏貴妃鬧翻可不是什麼小事，這對整個朝堂來說都是大事，顧敬臣也太置身事外了吧，難不成此事與他有關？

宴席結束，眾人朝著外面走去。

如今顧敬臣已經和喬意晚訂親，他也沒什麼顧忌，跟永昌侯站在一起，一路把永昌侯府的人送上了馬車，目送他們離去。

這時，揚風走了過來，低聲道：「侯爺，拿到證據了。」

顧敬臣神情有些意外，揚風壓低聲音道：「是冉妃娘娘幫了忙。」

此事既在意料之外，又在情理之中。之前顧敬臣查出當初欲陷害冉家的人是顏貴妃，那位高貴人只是個幌子，他便把此事透露給冉妃知道，這應該是冉妃對他的回報，也是冉妃對顏貴妃的報復。

顧敬臣沈聲道：「把消息放出去。」在他和喬意晚成親之前，貴妃和太子還是不要消停為好，免得又開始想法子破壞他的婚事。

揚風應道：「是。」

當晚，喬意晚再次夢到了顧敬臣，這次場景是在戰場上——

血流成河，滿目瘡痍。

上次她站在城樓上遠遠看著就覺得心驚膽戰，如今親歷戰事，更覺震撼，她克制不住地開始發抖。

看著來勢洶洶的大梁軍，即便是夢中，她依舊能感受到一絲絕望，就在這時，不遠處響起了轟隆隆的馬蹄聲，回首望去，大隊援軍如同陽光一般照向這邊。

很快地，為首的將領抵達了，是顧敬臣！

顧敬臣的到來使得場面一下子逆轉，原本勢弱的青龍軍瞬間燃起鬥志，拿起手中的武器反擊敵軍，沒過多久，青龍軍壓過了大梁軍，大梁軍撤退。

雖然青龍國此次只是小勝，卻在士卒和百姓心中種下了希望的種子，士卒不再群龍無首，百姓不再擔憂害怕，眾人擰成了一股繩。

夜晚，顧敬臣回到了城中。

啟航道：「侯爺，逃跑的孫知府已經抓到了。」

若非孫知府棄城而逃，城門不會那麼快失守，城內的百姓也不至於傷亡慘重。

顧敬臣瞇了瞇眼，沈聲道：「明日午時於城門口處決！」

啟航猶豫了一下，但還是說道：「是。」

揚風道：「侯爺，聶將軍吵著要見您。」

顧敬臣臉色一冷。

若說此次延城之變的罪魁禍首是何人，孫知府還排不到第一，鎮北將軍才是那個真正誤事之人。

聶將軍鎮守邊關，戍衛著青龍國的北境，然而大梁軍已經攻到了城門口，他手下的兵卻還未反應過來，再加上孫知府跑了，敵軍頓時如入無人之境，直接攻破了延城。

「不許任何人探視，待延城穩定下來，直接押送回京，等聖上親自發落！」

聶將軍的罪要比孫知府的重，且聶將軍的品級高，該如何發落，不是他一人能決定的。

揚風道：「是，侯爺。」

處理完軍中之事，顧敬臣抬頭看向了天上的明月。

揚風瞧著自家侯爺臉上的神情，多少猜到了一些。「侯爺這是想念夫人了？」

顧敬臣難得沒反駁他。

揚風又道：「邊關雖亂，但京城距離此地數千里遠，非常安全，您不必擔憂夫人。」

顧敬臣抬手摸了摸胸口，喃喃道：「她剛剛有了身孕，我心裡總覺得不太放心。」

揚風琢磨了一下，道：「老夫人經驗豐富，定能照顧好夫人的。」

顧敬臣微微嘆了口氣。「嗯。」

就在這時，一個士卒匆匆跑了過來，揚風皺眉問道：「出了何事？」

士卒道：「回大人的話，孫知府在牢中自盡了，還留了一封遺書。」

揚風接過血書，遞給了顧敬臣。

喬意晚看了上面的內容，這是一封悔過書，主要寫了孫知府這些年心態的轉變。他如何從一個心懷天下的士子，變成了一個冷漠的知府，如今出了大事，他內疚不已，便結束了自己的生命。

看完之後，顧敬臣把血書遞給了揚風。

啟航猶豫地在一旁說道：「其實，仔細想想，孫知府今日好像是故意待在那裡等著我們去抓一樣。」

孫知府在延城多年，對這裡甚是熟悉，他若是想逃，不會這麼快就被他們抓住，想來是他刻意為之。

顧敬臣靜默片刻，沈聲道：「葬了吧，不要為難他的家人。」

啟航道：「是，侯爺。」

接著，畫面一轉，似是幾個月過去了，瞧著周遭的氣氛，青龍國在戰事上應該是處於上風。

顧敬臣在帳中和將士們正慶祝著，一個府兵匆匆趕了過來，跪在地上。

「侯爺，夫人沒了。」

顧敬臣像是沒聽清楚一般，整個人愣住了。

揚風大驚，抬腳踢倒跪在地上的府兵，斥道：「你胡說什麼！夫人好端端地待在京城，怎會突然沒了？莫不是你消息有誤！」

府兵被踢倒在地，連忙又跪好，顫巍巍地掏出懷中的信遞上前。

揚風看了眼信，又看了看自家侯爺的神色。

顧敬臣抬手接過了信件，往日一撕就開的信，今日他拆了數次才終於拆開。

看著信中的內容，他臉上的血色頓時消失，心中一痛，一口鮮血吐了出來，人也暈了過去……

喬意晚恍若也感覺到了他的情緒，心如針扎一般，從夢中醒了過來。

她正眼看著闃黑的室內，臉上微微有一絲涼意，抬手摸了一下，是眼淚。

原來，前世在得知她去世的消息時，他竟是那般的難過。

她的心情久久不能平復，一連幾日悶在房中沒出來。

初二，不知從何處傳出顏貴妃包庇娘家兄長侵占百姓田地的消息，京城百姓議論紛紛。

顏貴妃本覺得這是件小事，沒當一回事，然而沒想到事情越演越烈，田地被侵占的農戶竟然以死抗議，事情壓不下來反倒激起了民憤，演變至此，事情就不能不了了之。

大過年的出了這等事，皇上心情很不悅，斥責了顏貴妃，顏貴妃為了這件事急得上火。

對這情況啟航有些不解，見自家侯爺又在書房抄寫經書，忍不住問了出來。「侯爺，對付您的人是太子殿下，想要破壞您親事的人也是太子，咱們為何揭露顏貴妃的醜聞，不揭露太子的？」

侯爺跟在太子身邊多年，知道很多對太子不利的消息，直接把那些消息放出去，保證讓太子忙得焦頭爛額，沒空摻和其他事，也沒空對付侯爺。

揚風心中有些猜測，見侯爺未答，開口說道：「若咱們對付了太子，顏貴妃不就閒下來了嗎？太子倒了，四皇子就要上位，那四皇子雖聰慧能幹，卻是個心狠手辣的，若他上位，可不是什麼好事。」

顧敬臣抄寫完一遍經書，收了筆。「猜對了一半。」

揚風琢磨了一下，道：「難道……」

顧敬臣道：「想想，若太子倒了，顏貴妃下一個目標會是何人？」

揚風和啟航神色微變，都沒再說話。

顏貴妃利用太子來和他鬥，一則是想要瓦解太子的勢力，二則未必沒有對付他的心思，若太子倒了，四皇子上位，顏貴妃定容不下他。

顧敬臣喃喃道：「而且，給母親下毒之人，尚不能確定……」

究竟是太子還是貴妃，又或者是高高在上的那位……

沒過兩日，京城又突然爆出了對太子不利的傳聞，是一樁多年前的舊事，太子喝醉發酒瘋不慎打死內監，為了避免被責罰，太子私下讓人草草處理了，本以為神不知鬼不覺，怎知會在這個時候被人告發！

太子原還為了顏貴妃遇到麻煩而開心著，結果自己也惹上麻煩了，內心不再淡定了，經馮樂柔調查，此事的源頭跟顏貴妃有關，太子的矛頭再次對準顏貴妃，心裡琢磨著如何再找出顏貴妃的把柄回擊。

顏貴妃和太子決裂的局面也影響了朝政局勢，畢竟這些醜事都發生很久了，從前沒被爆出來，不知為何如今卻流傳了出來，二皇子和三皇子都以為是對方幹的，快樂瘋了，也摩拳擦掌準備在這混亂的時局一展身手。

過年是京城的達官貴人們聚得最全的時候，也是消息傳遞最迅速的時候，這個年大家討論最多的就是此事，只是，皇上的態度一時也看不出來，故而大家都處於觀望的階段。

永昌侯想到那日顧敬臣的神情，總覺得此事跟他脫不開干係。

第三十三章

十六這日，顧敬臣去了永昌侯府。

這一次他不再是只能待在外院，而是被請到了內宅之中。

老太太笑呵呵地說道：「敬臣和意晚訂了親，以後大家就是一家人了，不必再講這些虛禮。」

永昌侯笑著附議。「母親說得對。」

顧敬臣看了一眼喬意晚，順勢叫道：「謹遵祖母之命。」

這一聲「祖母」把老太太哄得臉上笑意擋不住，喬意晚抿了抿唇，沒說話，眼底卻流露出一絲羞意。

午膳時顧敬臣也自然地一起加入，同桌的二叔以及幾位兄長輪番讓他喝酒，氣氛十分熱鬧。

等用過午膳，喬意晚正想找個藉口把顧敬臣叫出去，結果卻發現父親快了一步，二人一同去了書房。

喬意晚琢磨著父親當是有事要說，便沒去打擾，而是讓人看著，若是顧敬臣出來了就回報給她知道。

永昌侯的確有事，還是要事。

跟自己的準女婿探討完新收的字畫、邊關的形勢，永昌侯說到了正題上。

「太子雖然不是自小就養在貴妃娘娘身邊，但貴妃娘娘對他一直頗為照顧，不是親生勝似親生，她有什麼好東西都緊著太子殿下，反倒是略過了自己所出的四皇子。太子殿下呢，也對貴妃娘娘甚是尊重，如今瞧著兩人似是生了嫌隙，也不知是不是真的……」

顧敬臣肯定道：「是真的。」

喬彥成在心中消化了一下這個消息，又試探了一句。「那你如何看待此事？」

顧敬臣道：「這二人本就不是一條心，會鬧翻是遲早的事。」

這話依舊沒有透露出什麼訊息，也沒表明自己的態度，喬彥成頓了頓，道：「有個問題我一直想問問你，還望你能如實告知。」

顧敬臣約莫猜到了是什麼問題。「侯爺請問。」

喬彥成壓低了聲音，問道：「你是站在太子那邊嗎？」

顧敬臣搖頭。「我只忠於皇上，忠於百姓。」

這話透露了不少訊息，顧敬臣是太子的表哥，跟貴妃那邊也沒什麼聯繫，理應站在太子這邊，可他卻沒說站在太子這邊，可見他的確和太子生了嫌隙。

想到那日太子所為，喬彥成問道：「可是因為意晚？」

顧敬臣眼眸微動，語氣溫和了許多。「也不全是因為她。」

喬彥成明白了，他點了點頭。

顧敬臣提醒了一句。「岳父大人不必太早站隊，朝廷形勢瞬息萬變，太早站隊對誰都不好。」

這一聲「岳父」瞬間拉近了兩人之間的距離，喬彥成笑了，這也是他想跟顧敬臣說的話。

「咱們翁婿倒是想到一處去了。」

瞧著時辰尚早，喬彥成說道：「我瞧著你今日飲了不少酒，不如在府中歇息一下再離開？」

顧敬臣應道：「叨擾岳父了。」

在一聲聲的「岳父」中，喬彥成越發覺得顧敬臣這個準女婿親切。

他揚聲道：「來人。」

「侯爺。」

「去問問大姑娘準備好醒酒湯沒有，侯爺醉了。」

「是。」

接收到書房那邊傳來的消息，喬意晚連忙吩咐人去廚房端一碗醒酒湯。

母親處事向來周到，只要府中有人飲酒，必定會讓廚房準備好醒酒湯。

喬意晚帶上醒酒湯，來到了客房這邊。

她過來時，顧敬臣正站在廊下。他整個人跟平日裡不太一樣，閉著眼睛，靠在一旁的柱子上，看上去有幾分隨意。

果然醉了。

喬意晚問：「怎麼不進去躺著？」

聞言，顧敬臣睜開眼看向她，開口時，聲音有些沙啞。「在等妳。」

喬意晚面色微紅，從食盒中拿出醒酒湯，遞給了顧敬臣。

顧敬臣聞到味道，本能地皺了皺眉，似是有些不想喝。

喬意晚道：「誰讓你喝那麼多酒的，快喝了吧。」

顧敬臣看著面前的醒酒湯，剛想接過，又停下了。

「妳餵我。」

這三個字說得極輕，喬意晚差點以為自己聽錯了。

「妳餵我。」顧敬臣再重複了一遍。

喬意晚紅著臉咬住唇沒說話。他怎麼變得這麼無賴了！前世他醉酒後可不是這樣的，他醉酒後特別沈默，一句話也不說。

顧敬臣見她沒反應，本想著自己接過喝，然而，當他看到喬意晚的神色時，又覺得此事未必就沒有商量的餘地。

他接過碗，牽起喬意晚的手，來到了屋裡。

屋內只有他們二人，喬意晚紅著臉問道：「你確定要我餵你？」

顧敬臣道：「確定。」

喬意晚猶豫了一下，拿起勺子，顫顫巍巍遞到了他唇邊，顧敬臣滿臉笑意地張開嘴，把醒酒湯喝下。

喬意晚紅著臉又舀了一勺，因為緊張，手有些抖，顧敬臣見醒酒湯快灑了，一把握住了她的手腕，穩穩地把醒酒湯送進自己口中。

小小一碗醒酒湯，他喝了一刻鐘才喝完。

這醒酒湯的味道著實算不上好喝，若是一口喝完倒也還好，如今一勺一勺地喝，更覺難喝。只是，要問顧敬臣今日的醒酒湯是什麼味道，他覺得是甜的。

待下人收拾好桌子，屋內又只剩下他們二人。

顧敬臣今日跟平日裡很不一樣，他就坐在那裡，一隻手緊緊握著喬意晚的手，眼睛直勾勾盯著喬意晚看，也不說話，嘴角帶著一絲若有似無的笑。

喬意晚有些頂不住這樣的眼神，先開口了。

她問了問顧敬臣的近況，顧敬臣一一作答，不一會兒，喬意晚說起了別的事情。

「我那日在宮裡聽幾位將軍說起了邊境的軍情，聽起來大家都很自信，沒把大梁放在眼中，可我前幾日聽北邊過來的親戚說大梁可能並未真正死心，你還是要多注意那邊。」

喬意晚藉著不存在的親戚之口，提醒顧敬臣關注邊關動態。

「好。」

顧敬臣微紅著臉看著她，眼中似有一層水霧。

喬意晚瞧著顧敬臣和以往不同的模樣，怕他醉意尚濃輕忽此事，忍不住又說道：「我是認真的，你聽清楚了沒？」

顧敬臣托著下巴，應道：「唔，聽進去了。」

喬意晚道：「當真？」

顧敬臣笑了笑，湊近了喬意晚，在她耳邊低聲道：「孫知府每隔五日便會來信回報那邊的情況，大梁的事我都知道，妳放心便是。」

他嘴裡的熱氣吹進了自己耳裡，頓時，喬意晚的耳朵癢癢的，心也跟著顫動起來，至於他說了什麼，她倒是沒怎麼注意了。

等她回過神來時，就見顧敬臣直勾勾盯著自己。

喬意晚有些不自在，連忙問道：「你剛剛說了什麼？」

顧敬臣笑了笑，又重複了剛剛的話。

孫知府？喬意晚想到了夢境中孫知府在棄城而逃之後又主動投案，最後在牢中自盡，開口問道：「孫知府可信嗎？」

顧敬臣道：「暫時可信，人無完人，端看如何去用。」

喬意晚點了點頭，如今聶將軍已經被撤職，這些人事的發展都跟前世不一樣了，顧敬臣的眼光她還是相信的。

「嗯，你心中有數便好。」

兩人的談話告一段落，顧敬臣一直盯著喬意晚看，喬意晚察覺到他的目光，微微有些不自在，藉故想要離開。

「時辰不早了，我——」

顧敬臣打斷了她的話。「晚兒。」

喬意晚看向他。「嗯？」

顧敬臣道：「妳耳朵紅了。」

喬意晚愣住，看著顧敬臣眼中的笑意，故意回了一句。「你的比我的還紅。」

顧敬臣失笑，笑聲從胸腔裡傳出來，悶悶的。

他一笑，喬意晚的臉色越發紅了，更加想逃離。

顧敬臣看著她這副模樣，原本只有兩分醉意，此刻一下子達到了八、九分。

他突然開口說道：「除夕那晚我夢到妳了。」

夢到她了？夢到了什麼？

喬意晚想要離去的心頓時收了回來，思及此刻他醉了，她試著套他的話。「你夢到了什麼？」

之前對她無所不應的顧敬臣此刻依舊不答。

瞧著顧敬臣略顯迷離的眼神，喬意晚扯了扯他的衣袖，哄著他道：「你就告訴我嘛，好不好？」

前世的顧敬臣酒後最好說話了，她說什麼他都應。

顧敬臣心跳得快極了，他看著喬意晚，認真而又蠱惑地說道：「妳親我一下，我就告訴妳。」

看著近在咫尺的顧敬臣，喬意晚的眼眸微微睜大。

前世他醉酒後也甚是沈默，但小動作卻很多，若她滿足他的要求，他是不是會如前世一般聽話回答她的問題？

反正前世兩人不僅親吻過，更親密的事情也做過，應該可以吧？

顧敬臣其實只是順著心意隨口一說，並不認為喬意晚會答應他這個無理的要求，她能見他、陪他說話，他就很開心了，然而正這般想著，鼻間忽然傳來一陣熟悉的香氣，隨之而來的，臉頰上多了一絲溫熱的觸感。

她……她竟然真的親了他！

顧敬臣傻愣愣地看著面前的喬意晚，抬起另一隻手緩緩撫上自己的臉頰。

剛剛定是他的錯覺吧。

喬意晚咬了咬唇，忍住內心的羞澀道：「我……我親了，你快說吧，你究竟夢到了什麼？」

他不是醉了嗎？說不定醒來就都忘了，反正前世他也是如此。

顧敬臣道：「我夢到了……」

喬意晚認真聽著，但話音未落，一個溫熱的唇落在了她的唇上。

那一瞬間，喬意晚感覺周圍的聲音都消失了，腦海中一片空白，幾乎忘記了呼吸，只聞得到鼻間傳來的混合著酒氣的濃烈男子氣息。

顧敬臣的唇在她唇上停留片刻，而後微微離開，喃喃道：「這個。」

喬意晚不記得自己是如何從客房中跑出來的，回到自己的秋意院中，她的心跳仍舊沒能平復下來。

前世二人明明沒少做過這樣的事情，甚至更為親密的事情也做過，她一直都能淡然處之，從未如今日一般失態過。可如今不知怎地，顧敬臣碰她一下她都覺得緊張不已，更何況是親了她？

另一邊，被留在客房裡的顧敬臣時不時摸一下自己的唇，再摸一摸自己的臉頰，笑得像個傻子。

過了約莫一個時辰左右，顧敬臣準備離開了，永昌侯讓人給女兒遞了信，暗示她來送送客，喬意晚以身子不適為由推掉了。

永昌侯有些不解，剛剛女兒還為顧敬臣送了醒酒湯，怎地突然就不開心了，二人莫不是鬧了彆扭？

想到這裡，永昌侯看向了顧敬臣，只見顧敬臣神色平和，絲毫沒有因為女兒沒來送他而不悅，甚至能從他的臉上看出一絲開心的神色。

他在高興什麼？難道在他不知道的情況下發生了什麼事情？

「意晚定是有事耽擱了才沒能過來，敬臣，你莫要掛在心上。」

顧敬臣彎腰行禮道：「小婿不敢。能娶到晚兒是我的福氣，如今天氣寒冷，她今日忙前忙後地也累著了，不如讓她多休息，岳父也多保重身體，小婿先回府了。」

見顧敬臣這般識趣，喬彥成很是滿意。「嗯，好，路上注意安全。」

顧敬臣道：「小婿記住了。」

他在眾人的目送下從永昌侯府正門離去，沒有人知道此時的永昌侯府後門口另有來客——

「今日的戲可好聽？」言鶴問道。

「還挺好聽的，比我在府中聽的好聽多了。」喬婉琪笑著說道。

言鶴心中一喜，試探地問道：「那……等下次那個角兒再來時，我再叫妳？」

喬婉琪正想答應，忽然想到了一事，問道：「你不是說伯鑒表哥會來嗎？他今日怎地沒來聽戲？」

上次也是如此，言鶴說伯鑒表哥會來，她才換了男裝跟他出去的，結果左等右等也不見表哥來。

言鶴斂了斂思緒，滿臉苦惱地道：「我也不知，伯鑒兄之前明明答應我的，可不知為何突然有事沒來，下次我好好問問他。」

喬婉琪見言鶴面色真誠，不疑有他，應了一聲。「嗯，那我先回去了。」說完，她便要下車，言鶴忍不住又問道：「明日城南有雜耍的，妳要不要去看？」

喬婉琪想了想，問道：「伯鑒表哥不喜歡雜耍吧？」

言鶴一愣。「應該……不喜歡吧。」

喬婉琪道：「若伯鑒表哥不去，我也不去了。」

言鶴心中一堵，苦澀地應道：「哦，好的。」

目送喬婉琪回了府，言鶴也回了文國公府。

文國公府——

後院中，一個婆子匆匆去了正院。

「回夫人的話，公子回來了。」

公子指的是何人，眾人皆知，整個文國公府中，只有世子和公子是老夫人在乎的人。

國公夫人問：「他今日去哪裡了？」

婆子道：「駕馬車的張老頭說公子去聽戲了。」

國公夫人又問：「和誰一起去的？」

婆子回道：「說是永昌侯府的一位公子。」

永昌侯府的公子？國公夫人愁眉緊鎖，永昌侯府和文國公府都是文臣府邸，門生遍布青龍國，自是有些爭端，兩府的恩怨往上數也有幾十年了，這些年來，兩府向來井水不犯河水，互不打擾，雖偶爾有些紛爭，但也能勉強保持和諧。

孫兒日日待在山上，不會不知道他們兩府之間的恩怨吧？若二人關係太好，將來遇到朝堂上的競爭，難免要傷心了。

國公夫人琢磨了一會兒，道：「去把公子請過來。」

婆子應道：「是，老夫人。」

不多時，言鶴來到正院之中。

見了孫兒，國公夫人臉上揚起了笑容，問道：「聽說你今日出門了，去哪裡玩了？玩得可開心？」

言鶴眼神微微有些閃躲。「和朋友去聽了戲。」

國公夫人接著問：「和誰去聽的？」

言鶴道：「就是一個普通朋友，祖母應該不認識。」

國公夫人聽得出來，孫兒這是故意不想回答，只是，兩府之間的事情也不能不提。她琢磨了一下，抬了抬手，讓下人們都退下了。

「有些話本應該是你父親跟你講的，不過，依今日的事情來看，你父親當是什麼都沒跟你說過，既然他沒說，那就由祖母來跟你講。」

言鶴抬眸看向自家祖母。

國公夫人道：「全京城，你可以跟任何一個府邸的公子哥兒交好，那人唯獨不能是永昌侯府的。」

言鶴皺了皺眉。「為何？」

國公夫人又道：「永昌侯府跟咱們文國公府政見不合，無法當朋友，而且此事若是被你祖父知曉了，他定也要發火的，你趁早跟永昌侯府那邊斷了聯繫吧。」

言鶴沈默片刻，道：「孫兒與人相交從不看對方的家世背景，只看性情是否相投，不管對方是王公貴族還是永昌侯府，又或是乞丐伶人，只要能聊到一起去，那就是孫兒的朋友，祖母的要求恕孫兒不能從命！」

說完，言鶴朝著國公夫人行了個大禮，大步離去了，任由國公夫人在背後喚他，他也不曾回頭。

國公夫人被孫子氣得不輕。「給我看住他，莫要讓他再亂跑，尤其不能讓他去永昌侯府！」

然而，國公夫人說晚了，言鶴不僅跑了，還跑回了青龍山上。

他今日本就心情不好，又聽了國公夫人那一番話，更覺鬱悶，從正院離開後就直接出了府回家去了。

國公夫人更氣了，她本想藉病把孫兒留在府中，好勸勸他回來繼承文國公府，沒想到一言不合他就回山上去了，這下子國公夫人是真的被自己的孫子氣病了。

言山長看著府中傳來的信，看向了兒子。

臘月時兒子回了一趟京城，後來便說要留在京城，結果沒出正月突然就回來了，自京城回來後就悶悶不樂，也不知發生了何事。

「你祖母這次真的病了。」

言鶴拿著畫筆的手微微一頓，看向父親。「是因為我？」

言山長沒有正面回答這個問題，而是說道：「你若願意的話，這幾日回京去看一看你祖母吧。」

言鶴明白了父親未說的話，心中頓生愧疚，應了一聲。「嗯。」

看著自己未畫完的畫，言鶴看向父親即將離去的背影喚了一聲。「父親！」

言山長轉身道：「嗯？」

言鶴問：「父親，我真的不能跟永昌侯府的人做朋友嗎？」

言山長先是一怔，隨即笑了起來，頓時明白了母親和兒子之間的矛盾。他索性退了回來，坐在兒子對面。

「你想跟什麼人做朋友是你的權利，也是你個人的選擇，擇友當看品性而非門第。」

言鶴頓時鬆了一口氣。

言山長道：「國公府不是你的責任，你無須在意他們的看法。」

言鶴道：「多謝父親。」

三月十六是個好日子，宜嫁娶。

陳氏聽著欽天監算出來的日子，嘆了下氣。閨女好不容易認回來了，結果在家裡才待不到一年左右的時間就要嫁去別的府上了，她以後再想見女兒可就難了。偏偏這個日子明顯是皇上的意思，她無法反對。

剛過完年，永昌侯府就開始準備喬意晚出嫁一事，接下來永昌侯府忙忙碌碌的，每個人臉上都帶著喜氣。

定北侯府亦如此。秦氏雖然忙碌，但是開心，兒子自從跟永昌侯府的長女開始議親，便和從前不同了，不再夜夜宿在京北大營中，甚至只要軍營那邊無事，他便會回府來住，一個月中有大半時間都留在京城。

然而與此同時，相較於永昌侯府和定北侯府平靜中的喜悅，京中的形勢並不算好。

隨著幾次宮宴上貴妃和太子明顯的不睦，接下來雙方鬥得很激烈，近來貴妃娘家兄長顏將軍被降職，承恩侯也因私建屋宅被皇上罰俸一年。

不過，明眼人看得出來，表面上是勢均力敵，實則節奏掌握在顏貴妃手中。

顏貴妃這些年把太子寵上了天，手中對太子不利的證據太多了，只是如今皇上年富力強，若是把太子除掉了，她的兒子也未必能上位，所以她還按兵不動。

承恩侯是太子最得力的支持者，侯爺被皇上斥責，著實令太子不快，而接下來，皇上安排四皇子進入戶部學習，這更讓周景禕不悅，這些日子積累下來的怒火，在見著一臉得意的周景祺時被點燃了，他在宮裡直接把周景祺打了一頓。

顏貴妃看到兒子被打得淒慘的模樣，心疼又憤怒，要留著太子的想法也漸漸消了。

如今太子在宮裡就敢公然打她兒子，以後還不知敢幹出什麼事來，這幾個月她也受夠了。

「母妃，兒子被打得可疼了。」周景祺委屈地說道。

顏貴妃冷著臉道：「你放心，母妃為你報仇。」

周景祺道：「嗯，晚上父皇來的時候一定好好跟父皇說！」

顏貴妃搖頭道：「不，你什麼都不要說。」

周景祺疑惑。「您為何不讓兒子去父皇面前說？太子下手可狠了。」

顏貴妃冷笑道：「當然是有更好的法子！」

周景祺一臉好奇。「母妃請說。」

顏貴妃道：「你什麼都不用說，就頂著這一張臉往你父皇面前一站，當你父皇問起時，你也莫要說太子半個『不』字，相反，若是你父皇責怪太子，你還要多為太子遮掩。」

周景祺細細琢磨了一下，眼睛漸漸亮了起來。「好！兒子記住了。」

等兒子走後，顏貴妃又安排了其他事情。

「這兩日讓人多在太子耳邊說一說皇上對定北侯的優待，比如皇上時常召定北侯入宮密談，比如定北侯十五歲時手中就有了兵權，還有他此次大婚皇上的賞賜。」

「是，娘娘。」

隔日上朝時，周景祺就頂著這一張鼻青臉腫的臉去了。

旁人問起時，他看也不曾看太子一眼，只說天黑路滑，自己不小心跌了一跤。

周景禕聽到周景祺的話，冷笑一聲，心中覺得這個四弟還算識趣。

但明眼人一眼就看得出來四皇子臉上的傷不是摔的，皇上自然也看得出來。

下了朝，皇上稍微一打聽就知道了兒子所為，這一下觸動了他的逆鱗，把太子和四皇子叫到了前殿。

「跟朕說實話，你臉上的傷是怎麼回事？」

四皇子瞧出皇上的不悅，忍住興奮，依舊沒提太子。「是兒子自己摔傷的。」

皇上很是欣慰，再看太子，更覺心寒。「是不是太子打的？」

四皇子瞥了一眼太子。「絕非大哥所為，是兒子自己摔的！」

皇上道：「當真？」

周景禕散漫地道：「父皇，四弟都說了，不是兒子打的。」

一聽這話，皇上頓時就怒了。「旁人不說，不代表此事就不是你所為！你瞧瞧你這一年都在幹什麼！還有沒有儲君的樣子？從前瞧著你文韜武略樣樣精通，政事也做得不錯，堪當大任，但如今看來，不說別人，你連你四弟都不如！」

太子憋屈不已，這一年來，他一直被父皇打壓，從去年罰他去祭祖，到後來讓他在東宮反省，再到現在父皇罰了承恩侯，父皇只知責怪他，卻從未站在他的角度考慮過，從沒把他當回事。

想到父皇對顧敬臣的過分寵愛，再想到這一切的開端，周景禕再也壓抑不住內心的憤怒，問道：「別人？別人指的是誰，可是顧敬臣？」

聞言，皇上驟然色變，大殿內頓時靜了下來，陪在皇上身邊幾十年的內監不敢看皇上的怒顏，紛紛跪在了地上。

殿內所有服侍的人都跪了，四皇子看了一眼皇上的神色，也跪下了。

所有人都不敢說話，唯獨太子直視著皇上。

這些年父皇對顧敬臣的喜歡和偏愛，全都勝過他這個日日陪在父皇身邊的兒子，父皇這一年來對自己越發不喜，不管他做什麼都是錯的，不僅是父皇，顏貴妃也一直在利用他，他實在是受夠了！

在一片死寂中，皇上開口了。「顧敬臣是你的表兄，他騎射功夫遠勝過你，才華更在你之上，武能安邦定國，文能治國安民，你比不上他。」

聲音渾厚有力，像是壓抑著什麼情緒，說出來的話足夠讓人崩潰，太子頓時臉色灰敗，大受打擊，人也癱坐在地上。

果然，在父皇心中，顧敬臣才是最出色的。

皇上看著癱坐在地上的兒子，心中很是失望。「你身為一國儲君，處處針對一個對你忠心的臣子，朕看你的腦子和良心都被狗吃了！來人，送太子回東宮，幽禁一月，沒有朕的允許，任何人不准探視！」

瞧著侍衛上前來，四皇子張了張嘴像想說些什麼，皇上抬了抬手道：「你也退下吧。」

周景祺道：「是，父皇。」

顏貴妃從兒子那裡得知了太子所說的話，臉上無悲無喜。

一切都在她的預料之中，沒什麼可驚訝的，太子這一次是真的要被皇上厭棄了。

「兒子從未見過父皇發那麼大的火，看起來特別嚇人，我都不敢多看，想來太子這一次凶多吉少了。」周景祺顯得很興奮。

顏貴妃瞥了兒子一眼，道：「從今日起，你低調一些吧。」

槍打出頭鳥，等老二、老三先出頭吧。

周景祺有些不滿。「為何？」

他已經忍太子很久了，好不容易等太子倒下了，怎能輕易退縮？

顏貴妃正色道：「你莫要忘了我說過的話，此時並非出頭的好時機，你父皇不需要一個精明能幹的兒子，他需要的是一個聽話的兒子，你只需聽我的，那個位置遲早是你的。」

低調、不是時機，這種話周景祺不知聽了多少年了，忍太子便罷了，再忍二哥和三哥那兩個蠢貨，他著實不想，可他也知道，母妃的命令不能違抗。

「兒子記住了。」

看著兒子離去的背影，顏貴妃眉頭緊鎖。

按照她的計劃，周景禕在太子之位上至少還得再有十年的時間，等到那時，皇上年紀大了，心性自是與現今不同，到了那時，方是祺兒出頭之日，可惜世事萬變，周景禕突然間醒悟，處處和她作對，甚至傷害祺兒，這就不得不除掉他了，只是不知接下來的情勢會如何，二皇子和三皇子究竟能不能擋在祺兒前面分擔皇上的目光……

這時，一個宮女匆匆過來了，她低聲道：「娘娘，雲奉儀要生了，咱們要不要做些什麼？」

顏貴妃細細琢磨了一下，道：「什麼都別做。」

太子已呈敗勢，但也難保將來不會起復，尤其是太子妃，那是個厲害的，又有馮家做靠山，是個變數，有雲奉儀的孩子在，太子妃心中勢必會不舒服。

讓馮樂柔和雲婉瑩鬥，東宮亂了，她才能安心。

「不僅不做，還得保著雲婉瑩肚子裡的孩子，莫要讓馮樂柔動了手腳。」

宮女應道：「是。」

歷經一個晚上，雲婉瑩終於生下了一個兒子，喬意晚知曉此事時已經是一個月後了。

得知雲婉瑩成功生下了兒子，而自己也活得好好的，喬意晚越發覺得前世自己死得蹊蹺，想來是有人故意為之。

那個人會是誰呢？為何那人除掉了雲婉瑩，卻留下了孩子？太子的孩子，不是比雲婉瑩的身分更加尊貴嗎？

喬意晚只略微一想便放下了，還有三日她便要嫁給顧敬臣了，如今也沒太多時間想這些事情。

總之那個人不管是誰，都不可能是顧敬臣。即便顧敬臣知曉婉瑩肚子裡的孩子不是自己的，他也不會因此就做出傷人性命的事情。

留在永昌侯府的日子不多了，喬意晚白日裡盡可能地在正院待著，陪陳氏說說話，時不時也去瑞福堂坐一會兒，剩下的時間就是跟喬婉琪在一處。

喬婉琪抱著喬意晚的胳膊，不捨地道：「大堂姊，我可真捨不得妳啊，妳就要嫁給定北侯了，以後就不能時時刻刻看到妳了。」說著說著，語末竟然有了鼻音。

喬意晚瞧著喬婉琪微紅的眼眶，抬手摸了摸她的頭髮。

「妳若是想我了，就去定北侯府尋我，若是二嬸兒同意，妳可以陪我住幾日。」
喬婉琪甕聲甕氣地道：「嗯，可那終究不一樣啊，不是在咱們自己家了。」
聽到這話，喬意晚心頭也有些沈悶。
「女孩子終究是要嫁人的，再過兩年，妳也要出嫁了。」
喬婉琪把頭靠在喬意晚的肩膀上道：「我不想嫁人，也不想大堂姊嫁人，想要一家人一輩子生活在一起。」
這種事對於兒郎而言是可以的，對於姑娘家卻是幾乎不可能的，世道便是如此。
兩人也不說話，就這般靜靜地坐著，這時，紫葉過來了。「姑娘，定北侯來了。」
一聽這話，喬婉琪立馬坐正了身子，不悅地道：「他怎麼又來了？大堂姊過幾日就要嫁給他了，他日日都來，煩不煩啊！」
這話也就喬婉琪敢說了，紫葉張了張嘴又閉上了。
不過，事情的確如二姑娘所言，定北侯最近日日都來。
喬婉琪道：「妳去跟他說，我大堂姊有事在忙，沒空見他。」
紫葉沒敢應，她看了一眼喬意晚的神色。
喬意晚握了握喬婉琪的手，失笑地微微搖了搖頭。她看向紫葉道：「就按二妹妹說的去回吧。」
喬婉琪臉上頓時露出一個大大的笑容，大堂姊還是更喜歡她。

紫葉應了一聲，退下了，但過了兩刻鐘左右，紫葉又來了。

喬意晚看向紫葉，問道：「怎麼了？」

紫葉覷了一眼喬婉琪的神色，對喬意晚道：「定北侯說有要事找您，今日必須得見您一面。」

喬意晚一愣，有時她若是在忙的話，就不會去見顧敬臣，之前顧敬臣從不會這樣，只要她說了有事，他留下東西便會離去，今日這般堅持，莫非真的有事？

她看向喬婉琪，正猶豫如何跟喬婉琪說，喬婉琪先鬆開了她的胳膊，失落地道：「大堂姊妳去忙吧，我明日再來尋妳。」

喬意晚道：「好，妳不是喜歡我那幅松竹圖嗎，送給妳了。」

喬婉琪立刻笑了。「多謝大堂姊。」

喬意晚抬步去了前院。

她到時，顧敬臣正站在樹下認真地看著樹上的桃花，一陣風吹過，桃樹晃動，桃花紛紛揚揚落下，像是下了一場綿綿的花瓣雨，頓時減弱了幾分顧敬臣身上的殺伐氣息。

往常喬意晚一走到門口，顧敬臣就會轉身看過來，今日喬意晚特意在門口停了一瞬，她卻發現顧敬臣並未注意到她的到來。

瞧著顧敬臣的背影，喬意晚眼眸微動，提起裙襬，放緩腳步，輕輕地朝他走去。

才幾步路，她走得緊張不已，生怕顧敬臣會突然轉過身，終於，她來到了顧敬臣的身後，顧敬臣竟然還是沒有發現她！

喬意晚心中起了惡作劇的念頭，踮起腳尖，伸手從他身後捂住他的眼睛，故意把聲音壓得低一點，問道：「猜猜我是誰？」

她沒看到的是，顧敬臣臉上的笑意快要止不住了。

「姑娘，若是我猜對了有什麼獎勵嗎？」

瞧著顧敬臣的反應，喬意晚微微蹙眉，難不成他真的沒猜出來是她？

「沒有，猜錯了要接受懲罰！」

顧敬臣道：「什麼懲罰？」

「罰你……」喬意晚想了想，腦海中突然冒出最近夢中的顧敬臣。「罰你抄寫三遍經書！」

顧敬臣又道：「會不會太輕了？」

喬意晚道：「嗯……那就十遍。」

顧敬臣終於忍不住，笑聲從胸腔傳了出來，悶悶的。

喬意晚終於意識到顧敬臣一直在逗自己玩，有些意興闌珊，鬆開了捂著顧敬臣眼睛的手。然而，手還未縮回來就被人緊緊握住了，整個人也被抵到了桃花樹下。

喬意晚看著顧敬臣眼中的笑意，微惱。「你早就猜到是我了？」

顧敬臣握住她的手，輕輕親了一下。「我一直在閉眼期待著妳的動靜，妳走在橋上時我就聽到了。」

喬意晚驚訝不已。穿過小橋，再走數十步才能到這邊的院子，顧敬臣如何聽出來的？

顧敬臣說：「每個人走路都有自己的習慣，妳的步調我早已爛熟於心，甚至——」

喬意晚抬頭望向他。「嗯？」

顧敬臣看著喬意晚的眼睛道：「甚至，我能聽出妳的心情。昨日妳下橋之後，我數了十五個數妳出現在了門口，今日妳下了橋後我數了十二個數妳就到了，昨日妳不知我來，而今日妳知道我在等妳，說明妳很想見到我！」

喬意晚的心事一下子被人剖析得乾淨徹底，只能瞪大了眼看著顧敬臣。

「我猜對了，是不是要給我一些獎勵？」

喬意晚還沒來得及說些什麼，手突然被顧敬臣握緊了。

顧敬臣頭微微一垂，親上了喬意晚的唇。

喬意晚身後是盛開的桃樹，眼前是顧敬臣，她被親得毫無招架之力，只能緊緊攥著顧敬臣的衣裳。

片刻後，顧敬臣終於停止了親吻，額頭抵著喬意晚的額頭，垂眸看著她。

他濃重的呼吸聲甚是滾燙，喬意晚心顫抖著，紅著臉不敢看他，下意識撇開了頭。

顧敬臣只覺得怎麼看她都看不夠，只想日日夜夜地看著，他順勢把她圈入懷中，頭放在喬意晚的頸窩處。

兩個人就這般靜靜地待著，誰也沒開口說話。
不知過了多久，喬意晚推了推他，問道：「你今日到底有何事？府中還有一大堆事要忙，若無事我便回去了。」
顧敬臣深深地看了喬意晚一眼，從懷中拿出一條紅線，繫在她的手腕上。
喬意晚詫異問道：「這是什麼？」
顧敬臣道：「我特意為妳求的平安繩。」
喬意晚納悶道：「啊？求這個做什麼？」
顧敬臣從來不信神佛，更不信這些東西，怎會突然給她繫一條紅繩？
顧敬臣沒細說，只簡單回答。「保平安。」
喬意晚還想再問，顧敬臣拿其他話題岔開了，過了一會兒，他說道：「回去吧，這幾日妳哪裡都不要去，三日後我來接妳。」
喬意晚道：「好。」
看著她的背影消失在眼前，顧敬臣臉色沈了下來。
不知為何，他這幾日總覺得有些不安，似是要發生什麼似的，所以，除了派人守著永昌侯府外，他從京北大營回來的途中還特意去崇陽寺求了這條平安繩，希望確保她平安。
雲婉瑩一直被太子禁足在自己的小院中，並不知外面發生了何事。

自從肚子越來越大後，她就總覺得有人要害自己的孩子，時時刻刻小心著，至於外面的事情，她也是真的沒空多打聽。

當她平安生下兒子後總算是放心了，不管如何，這可是太子的長子，也是皇上的長孫。

然而，之後的日子也並沒有更好過，這個孩子沒有得到她想像中的重視，而太子竟然被禁足了，而她也被太子妃以她在坐月子為由，依舊不讓她出去。

等出了月子，她終於知曉了這幾個月朝廷的劇變，頓時大驚，連忙抱著孩子去尋太子。

雲婉瑩剛到正殿，馮樂柔那邊就得到了消息。

初雪道：「太子妃，奉儀去尋太子殿下了。」

馮樂柔皺了皺眉。

這一個月來，不管她說什麼，太子都是一副自暴自棄的模樣，嘴裡還不停地罵皇上、罵定北侯，言語間說出來的話讓人很震驚，她無法判斷那些事情是真是假，也拿他沒辦法。

「罷了，讓她去吧。」

太子最近陰晴不定，雲婉瑩又能討得了什麼好？

雲婉瑩過去時，太子正在飲酒，神情頹廢，她斂了斂思緒，笑道：「殿下，您看看瑞兒，長得多像您啊！」

周景禕勉強從酒瓶中抬起頭來，瞥了一眼襁褓中的嬰兒，隨即冷笑一聲，又繼續飲酒了。

雲婉瑩抿了抿唇，道：「殿下，您可是太子殿下，皇上如今還未下什麼詔令，您莫要自暴自棄。」

周景禕喝完手中的酒，使勁地把酒罈摔在了地上。

雲婉瑩嚇了一跳，宮女懷中的嬰兒嚇得哇哇大哭。

周景禕臉上流露出不耐煩的神色，怒斥道：「哭什麼哭！」

雲婉瑩瞥了一眼宮女，示意她帶著孩子退下。

「殿下，到底發生了何事，您這是怎麼了？有什麼問題您說出來，我和您一起承擔。」她被禁足前，太子還是那個高高在上手握大權的太子，怎地她出來天就變了？這期間到底發生了何事？

周景禕嗤笑一聲。

承擔，如何承擔？誰又承擔得起？

父皇心中只有顧敬臣那個私生子，絲毫不把他放在眼中，他如何能跟顧敬臣爭？

周景禕本不欲跟雲婉瑩多說什麼，忽然，他想起一事，盯著雲婉瑩片刻，湊近了她，低聲說道：「妳可知顧敬臣的生父是何人？」

雲婉瑩道：「不是已故的定北侯嗎？」

周景禕笑了，他晃了晃手指道：「不，他親生父親不是定北侯，是父皇！是我的父皇！他跟我是同一個父親所出。」

雲婉瑩頓時愣住了，久久不能回神。

「顧敬臣……他是皇上的兒子？」

周景禕說：「是啊，他是父皇的兒子，打小父皇就對他與旁人不同，那時孤以為是父皇憐惜他們孤兒寡母，沒想到真相竟然是這樣的……妳最討厭喬意晚了，沒想到她如今嫁的人也是皇子吧？」

說罷，周景禕大笑出聲，聲音裡面透露出幾分悲涼。

聞言，雲婉瑩神色驟變。

喬意晚要嫁的人竟然是一個皇子？

「定北侯知道這事嗎？」雲婉瑩問。

周景禕冷笑一聲。「他自然是知曉的，他從小就知道，卻從來沒跟孤說過，他時常跟在孤的身邊，定是常常私下笑話孤，枉孤從前那麼信任他，他竟然敢欺瞞孤！」

周景禕越說越憤怒，一腳踢開了腳邊的酒罈子。

他已經被憤怒和酒蒙蔽了腦子，忘記一直是他自己主動靠近顧敬臣，顧敬臣從未主動來尋過他。

雲婉瑩沈浸在自己的思緒中，片刻後又問了一個問題。「定北侯也覬覦那個位置嗎？」

周景禕道：「應該是沒有的，是父皇重視他，想把這世間最好的給他，不過孤瞧著顧敬臣似乎對父皇頗為冷淡。」說起皇上，他又輕笑一聲。「可真是諷刺，君心難測，對父皇好的、日日陪在他身側的，父皇壓根兒不在乎，反倒是寵愛那些不敬他的。呵，可真是諷刺，孤瞧著這天下遲早要被父皇送到顧敬臣的手中。」

雲婉瑩卻不這麼覺得，等太子笑了一會兒，她開口道：「殿下可知當年我外祖母和母親為何要將我和喬意晚交換？」

周景禕不解她為何問這個問題，那兩個女人一個是丫鬟出身，一個是庶女，都是上不得檯面的東西，他不屑道：「無非是為了永昌侯府的榮華富貴。」

雲婉瑩看向周景禕的眼睛，說道：「這只是其中一個原因，並非是最重要的那一個。」

周景禕並不想聽這些事情，拆開一罈子酒，飲了一口，隨意道：「哦，那是為何？」

雲婉瑩道：「因為永昌侯夫人身懷六甲之時，曾有一位道士算出來她腹中的胎兒是鳳命。」

周景禕頓時怔住了，眼睛微微瞇了瞇，看向雲婉瑩。「妳剛剛說什麼？」

雲婉瑩又道：「因為道士說喬意晚將來會成為皇后，所以外祖母和母親動了心思，冒死也要將意晚和我相換。我打小也是被老夫人和侯爺當成皇后來栽培的，後來他們不顧永昌侯夫人的反對，執意讓我選太子妃。」

周景禕緩緩放下手中的酒，想到了永昌侯府當初不惜作弊也要幫長女成為太子妃，又想到了顧敬臣對喬意晚突如其來的喜歡，想到了顧敬臣突然插手永昌侯府的家事，想到了顧敬臣寧願放下定北侯的驕傲也要求親三次……

「哈哈哈哈哈哈哈！」

周景禕站起身來，大笑出聲。他原還以為顧敬臣對皇位無意，如今看來，真正蠢的人只有他自己。

他和顧敬臣一起長大，知曉顧敬臣的性子，顧敬臣向來不近女色，怎會突然喜歡上一個女子？定是因為這女子身上有什麼值得他關注的地方。

哪有什麼一見鍾情的故事，分明是因為顧敬臣知曉喬意晚的身世，故意去求娶！

「哈哈哈哈哈！」

周景禕不停地笑著，笑著笑著，眼淚都出來了。

雲婉瑩沒想到周景禕會是這樣的反應，怔怔看著他不說話。

周景禕拿起手中的酒，砰的一聲摔在地上。

想要取代他成為太子？他作夢！

想擁有鳳命的女子，他偏偏就不讓他如意！

第三十四章

晚上，喬意晚再次入夢——

不知是不是因為自己近來沒什麼特別想了解的事，所以最近她作夢夢到的都是顧敬臣一個人在書房抄寫經書的畫面。

她已經看了幾個月顧敬臣抄寫經書了，今日忽然看到別人，頗為意外。

「侯爺，夫人沒了。」

聽到這熟悉的話，喬意晚有些詫異。上次顧敬臣知曉她的死訊不是在延城嗎？怎地如今在侯府又重演一次？很快，她明白過來了，李總管口中的「夫人」說的不是她，應該是前世的婉瑩。

得知婉瑩難產而亡，顧敬臣眉頭皺了起來。

看著顧敬臣因婉瑩的死而不開心的模樣，喬意晚說不出心裡是何種感受。

她突然不想再作這樣的夢了，明明前世的一切都已經過去了，今生是一段嶄新的開始，顧敬臣喜歡的人從始至終只有她一人。然而，前世他曾娶過婉瑩，他們二人曾有過幾個月的夫妻生活，這一點無論如何也不能抹殺，此刻看著顧敬臣和婉瑩的過往，她心中難以控制地難受著。

顧敬臣道：「大夫原本不是說一切都好嗎？」

李總管道：「是啊，大夫的確是這麼說的，可不知為何生產時夫人忽然大出血，很快便沒了氣息。」

顧敬臣又道：「近日可有任何異常？」

李總管回道：「東宮曾經送來一些補品，說是太子知曉侯爺的第一個孩子即將誕生，特意為夫人肚子裡的孩子準備的。」

顧敬臣眼眸微冷。「細查此事！」

「是。」

顧敬臣吩咐道：「將孩子嚴加守護，莫要被人鑽了空子。」

李總管忍不住道：「侯爺，您從未踏入夫人房中半步，那孩子也不是您的，您又何必這樣做？」

夫人嫁過來時就已經有了身孕，很顯然是故意的，這幾個月來，夫人在府中也很不規矩，時常來外院書房翻找東西，明顯是太子派來的奸細，侯爺何必插手這些事，不如任由太子那邊的人鬥個你死我活便是。

聽到李總管的話，喬意晚心中終於鬆了一口氣，原來事情不是她想的那樣。

顧敬臣頓了頓，道：「孩子終究是無辜的。」

李總管嘆了口氣。「老奴知道該怎麼做了。」

李總管轉身之際，顧敬臣道：「李叔，等找到想要害死孩子的人，孩子安全了，我就會把他送走。」

他倒也沒有幫別人養孩子的興趣，之前留著喬婉瑩，也是想看看她究竟想做什麼。

李總管臉上露出笑容。「那就好、那就好。」

喬意晚終於明白前世顧敬臣為何要把孩子放在小院中嚴加看管了，原來是為了保護那個孩子，他明明知道孩子不是自己的，卻還是選擇好好保護他。

畫面一轉，喬意晚發現自己來到了宮裡——

細雨中，顧敬臣和馮樂柔擦肩而過。

顧敬臣道：「太子妃，妳的手伸得太長了。」

馮樂柔笑了。「定北侯，我為你解決了一個大麻煩，你應該感謝我的。」

她知道以顧敬臣的本事，定能查出事情是她做的，可她還是做了，因為她知曉此事對顧敬臣有利，顧敬臣定不會把事情宣揚出去。

顧敬臣冷冷地看了馮樂柔一眼。「妳覺得太子若是知曉了此事，會如何想？」

馮樂柔笑容加深。「侯爺會告訴太子殿下嗎？以你對太子殿下的了解，他會在意一個女人的死活？」

顧敬臣說：「一個女子的死活太子或許並不在意，但若太子知曉太子妃的本意是弄死那女子腹中的孩子呢？」

馮樂柔臉上的笑僵住了，她抿了抿唇，道：「那孩子又不是侯爺的，侯爺何必在意？」
顧敬臣睇了睇眼。「太子妃，那孩子不管是何人的，畢竟是一條生命。」
聞言，馮樂柔沒說話。
顧敬臣道：「希望妳適可而止，莫要再做令自己後悔的事。」
說完，逕自離去。
喬意晚從夢中醒來，心頭的疑惑頗多。
前世害死婉瑩的人是馮樂柔，今生不知為何馮樂柔饒過了婉瑩，想來是因為前世婉瑩對馮樂柔未設防所以著了她的道，又或者是今生有人幫了她。
若婉瑩是馮樂柔害死的，那麼自己會不會也是被馮樂柔害死的呢？應該不是，馮樂柔沒有害她的理由，可誰又有這個理由害死她呢？
還有，顧敬臣明明已經抓住了馮樂柔的把柄，相信以馮樂柔的聰明也不敢再對那孩子輕舉妄動，可為何顧敬臣後來還是一直把孩子留在府中？
這些問題實在令人想不通。
太子忽然振作了，這讓馮樂柔很意外。
她在太子面前試著提了提定北侯的事，太子依舊對其厭惡不已，或者說，比從前更加厭惡，甚至有幾分憎恨，這可不是什麼好事。

依她的判斷，定北侯是太子身邊最得力的一個幫手，即便如今她從太子那邊已得知了定北侯的身分，她依舊覺得定北侯不會背叛太子，因為定北侯早就知曉了自己的身世，依著皇上對其的寵信，他若是想背叛太子早就背叛了。

當然，若是太子做得太過分了，難免不會惹怒定北侯。

太子身邊另一個看似強大的助力是承恩侯府，但明眼人都看得出承恩侯府沒什麼前途，不過是依附太子的存在；太子在，承恩侯府就在，太子沒了，承恩侯府就等著沒落吧。

想到雲婉瑩對喬意晚的恨意，馮樂柔猜測那日雲婉瑩找太子所說之事極有可能跟定北侯和喬意晚有關，定是她說了什麼，讓太子一下子振作起來。

馮樂柔思索良久，決定晚上去找太子再好好聊一聊。

周景禕聽膩了馮樂柔勸說的話，一聽是她過來了，直接讓人去說他在休息，沒有見她。

馮樂柔並沒有輕易放棄，她站在門口，看著緊閉的房門揚聲道：「殿下，臣妾有話想跟您說。」

聽到這個聲音，周景禕皺了皺眉，有些不耐煩地問道：「何事？」

馮樂柔道：「臣妾可否進去一敘？」

周景禕琢磨了一下，讓她進來了。

馮樂柔也沒扯其他的話，直接問道：「殿下，您最近打算做什麼？」

周景禕抬眸看向她，眼含警告道：「太子妃，妳僭越了。」

馮樂柔沒再繼續追問，轉而說道：「您覺得如今咱們最有力的朋友是誰？」
周景禕嗤笑一聲，道：「咱們身邊還有朋友嗎？」
馮樂柔試著道：「定北侯就是咱們的朋友。」
周景禕神色一冷，譏諷道：「顧敬臣究竟給太子妃灌了什麼迷魂湯，能讓妳對其念念不忘？既然妳心悅於他，當初又為何要嫁給孤？」
聽到這番話，馮樂柔神色也不好看了。她穩了穩心神，道：「臣妾也想知道貴妃和奉儀究竟跟您說了什麼，導致您這般恨定北侯，從前您跟定北侯關係不是很好嗎？」
周景禕道：「那是孤還不知道一些事情的時候，如今知曉了，自然不可能再跟從前一樣。太子妃若無事，就回吧。」
他就不該讓她進來。
馮樂柔忍了忍，又道：「殿下，您想過這一切事情是從何時開始改變的嗎？想過為何皇上會屢次針對您嗎？」
周景禕眯了眯眼。「因為顧敬臣！」
馮樂柔立即道：「是因為顏貴妃！若不是顏貴妃對您說了那些話，您如何會針對定北侯？若您不針對定北侯，皇上也不會這般待您，只要您跟定北侯重歸於好，相信皇上很快就會再重用您的。」
周景禕幾乎要被說動了，可想到當年母后死的真相，想到顧敬臣娶喬意晚的動機，他心頭的憤怒就難以消除。「不可能！」

馮樂柔猜不到其中的緣由，也知太子不會告訴她原因，於是她換了策略。「好，您即便不能跟定北侯重修舊好，那能不能停止任何針對他的行動？他名義上畢竟是姓顧，而非姓周，這一點就足以證明皇上沒有認回他的心思，您針對他是沒有用的，只會讓顏貴妃母子漁翁得利。」

周景禕道：「哼，周景祺算個什麼東西？等孤解決了顧敬臣，下一個就輪到他了。」

馮樂柔不安道：「殿下！」

周景禕擺擺手。「孤乏了，太子妃退下吧！」

馮樂柔看著周景禕，心中無力感驟生，她頓了頓，終於轉身離去了。

她打小身子就不好，但一心要強，想要做到最好，本以為嫁給太子就能實現自己的夙願，可不承想，當初勢頭正盛的太子一下子變成了這般模樣。

或許，並非是他變成了這般模樣，而是他原本就是這樣的，只不過從前顏貴妃捧著、定北侯護著，才顯得他德才兼備、能力卓絕。如今這二人離他遠去，甚至很可能與他對立，他的真實面貌就顯露出了。

從正殿出來，外面下起了濛濛細雨。

「太子妃被攆出來了？」雲婉瑩不知何時來了，笑著說風涼話。

馮樂柔瞥了她一眼。就在一個月前，她還曾起念想弄死雲婉瑩以及她肚子裡的孩子，可如今看著得意洋洋的雲婉瑩，她只覺得她可憐。
「掌嘴！」馮樂柔淡淡道。
初雪上去就給了雲婉瑩一巴掌。
雲婉瑩一臉不可置信，捂著臉憤怒道：「妳敢打我！我定要告訴殿下！」
馮樂柔淡淡道：「隨妳。」
說罷，朝著雨中走去。
春雨貴如油，三月的雨已不似冬日那般寒涼。
回到自己的殿中，馮樂柔吩咐婢女。「動用所有的力量去打聽周景禕跟雲婉瑩在密謀什麼。」
馮樂柔對太子的稱呼變了。
初雪有些震驚，問道：「所有的？」
馮樂柔道：「對，所有的，能用上的全用上，即便是冒著被發現的風險，也要給我打聽出來。」
初雪震驚極了，姑娘嫁過來數月，好不容易在東宮中有了自己的一些勢力，如今若是暴露了，往後的日子可怎麼辦？
馮樂柔喃喃道：「我不能讓馮家毀在我的手裡。」
初雪頓時心頭一緊，回道：「是，奴婢明白了。」

三月十五日晚上，永昌侯府眾人聚在一起吃了一頓飯。

今天人來得很齊，喬桑寧也在。

二月初，喬桑寧就從書院中回來參加會試，不久之後會試成績出來，喬桑寧成了貢士。前不久，他剛剛參加了殿試，雖未中前三甲，但也榜上有名，如今選擇了外放出京，月底就要赴任。

這對永昌侯府而言是一件大喜事，長子是世子，有爵位在身。次子通過了正兒八經的科考，兩榜進士出身，未來只要侯府不犯天大的錯誤，那麼不管世事再怎麼起伏，都不會影響子孫的仕途。喬琰寧作為二房的長子，自也有蒙蔭官職在身。

喬彥成道：「明日意晚就要出嫁了，今晚大家好好聚一聚，下一次再聚就不知道是什麼時候了。」

說到後面一句，喬彥成無端有些傷感，桌上的氛圍也頓時變了。

喬彥珏看看兄長，又看看母親，出聲緩和氣氛。「意晚是嫁入定北侯府，又沒有出京城，她想何時回來就能何時回來，咱們沒必要像生離死別一樣。」

話雖是這麼說，但大家心中還是有些沈悶，老太太嘆氣道：「哎，早知道就把婚期往後面拖一拖了。」

喬彥珏見無人應答，再次開口道：「婚期是皇上定的，咱們如何能往後拖？」

喬婉琪小聲嘟囔了一句。「都怪定北侯，那麼著急。」

何氏瞪了女兒一眼。「妳這小姑娘家家說的這是什麼話？這足以證明定北侯對妳大堂姊的重視。」

喬婉琪撇了撇嘴沒說話。

喬意晚心中也是沈甸甸的，只是為了不讓長輩們傷心，她仍打起精神，笑著說道：「能有這麼多家人的陪伴，意晚覺得此生足矣，往後會常回府看看，希望到了那時祖母、父親母親、二叔二嬸，各位兄長嫂嫂妹妹不要嫌棄才是。」

老太太拍了拍喬意晚的手，道：「妳這是說的什麼話？妳那院子永遠都為妳留著，妳愛住多久就住多久，我看誰敢嫌棄妳。」

陳氏也看出女兒想緩和氣氛，她悄悄擦了擦眼角。「母親，飯菜都要涼了，咱們開飯吧。」

老太太斂了斂思緒，道：「開飯吧。」

飯桌上，老太太不停地給喬意晚挾菜，對她多有照顧，桌上的眾人也時不時跟喬意晚說幾句話。

等到吃過飯，眾人散去，老太太特意把喬意晚留了下來。

她走到裡間，從櫃子裡拿出一個小匣子，遞到了喬意晚手中。

「當年我嫁給妳祖父時，娘家送了不少嫁妝，那些嫁妝漸漸過了時，有的被我用了，有的融了打成其他的首飾，唯獨這幾件，因為是宮裡已故的太后給我的添妝，所以一直都留著。」

喬意晚打開匣子看了一眼，雖然已經隔了幾十年，裡面的首飾依舊跟新的一樣，一看就知價值不菲。

「祖母，這太貴重了，孫女不能要。」

老太太道：「我這一大把年紀了，貴重不貴重的也不重要了，再好的東西也要拿出來給人用才有價值。我手中有不少田產鋪子，也不缺錢，妳父親和二叔也孝順，時不時給我打些首飾，給妳妳就拿著吧。」

喬意晚依舊在推辭，老太太道：「拿著吧！我一生只生了妳父親和妳二叔兩個孩子，沒有女兒，孫女輩的就只有妳和婉琪，倒不是我不疼婉琪，只是，婉琪生下來就在侯府，享受了侯府的榮華富貴，妳卻一直在外面受苦。每每想到妳這些年的遭遇，我的心裡就覺得難受，想要補貼妳一些東西，妳若覺得心中過意不去，那就時常回來看看我，可好？」

喬意晚眼眶含淚，點了點頭。

她知曉老太太是鐵了心要給她這些東西，沒再拒絕。

「孫女定會時常回來看望祖母。」

老太太笑道：「好，好。」

說完此事，老太太又道：「有些話本應由妳母親跟妳說，只是，依著妳母親那性子，這些話定是不會跟妳講的，我就多幾句嘴。」

喬意晚道：「祖母請講。」

老太太說：「祖母看得出來，定北侯如今對妳情根深種，對妳喜歡得緊，只是，男子的喜歡未必能長久。嫁給定北侯之後，妳得趁著他對妳還喜歡，趕緊生幾個孩子傍身，再把管家的權力拿過來。妳那婆母是個萬事不理的性子，雖脾氣古怪，待人冷淡，但是人不壞，想必那管家一事她也未必會一直握在手中，有了孩子，再有了管家的權力，不管男人再怎麼變心都不必怕了。若是身邊沒有孩子，等他再變心之時，日子可就難熬了。」

說到後面，老太太眼神變了，像是想到了什麼往事一般。

喬意晚應下。「好，孫女記住了。」

老太太期盼道：「希望妳這一輩子能過得順遂些。」

喬意晚點頭道：「嗯。」

服侍老太太睡下，喬意晚從瑞福堂出來了。

「去正院看看母親吧。」

紫葉道：「夫人已經在秋意院等著您了。」

喬意晚說：「那快回去吧。」

回到秋意院，喬意晚看到了陳氏。

正如老太太所言，陳氏並沒有教女兒趕緊生孩子，也沒有教女兒在侯府立足，她有更重要的事情要交代女兒。

喬意晚接過陳氏手中的小冊子，翻開認真看了起來，待看清楚上面所繪之事，臉色迅即漲得通紅。

有了前世那一番經歷，她並非不諳世事的小姑娘，看了一頁便知曉何事，她紅著臉看向陳氏。

陳氏淡定地道：「都會有這麼一遭的。我知妳害羞，不過，妳還是要好好了解了解。」

喬意晚心中害羞不已。

陳氏看著嬌弱如一朵花的女兒，再想到顧敬臣的身板，長長嘆氣，抬手握住女兒的手，說道：「他行伍出身，力氣大，想來妳定不會舒服，雖大家覺得這種事對女子而言有些難以啟齒，但妳若覺得不舒服，還是要如實告訴他，不然受委屈的只有妳自己。男人在這種事上是從來不知道滿足的，也不會體恤人，妳只有明明白白告訴他妳的不舒服，他才會曉得。」

這些事全都被陳氏說對了，前世，顧敬臣的確是如此的。

她一直忍著他，他卻從來不知滿足，一開始的確很難忍受，後來慢慢習慣了，她沒好意思跟顧敬臣提此事。

陳氏道：「有什麼不舒服的地方就告訴他，他若愛惜妳，定會聽妳的。」

喬意晚道：「嗯，女兒記住了。」

陳氏又跟女兒說了許多夫妻之間的相處之事，瞧著時辰晚了，這才依依不捨地離開。

陳氏回到正院，見堂屋的燈是亮著的，永昌侯正坐在椅子上看書。

聽見動靜，他放下書，看向陳氏。

陳氏擦了擦眼角的淚，打了一聲招呼。「侯爺還沒睡？」

喬彥成道：「沒有。」

兩個人收拾了一番，上床休息了，但熄燈之後，兩人都有些睡不著。

黑暗中，喬彥成道：「我忽然想起當年咱們成親的時候了。」

那年皇后娘娘舉行了詩會，他一眼就看中了安安靜靜坐在一旁的夫人。

皇后娘娘讓眾人以今日的桃花宴為題作詩一首，他靈感突至，為她寫了一首詩。

為了公平起見，詩匿名放入了匣子裡，每人抽一首去讀，然後眾人評判，最終選出寫得最好的一首。

夫人恰好抽中了自己寫給她的詩，她站在桃樹下，柔聲讀著詩，這畫面他一輩子都忘不了，只覺得這是上天賜給他的好姻緣。

後來他央求母親去陳府提親，夫人就這樣嫁給了他。

聽到永昌侯的話，陳氏久遠的記憶也慢慢回來了。

成親的前一日，母親去她房中說了許多事情，一直說到深夜才回去，她當晚幾乎沒睡，後來才知母親那一晚也沒睡著。

如今輪到自己嫁女兒了，方知當年母親心中的酸楚，嫁女兒就像是捨了自己半條命一樣。

明明是從自己肚子裡出來的女兒，可往後女兒就是別人家的了，她想見一面都難，想到這些，陳氏眼眶又慢慢濕潤了。

喬彥成想起往事，心情愉悅，問道：「夫人可還記得當年皇后娘娘桃花宴上讀的那首詩？」

陳氏心情正糟糕，聞言，冷淡地回了一句。「忘了。」

喬彥成正開心著，陳氏的冷淡絲毫沒有澆滅他心中的熱情，他把心底埋藏已久的秘密說了出來。「其實，有件事我一直沒告訴夫人，當時妳讀的那一首詩是我寫的。」

陳氏道：「哦。」

喬彥成道：「是寫給妳的。」

這麼多年過去了，陳氏早就不記得自己讀過的那首詩，她拿起帕子擦了擦眼角，回了兩個字。「謝謝。」

喬彥成又道：「妳可知我當年——」

陳氏此刻心裡全都是對女兒的不捨，一想起女兒眼淚就忍不住，她不想跟永昌侯討論此事，轉過身背對著他，甕聲甕氣地說了一句。「我乏了，明日還要早起，先睡了。」

喬彥成一腔熱情徹底被澆滅。「哦，夫人睡吧。」

看著陳氏的背影，喬彥成長長地嘆了一口氣。若不是他當年做錯了事，兩個人之間的關係也不至於這麼糟。

第二日一早，天色未亮，喬意晚就被紫葉叫了起來。

十四晚上下起了小雨，十五陰了一日，十六卻是個晴天，隨著太陽升起，永昌侯府熱鬧了起來，送親的、結親的，來來往往，熱鬧不已。

喬西寧親自揹著喬意晚上了花轎，看著覆蓋著紅蓋頭坐在轎子裡的妹妹，喬西寧多了幾分傷感。

「以後若是遇到了委屈就跟大哥講，即便他是定北侯，咱們永昌侯府也不怕他們。」

一旁的喬桑寧道：「我雖不如大哥，但也能幫上一些忙的。」

喬意晚吸了吸鼻子，忍住淚意道：「好，多謝兄長們。」

站在一旁的顧敬臣朝著喬西寧和喬桑寧深深鞠了一躬，沈聲道：「兩位兄長放心，我定會照顧好晚兒的。」

喬西寧道：「希望侯爺能記住今日的承諾。」

顧敬臣道：「此生定不會忘。」

終於，顧敬臣接走了喬意晚，整個永昌侯府陷入了巨大的孤寂之中，永昌侯獨自去了書房，陳氏回返正院。

然而沒等他們難過太久，外面忽然傳來了消息，喬意晚半路被人擄走了！

定北侯府和永昌侯府同是頂級侯府，兩府的聯姻讓人很期待。

不光世家貴族們來參加此次宴席，就連普通老百姓們也紛紛來圍觀這一盛況，摩肩接踵，整個京城都熱鬧非凡，道路兩邊擠滿了人，就連旁邊的酒樓裡也全都是人。

然而，就在新娘的轎子走到半路上時，變故突生。

一匹不知從哪裡來的馬兒受驚跑進了人群中，大街上的人亂作一團，喜轎瞬間就被人群沖散了，人群中又不知被人扔了什麼東西，升起了團團煙霧，遮擋住大家的視線。

等到煙霧散去，人群疏散，眾人這才發現轎子裡的新娘不見了。

揚風看向顧敬臣道：「侯爺，夫人不見了。」

顧敬臣沈著臉，冷聲道：「追！」

揚風應道：「是。」

不知是不是劫匪太過粗心，很快顧敬臣一行人便找到了劫匪的蹤跡，他們一行人一直追到一間破廟中，蹤跡沒了。

顧敬臣推開破廟大門走進去，剛一進去，就被一群黑衣人團團圍住。

這些人哪裡是顧敬臣的對手，不消一刻鐘，黑衣蒙面人落了下風，就在這時，破廟裡又出現了幾個人。

周景禕挾持著新娘子走了出來，手中拿著一把刀抵在新娘子的脖子上，陰惻惻地說道：「顧敬臣，你看看孤的手中是何人！」

顧敬臣看向聲音的方向，頓時收了手，抬眸看向周景禕，眼底一片冰涼。

周景禕得意地說道：「怎麼，再打啊，剛剛定北侯不是挺厲害的嗎？繼續啊！你打一下，孤就在她臉上劃一道，看看咱倆誰更厲害。」

顧敬臣抿著唇，一個字也沒說，臉上陰雲密布。

周景禕可太喜歡看顧敬臣這個樣子了，他打小就認識顧敬臣，小時候還特別喜歡跟在顧敬臣的身後，顧敬臣從小就是一副冰塊臉，臉上沒什麼情緒變化，待到他長大了，性子更是冷淡，他幾乎看不到他臉上有什麼喜怒哀樂。

此刻他臉上的表情豐富多彩，周景禕放聲大笑。「原來天不怕地不怕的定北侯也有軟肋啊！」

顧敬臣道：「放開她。」

見自己說中了顧敬臣的心事，周景禕笑得更開心了。

「孤偏不放，看你能把孤怎麼樣！」

說話的間隙，周景禕手中的刀離新娘子的脖子又更近了一分，顧敬臣臉色越發陰沈。

周景禕欣賞了一下顧敬臣的臉色，心情著實不錯。「讓孤猜猜看，你究竟是看上了孤刀下的這個人，還是看中了她的……」

周景禕故意停頓了一下，臉上的笑容也不似剛剛那般燦爛。「命數？」

命數？顧敬臣微微瞇了瞇眼。

「我聽不懂太子殿下在說什麼。」

周景禕嗤了一聲。「聽不懂？顧敬臣，你在孤面前就不必裝模作樣了，你心中在想什麼，孤全都知道！」

顧敬臣道：「太子殿下倒是說說看我在想什麼。」

周景禕瞥了一眼刀下的人，眼底滿是譏諷。「你不就是想要那個位置嗎？」

這幾個月一直被周景禕針對，顧敬臣早已猜到原因，周景禕定是知曉了他的身分，以為自己想要跟他爭皇位，不過，他更想知道的是，周景禕為何要擄走喬意晚？

他若是想要皇位，直接對付自己就是了，難道是覺得喬意晚是自己的軟肋，想透過喬意晚來達到某些目的？

「你放了她，你想要我做什麼直說就是。」

周景禕拿著刀子故意在喬意晚臉上輕輕劃了劃。「放了她？你作夢！你今日別想娶她！」

顧敬臣沈聲道：「我是否想要那個位置和她有什麼關係？你想對付的人是我，只要你放開她，我可以答應你任何要求。」

周景禕又笑了。「顧敬臣，看來你是真的很在乎她。」

顧敬臣道：「她是我的夫人，我自然在乎她。」

周景禕道：「是嗎？僅僅因為她是你的夫人嗎？就沒有別的原因？」

顧敬臣不解，他到底在暗示什麼？

「沒有。」

周景禕冷哼一聲道：「看來你還是不想承認啊！」說完，他看向被自己挾持的人。「妳可知妳那未來夫君並非真心想娶妳？」

新娘子嘴被堵住了，發不出聲音，她搖了搖頭。

周景禕嘴角噙了一抹笑。「那好啊，不如今日孤就告訴妳妳那夫君為何娶妳，他究竟騙了妳什麼。」

說罷，周景禕指著顧敬臣，對喬意晚道：「他娶妳只是因為知曉妳的命數，知道妳是鳳命！他想坐上九五至尊的寶座，所以在知曉妳的身分之後才對妳死纏爛打，他從前想娶的並不是妳，而是雲婉瑩，後來發現真正擁有鳳命的人是妳，他就立馬轉頭倒向了妳。怎麼樣？妳滿心喜歡的夫君對妳並非出自真心，妳內心是不是感覺受到了欺騙？」

顧敬臣眉頭緊鎖。

鳳命？這是何時的事情？

瞧著顧敬臣臉上的神情，周景禕面露不屑道：「怎麼，你到現在還不承認自己做過的事情嗎？」

顧敬臣回道：「不管你信不信，這是我第一次聽說意晚的命數，我娶她從來都不是因為這些。」

周景禕道：「漂亮話誰不會說？」他一個字也不會相信。

顧敬臣又道：「至於太子之位，我從未想過，這輩子也不會去爭，你大可放心，快放了她吧。」

周景禕看著顧敬臣平靜的神色，心頭的怒火更盛。

顧敬臣從小就是這樣，對什麼都滿不在乎，對他更是沒有多少敬重之心，如今他的夫人就在自己手中，他依舊這般平靜，顯然是沒把他當一回事！

「顧敬臣，你不會以為孤是在跟你開玩笑吧？」

顧敬臣第一次對周景禕心生憐憫，想知道的事情已經知道了，今日沒必要在這裡浪費時間。

「今日賓客眾多，皇上可能也會前來，此事很快就會傳開，你就此收手吧。」

周景禕臉上露出一絲詭異的笑。「就算父皇知道了又如何？孤今日用的都是死士，查不出來的，只要孤不承認，誰也不知今日的事是孤所為，而你顧敬臣，和她，都將葬身於此！」

顧敬臣微微瞇了瞇眼，看向了周圍的蒙面人。「裡面有顏家的人？」

雖是問問題，用的卻是肯定的語氣。

太子既然存了想要殺他的念頭，那就說明他已經想好了退路，一定會栽贓給其他人，顏貴妃就是最好的選擇。

顏將軍治軍不嚴，若是從他的部下中收買幾個人過來，很容易做得到。

周景禕挑眉道：「你還挺聰明的。對，就是有顏家的人，父皇只會以為這事是顏貴妃幹的，不會懷疑到孤的頭上來。」

顧敬臣道：「你就不怕玩過頭了，被顏貴妃提前知曉了此事？」

周景禕自信道：「不可能！」

顧敬臣看著和自己站在對立面的周景禕，最後一次提醒道：「你就此收手，或許還來得及，莫要做令自己萬劫不復的事情。」

顧敬臣又是這副淡定的模樣，這種運籌帷幄的態度，明明自己才是站在上風之人，周景禕冷笑一聲道：「你還在替孤擔心？你不妨擔心擔心你自己，擔心擔心你未過門的妻子。」

顧敬臣看向周景禕，知道他今日是鐵了心要對付自己了。

不過，有些事情他還想不明白。

「我有一事不明，還望殿下告知。」

周景禕神色不太好看。「說。」

顧敬臣說：「你為何突然針對我？我是你表兄，從前我們的關係一直很好。」

即便是知曉了他的身世，周景禕應該也不會這般恨他才對，今日聽他所言，似是想要殺了他。

一提此事，周景禕心中就升起綿綿恨意。「呵，孤針對你，你怎麼不問問你那好母親當年做了什麼？若不是她，我母后怎會在生產時薨逝！」

顧敬臣冷下臉道：「皇后的死跟我母親沒有任何關係！」

他清楚地記得，皇后死的那一日，母親就在府中，父親和皇上在前院書房議事。

周景禕怒道：「怎麼會沒有關係？我母后死的那一天，父皇去了定北侯府見你母親！」

顧敬臣眼神冰冷道：「皇上那日去見的是我的父親，與他商討和大梁的戰事，並未見我母親。我母親嫁給我父親後，從無半點逾矩。」

在他的記憶中，母親從未私下見過皇上，若皇上來侯府，母親定是躲得遠遠的，若是宮中宴席，但凡皇上出現的地方，母親都不曾出現。

周景禕道：「呵，反正事情已經過去多年了，也查不出證據，還不是你想怎麼說就怎麼說！」

顧敬臣道：「你現在何嘗不是如此？旁人說了什麼你都信，那人可曾拿出確鑿的證據？你怎就這麼——蠢！」

顧敬臣沒再對周景禕用敬語，周景禕神色陰沈下來。

顏貴妃和他提及此事的確沒憑沒據，只是平空一說……不，不對，他差點就信了顧敬臣的話，顧敬臣就是父皇的兒子，有了這個，還需什麼證據！

「你就是父皇親生的長子，還是父皇和我母后訂親之後所出！你母親勾引她的妹夫，你的存在就是最大的證據，你還敢跟我說你母親跟皇上沒有任何關係？真是天底下最大的笑話！」

「我是否是皇上的長子跟你母后的死毫無關係，我即便是皇上的長子，也不代表你母后就是我母親害死的。」

周景禕怒道：「你母親生下你，她就該死！」

顧敬臣眼眸微動。

他的確是皇上的長子，也是母親在皇上和皇后訂親之後有的，過往的那些恩怨他不知真相，無法判斷對錯。只是，身為人子，與母親性命相關的事情不能就這麼算了。

有些事情他本不能確定，此刻卻可以確定了。

「是你在皇上給我母親的補品中下了毒？」

周景禕先是一怔，隨即笑了起來。

「就是孤！怎麼樣，你母親是不是很痛苦？只可惜被你早早地發現了，不然定要取了那賤人的性命。」

顧敬臣放在身側的拳頭緊緊握了起來。「我母親是你的姨母！」

周景禕道：「我母后還是你母親的親妹妹，當年她背著自己親妹妹行此事時為何不考慮手足同胞之情？」

顧敬臣和周景禕隔著數十步的距離怒目而視，同父異母的兄弟倆在這一刻出奇的相似。

被周景禕挾持的「喬意晚」突然看向顧敬臣，眨了幾下眼，似是在給顧敬臣傳遞什麼訊息。

顧敬臣剛欲點頭，忽然聽到了外面的腳步聲，隨即不動聲色，忍住滔天的怒氣，問道：「是誰告訴你我的生父是當今的皇上？」

外面的腳步聲忽然停止了，他本還煩惱此事該如何上報給皇上知曉，如今卻是不用麻煩了。

既然周景禕敢害他母親，還敢光天化日之下搶走晚兒，意欲對她不利，那就別怪他不客氣了。

周景禕道：「你瞧瞧你這副樣子，跟父皇有多像，還用得著別人說嗎？」

顧敬臣道：「你從前對我一直很尊重，可見並不知此事，定是後來有人跟你說的對嗎？顏貴妃告訴你的？」

周景禕說：「告訴你也無妨，孤曾在承恩侯府隱約聽說此事，後來顏貴妃果然跟我提到了這個秘密，沒想到還得知我母后是被你母親害死的事實！」

顧敬臣又道：「你認為此事是真的，所以給我母親下毒，想要殺了我母親？」

周景禕冷笑道：「一命還一命，你母親多活了這麼多年，早就該死了！」

顧敬臣說道：「那我呢？你既知道我是你的親兄長，為何還想要除掉我？你就絲毫不顧及手足之情嗎？」

周景禕冷笑一聲。「手足之情？一個私生子也配跟孤成為手足？至於孤為何想除掉你，你既然知曉自己是父皇的私生子，就不該處處表現突出，搶了本應該屬於孤的位置和父皇的寵愛！若不是你，父皇也不至於對孤的態度越發冷淡，這一切都是你自找的！」

顧敬臣追問道：「你的位置？太子指的是皇位嗎？」

周景禕道：「對！就是皇位！你這條賤命就別想著跟孤爭了，你不配！」

顧敬臣一步步引導著周景禕說出他想讓外面的人聽到的訊息，周景禕漸漸沒了耐心，突然喊道：「弓箭手，準備！」

就在這時，破廟緊閉的門從外面推開了，昭元帝的身影出現在眾人的面前，周景禕神色大變。

對於昭元帝的出現，顧敬臣毫不意外。

周景禕是顏貴妃看著長大的，顏貴妃照顧他這麼多年，又處處防備他，定能猜到他的心思，今日周景禕用了顏家人，顏貴妃定然早就得到了消息，她之所以沒阻止，定是要坐收漁翁之利。

最好的辦法就是看著周景禕和他鬥，然後把皇上請過來，皇上知曉周景禕綁架了喬意晚，甚至想要殺了他，定不會輕易饒恕，顏貴妃的目的輕輕鬆鬆就能達到。

昭元帝看著太子，怒斥道：「你個畜生，竟然做出此等事！」

周景禕先是緊張害怕，但在看到皇上和顧敬臣站在一起時，內心的怒火又升了起來。

「還不是被您逼的！您是如何對顧敬臣的，又是如何對兒子的？您就是偏心他，處處信任他，您從來不信任我！」

昭元帝痛心疾首。「把這個畜生給朕帶回宮去！」

話音剛落，外面就湧入一批禁衛軍，而周景禕身邊的死士立即就擋在了禁衛軍前面。

昭元帝微微瞇了瞇眼。「怎麼，你還想造反不成？」

周景禕本沒這般想，聽到這話，像是突然被點醒了。他看看自己這邊的人，再看看禁衛軍的人數，心中微動。

他是青龍國的儲君，若是父皇死了，他就是名正言順的繼承者，整個青龍國都將會是他的。

「是你逼我的！」周景禕一字一頓說道，再次抬了抬手。「弓箭手！」

昭元帝驟然色變，顧敬臣擋在了他的身前。

周景禕冷笑道：「呵，你還真是父皇的好兒子，不枉父皇這些年這麼疼愛你，可別忘了，你夫人還在我手中，我就看看今日你能救得了誰！」

說著他舉起刀對準了懷中的人，同時嘴裡說道：「放箭！」

昭元帝看著擋在自己面前的身影，心中滿是感動，這麼多年來敬臣一直對自己很是疏離，沒想到今日在危急關頭竟然會擋在自己面前，可見他心中對自己也並非沒有半點情意。

顧敬臣看向周景禕懷中的人，微微點頭。

周景禕正舉刀揮向喬意晚，不料變故突生，喬意晚竟從他懷中掙脫開來，手下一使勁，那把原本指向她的刀子也指向了周景禕。

所有人都沒料到會發生這樣的事，周景禕驚駭不已。

喬意晚會武功？不對！

「妳……妳……妳不是喬意晚，妳是誰？」

「喬意晚」撕下臉上的易容假皮，露出一張其貌不揚的臉，竟不是女子，而是一名身形瘦弱的男子。

馮樂柔勸不動太子，便讓人打聽出太子想要做什麼，從內應聽到的隻言片語中，她猜到太子想要破壞顧敬臣的婚禮，再次勸說無果，馮樂柔沒有再繼續，轉頭把消息遞給了顧敬臣。

顧敬臣想不通太子這麼做的目的，但這種事第一次不成，保不齊還會有第二次，總這麼防備也不是個事，倒不如一次問清楚了。

喬意晚不喜出門，平日深居侯府內宅，周景禕若想執行他的計劃，最好的時機就是在她出嫁當日，趁著人多他才有機會。

思及此，他事先找了一個身形和喬意晚差不多的下屬埋伏在附近，當劫匪趁亂出現時，那人便代替喬意晚被擄走，而喬意晚早已安全離開，在騷動平息下來後，繼續坐上轎子前往定北侯府。

當下情勢逆轉，早已埋伏在外面的京北大營軍隊衝了進來，片刻間太子以及黑衣人就被制伏。

昭元帝道：「敬臣，今日多虧有你。」

顧敬臣往後退了一步，拉開了與昭元帝的距離。「皇上折煞臣了，您是一國之君，我是您的臣子，保護您是臣下的職責。」

看著對自己保持疏離的兒子，昭元帝心裡有些不得勁。

顧敬臣道：「今日是臣的大喜之日，吉時將至，若皇上無事，臣便先告退了。」

昭元帝說：「敬臣，你我是父子，我……我和你母親之間的事情不是你想的那樣。」

昭元帝一時之間不知該如何解釋，而顧敬臣只在乎一事，他看向皇上，問道：「皇上，您早就知道母親並非生病，而是中了毒，對嗎？」

聞言，昭元帝神色微變。

顧敬臣接著道：「去歲太子被您罰去祭祖，就是因為您察覺到他給母親的藥裡下了毒。」

看著顧敬臣的眼睛，昭元帝有些心虛，太子是一國儲君，即便受人慫恿做出那樣的事情，他也不能過於嚴厲處置，否則將會動搖朝中局勢，只是沒想到自己的縱容險些釀成更大的禍事。

今日若非敬臣出手相助，他恐怕也將死在他最疼愛的兒子手中。

顧敬臣說道：「微臣不敢怪太子殿下下毒，也不敢怪貴妃娘娘慫恿，更不敢怪您不告知臣實情，只是，臣的母親並未做錯什麼事，不該受這樣的罪。」

昭元帝立即道：「你放心，朕定會給你一個滿意的交代的。」

顧敬臣躬了躬身，轉身離去。

來到廟門口，看著已然暗沈下來的天色，他若有所思地回首望了一眼破廟。

太子想除掉他、除掉他的母親，顏貴妃則想利用太子的手除掉他和喬意晚，再利用皇上的手除去太子。

這天下有這麼好嗎？值得人人拋棄心中的道德善念，不顧手足、不顧父子倫理及夫妻情意也要得到？

第三十五章

因為新娘失蹤的流言，城內慌亂了片刻，但很快便有消息傳了出來，新娘子沒有不見，而是新郎官預知有人鬧事，因此改走其他路線，在嚴密的保護下喜轎已到達了定北侯府。

只是今日畢竟出現了匪徒，故而定北侯去捉拿匪徒了，直到天色已暗，吉時也至，成親儀式尚未進行，侯府的賓客們都等得心焦不已。

畢竟只知道顧敬臣去追匪徒了，而新娘子究竟是被匪徒劫走了，還是真的人在定北侯府，無人知曉。

當身著喜服的顧敬臣出現在正廳時，喬意晚也被人扶著從府中走了出來，流言蜚語不攻自破，賓客們終於安了心。

一拜天地、二拜高堂、夫妻對拜，縱然今日發生了這麼大的事情，顧敬臣此刻心中仍舊難掩喜悅。

他的晚兒，終於在今日嫁給他了。

婚儀結束，喬意晚被人扶著回了房，顧敬臣則是在外面接待客人，和客人們敬酒。

他今日來者不拒，把眾人敬的酒全都喝了，大家赫然發現，往常待人嚴肅疏離的定北侯今日格外好說話，待人也格外親切，眾人難得見他這副模樣，不停地敬他酒。

待顧敬臣回房時已經亥時了。

他今日穿了一襲紅色的婚服，整個人看起來柔和了許多。

看著獨坐在婚床上的喬意晚，他想到了無數夢中的畫面，這一幕和他在夢中夢到的何其相似。

美夢將要成真，他手有些抖。

喬意晚垂眸看著他顫抖的手，聞到他身上透出來的酒氣，小聲說了一句。「你今晚是不是喝多了酒？」

被心愛之人看低，顧敬臣失笑道：「沒有，掀蓋頭的力氣還是有的。」

隨著話音落下，喬意晚頭上的紅蓋頭被掀開了，顧敬臣的臉呈現在她眼前。

看著顧敬臣眼神中濃得化不開的情意，想到前世無數個夜晚，喬意晚心驀然一抖。

她卻不知，她這模樣更加激起了顧敬臣心中的慾望。

「晚兒，就寢吧。」

喬意晚微微瞪大了眼睛。今日發生了那麼大的事，他不解釋一下嗎？

看著顧敬臣逼近的俊臉，喬意晚抬手推了推他。

「嗯？」

顧敬臣低頭親了親她的手，喬意晚心一顫。

「等……等一下。」

顧敬臣啞聲道：「等什麼？晚兒，剛剛嬤嬤說的話妳沒記住嗎？咱們只差最後一步了。」

他又逼近了一些。「我都等了好久了。」

喬意晚半個身子都倒在了床上，床上應該是有花生、桂圓、紅棗之類的，硌得她生疼。

「疼！」

顧敬臣悶笑出聲。「晚兒，我還什麼都沒做呢，妳就喊疼了？」

喬意晚倏地明白了他的意思，臉一下子紅了起來。

他、他怎麼能說這麼……這麼流氓的話。

「是床上有東西。」

顧敬臣瞥了一眼床上，這才發現床上有些不平整，他抬手摸了摸，手中抓起一把零碎的東西，有花生，也有棗子、桂圓，怪不得她說疼。

好事被打斷，顧敬臣臉色有些不悅，他抬手將喬意晚抱了起來，朝著榻邊走去。

榻何時換了位置？她前世嫁給他的時候這張榻好像不在這裡吧，他怎麼知道她其實喜歡把榻放在這裡？

不對，此刻不是想這些事情的時候。

喬意晚被顧敬臣輕輕放在榻上，察覺到他的意圖，喬意晚的臉紅得像要滴血。

不是吧，他今晚想在這裡？

「不行，嬤嬤說了，婚床一個月不能空！」

顧敬臣神色微怔，隨即悶笑出聲。

「原來晚兒想在這裡？好，等一個月後咱們就搬到榻上來睡，不過，今日得先睡婚床。」

原來自己誤會了他，喬意晚頓時羞得不行。

顧敬臣看著她害羞的模樣，實在是忍不住，低頭狠狠親了她一下，親得她口脂被他沾去了大半，頭上的釵環都散了，衣領也微微敞開。

看著她在自己身下脆弱的模樣，顧敬臣覺得自己這輩子怕是都離不開她了。

他克制住內心的沸騰，拉過一旁的毯子蓋在喬意晚的臉上，這才轉身去收拾床鋪。

喬意晚覺得他簡直莫名其妙，幹麼突然蒙住她的頭？

她連忙掀開毯子，瞧著自己身上厚重的衣裳以及頭上的釵環，準備去裡間拆下來。然而剛剛從榻上下來，還沒走到裡間，就又被人攔腰打橫抱了起來。

「啊！」

喬意晚驚呼出聲，看著顧敬臣，她很是詫異。

「你不是在收拾床鋪嗎？」

顧敬臣啞聲道：「收拾好了，可以休息了。」

喬意晚微怔，這麼快？

「嘎吱」、「嘎吱」，聽著顧敬臣的腳步聲，喬意晚這才發現他是如何收拾的，根本是直接把床單上的東西掃落在地。

簡單粗暴！

喬意晚再次躺在了婚床上，顧敬臣沒給她一絲喘息的機會，隨之俯來。

「先等一下！」

「等什麼？」顧敬臣嘴裡說這話，動作卻未停。

喬意晚身子微微發抖。「我……我先脫了身上的婚服，卸掉釵環，還……還得淨臉。」

顧敬臣悶聲道：「我幫妳。」

他說著要幫忙，手也真的去幫了，可是，真的上手的時候才發現婚服有多麼難脫。

「還是讓丫鬟們來弄吧，婚服不——」

「嘶」一聲，婚服爛了。

喬意晚瞪大眼睛看著顧敬臣。

「嘶」了幾聲，婚服被褪去了。

喬意晚有些惱怒地道：「顧敬臣！這婚服可是繡了幾個月才繡好的。」

顧敬臣挑眉道：「夫人可是打算再嫁一回？」

喬意晚道：「自然沒有。」

顧敬臣理直氣壯道：「所以，留著何用？」

喬意晚無語。好像也有些道理，可這並不是他可以撕爛婚服的理由，他今日性子未免太急了，前世他明明沒這般急切的。

喬意晚再次推了推他。「今日究竟發生了何事？你快跟我說一說。」

今日差點被擄走的人是自己，她不可能忘記這件事，她想知道到底是何人想要擄走她，還有，那個代替她被擄走的人現在如何了？

「那個代替我被擄走的人現在怎麼樣了，有沒有受傷？」

顧敬臣道：「沒有受傷，事情已經解決了。」

說完，他繼續低頭親她，她顫了顫，再次推了推顧敬臣。

「那今日的事又是何人所為？」

關於這事，她坐在屋內想了許久，思來想去，最有可能的人有兩個，一是太子，二是顏貴妃。

顏貴妃能隱忍太子多年，可見是個擅長謀劃之人，但今日的事過於高調，不像是她所為，倒像是太子的風格。

顧敬臣微微有些不耐。「還有什麼問題，一併問完。」

喬意晚道：「是太子嗎？」

顧敬臣回答。「是。」

喬意晚又道：「最後此事如何解決？」

顧敬臣臉色微紅，看起來極力在忍耐。「皇上來了，把太子押入了天牢中。」

喬意晚一臉震驚。「為——」

話未問完，顧敬臣像是再也忍不住了，直接打斷她的話。「晚兒，今日是我們的洞房花燭夜，妳確定要一直跟我討論其他的男人嗎？」

喬意晚不認同地抿了抿唇，雖然是其他男人，可這是非常重要的事啊。

「你幹麼這麼急，我又跑不了。」

顧敬臣確實很急，他已經耐著性子忍了一年多了，再也忍不住了。

他沒再理會喬意晚，當晚，他身體力行地告訴喬意晚他究竟有多急。

喬意晚本以為自己多了前世的經驗，定能好好應付顧敬臣，沒想到在懸殊的實力面前，她的經驗毫無作用。

顧敬臣就是一匹狼，天一黑，就沒了人性，暴露出本性。

喬意晚醒來時已經日上三竿。

醒來後，她想到昨晚的那個夢，愣怔了許久。

昨晚在夢境中，她得知了一件非常重要的事——

夢裡，顧敬臣在書房議事，李總管上前稟告。「侯爺，永昌侯府的意思是挑選一個族中的女兒嫁過來，照顧喬婉瑩生的那個孩子。」

喬婉瑩是太子派來的，生的兒子也是太子的，李總管是知曉內情之人，所以對喬婉瑩直呼大名，毫無尊敬之意。

聽到李總管這麼說，顧敬臣眼底流露出幾分諷刺。

喬彥成倒是會算計，跟他死去的那個女兒一樣，真當他們定北侯府是好拿捏之人？

顧敬臣說：「告訴他們，不可能，事情已定，孩子明日就送到別苑去，先對外宣稱離開母親而病了，再過幾月就宣佈他夭折。」

聲音冷得像是結了一層冰，他再善心，也沒有一直幫人養孩子的道理，欠太子的，他已經還清了，太子妃那邊不敢輕舉妄動，孩子應當是安全的，就讓他在民間好生長大吧。

李總管道：「是，侯爺。」

李總管很快便離開了，揚風覷了一眼侯爺的神色，似是想說些什麼。

顧敬臣道：「說。」

揚風想了想，說道：「也沒什麼事，就是最近聽說了外面的一些事情。」

顧敬臣瞥了一眼揚風，沈聲道：「你何時這般喜好打聽外面的事？」

揚風看得出侯爺今日心情不好，他有些後悔開口了，只是話已出口，就只能硬著頭皮說完了。

「梁家公子是此次會試的頭名，他曾跟雲家承諾，考中狀元就迎娶雲家的長女，估摸著下個月殿試他就能得償所願了。」

顧敬臣拿筆的手一頓，眼色驀然變得深沈。他沈思片刻，放下筆，對揚風說道：「把李總管叫回來。」

揚風雖不解他的用意，但還是應道：「是。」

很快，李總管回來了。

顧敬臣道：「孩子不必送走，我記得永昌侯有個庶妹嫁到了雲府，你給永昌侯府透露個消息，想找個族中女子嫁過來也可以，但那人只能是雲家長女。」

李總管愣怔，片刻後才道：「是。」

醒來後，喬意晚心中的思緒說不清道不明。

她終於明白為何顧敬臣一直養著那個不是自己所出的孩子了，原來他最初是想把孩子送走的，只是為了逼迫侯府和雲府把自己嫁過來，所以故意留下孩子。

她原本還以為是喬氏主動要把她嫁入定北侯府的，沒想到竟是顧敬臣在背後算計的。

前世她還一直想不通為何位高權重如顧敬臣會被迫答應娶她，原來這一切就是他想要的，自己實在是太天真了。

不過，此事又如何能怪顧敬臣呢？他只是擅長算計人心，而永昌侯和喬氏夫婦是為了自己「女兒」和「外孫」的利益選擇犧牲她，究其根本原因，還是永昌侯和喬氏夫婦的選擇。

罷了，如今她已經嫁給了顧敬臣，那些夢境也不重要了，今生是嶄新的人生。

透過床帳看向外面，估摸著應該是巳時左右了，紫葉今日竟然沒有喊她起來，顧敬臣也沒有叫她。

哦，不對，顧敬臣還沒起。

感受到壓在胸口的粗壯的胳膊，喬意晚抬了抬手，顧敬臣毫無反應。

喬意晚實在是不舒服，她動了動身子，只覺得全身像是被什麼東西碾壓過一般，生疼生疼的。

虧她昨晚一開始還以為顧敬臣比前世有長進，沒那麼疼了，沒想到後面他還是恢復了本性。

「嘶！」

喬意晚忍不住發出聲音，一聲悶笑從身側響起。

喬意晚看向了躺在身邊的顧敬臣，只見他睡眼惺忪，眼含笑意望著她。

喬意晚先是有些害羞，很快又心生惱意。

他這是在嘲笑她嗎？還不是因為他！

「都怪你！」喬意晚罵道，一開口才發現自己的聲音竟然是啞的。

顧敬臣一下子想到了昨晚她鬧出來的動靜，心癢難耐。

如今二人已經成親，他無須再克制什麼，他當下便湊近了她，狠狠親了親她殷紅的唇瓣。

親得盡興了，這才在她耳邊道：「晚兒，妳體力太差了，不如以後為夫幫妳鍛鍊鍛鍊身體？」

喬意晚推開他，一大早就被他親得幾乎喘不過氣，他竟然還敢嫌棄她？

不對，前世他就拉著自己去鍛鍊身體，去騎馬、射箭，原來當初存的是這種齷齪心思，她已經無法正視前世那個冰冷的顧敬臣了。

喬意晚平復了一下心情，啞著嗓子道：「你也沒好到哪裡去！」

聞言，顧敬臣微微眯了眯眼。「嗯？」

喬意晚小聲嘟囔了一句。「你還不是睡到現在才起？可見大家體力都差不多。」

前世嫁給顧敬臣後，顧敬臣從未這麼晚起床過，每天天還未亮就去院子裡練劍，最晚辰時也要起了，如今都已經巳時了，他竟然還在床上窩著，她都沒有嫌棄他，他怎麼好意思嘲笑她？

顧敬臣俯低了身子，撫摸著喬意晚的臉，啞聲道：「看來為夫昨晚對妳太過仁慈了，以至於晚兒要懷疑為夫的體力。」

喬意晚看著顧敬臣眼底流露出的危險光芒，感受著他的變化，頓時有些後悔剛剛說過的話。

「我……我還要去給母親敬茶。」

顧敬臣道：「母親去禮佛了，下午再去敬茶也來得及。」

「我……我……」

顧敬臣用拇指拂過喬意晚的臉頰，沈聲道：「說吧，夫人還有什麼理由？」

喬意晚看出顧敬臣想懲罰她，她忽然想到了母親前日說過的話，眼睛眨了眨，頓時凝聚了些許淚光。

「顧敬臣，我疼……」

這話一出，顧敬臣的心都要化了。

即便是再不樂意，看著喬意晚這委屈的模樣，他還是心軟了。

他狠狠親了喬意晚一下，這才起身下了床，很快，裡間傳來了嘩啦啦的流水聲。

喬意晚抱著被子躲在床上，嘴角露出一絲笑意，原來母親說的話是真的。

顧敬臣從裡間出來後，又親了親喬意晚的唇。「昨晚夫人辛苦了，再睡一會兒吧。」

喬意晚忍不住抬手捶了顧敬臣一下，顧敬臣順勢握住她的手。

喬意晚惱道：「你放開我，我要起床了。」

顧敬臣笑道：「不必著急，母親不在意這些虛禮。」

喬意晚不聽。「時辰不早了，也該起了。」

顧敬臣說：「好，妳若是想起，那便起吧。」

他瞥了一眼床上被自己扯爛的衣裳，問了一句。「可需要我幫忙？」

喬意晚紅了臉。「你出去吧。」

見她羞惱，顧敬臣悶笑出聲，沒再多言，不過出去時，他把紫葉和黃嬤嬤叫了進來。

紫葉還未成親，看著屋內的情形羞紅了臉。

黃嬤嬤道：「妳去給夫人拿衣裳。」

紫葉連忙跑去箱籠前拿衣裳鞋襪。

黃嬤嬤看著喬意晚羞紅的臉，不禁笑了，再看到她身上的痕跡，忍不住說道：「侯爺……侯爺力道也太大了，真不體貼人。」

喬意晚笑了笑，沒說什麼，其實今生顧敬臣比前世好多了。

等喬意晚穿好衣裳，黃嬤嬤給喬意晚梳起了頭髮，順便叫了幾個人進來收拾屋內。

這時，黃嬤嬤又改口說起侯爺的好。「其實侯爺也算是貼心，沒有一大早把您叫起來去給老夫人敬茶。」

喬意晚道：「他自己也沒起來呢。」

黃嬤嬤詫異道：「侯爺天沒亮就起來了，在院子裡練了好一會兒劍，後來去了正院找老夫人，二人在一處用了膳。等從正院回來，瞧著您還沒醒，他才又陪您睡了一會兒。」

喬意晚微怔，竟是這樣？她還以為顧敬臣跟她一樣睡了個懶覺，原來是她誤會他了。

既然顧敬臣去過正院，婆母定然已經知曉她沒起床的事，喬意晚心中頓時緊張起來，連忙問道：「正院那邊可有人來叫我？」

黃嬤嬤搖頭。「沒有。」

「那妳可知母親那邊如何說的？」

「這個就不知道了，府中人都安安靜靜的，沒什麼消息傳過來，老夫人也沒派人來，只聽說老夫人好像去了佛堂那邊。」

前世喬意晚高嫁，嫁入侯府之後膽戰心驚，行事小心翼翼，如履薄冰，雖然身子疲憊，但新婚第二日就早早起床去給婆母問安，那時婆母似是不喜她，對她態度極為冷淡。

今生雖然早已跟顧敬臣訂親，實則這幾個月她並未見過婆母，今日她又起得這般晚，想必婆母更加不喜歡她了。

喬意晚趕緊收拾好，草草用了飯，朝著正院走去。

她過去時，秦氏剛好從佛堂出來，二人在正院門口碰到了。

秦氏看著喬意晚的眼神很是柔和，喬意晚跟在秦氏身後進入正院。

到了屋內，秦氏指了指一旁的椅子道：「坐下說話。」

喬意晚沒敢動。「兒媳尚未給您敬茶。」

秦氏笑了笑，說道：「咱們是一家人，不必講那些虛禮，我早上跟敬臣說了，不用叫妳，沒想到他還是回去把妳叫了起來。」

秦氏太和善了，和善到喬意晚覺得是不是有什麼問題？

「禮不可廢。」她更堅持地說。

秦氏頓了頓，道：「也罷。」

一旁的嬤嬤端來了茶，喬意晚恭恭敬敬地給秦氏敬茶，秦氏飲下喬意晚敬的茶，賞了她一柄玉如意。

這又跟前世不同了，那時秦氏賞賜她的是一個足金的金鐲子。

喬意晚接過玉如意，這才在一旁坐下。

秦氏道：「妳母親出身太傅府，想來重視這些規矩，咱們定北侯府武將出身，不講這些虛禮，我喜靜，不愛熱鬧，每日的晨昏定省就免了，妳每逢初一十五來一趟正院就行，其餘時間不必過來，若初一十五有事，也不必過來了。」

喬意晚的腦海中浮現出前世秦氏跟她說過的話。

「我嫌煩，不喜歡鬧騰，妳待在自己的院子裡就行，沒事不用過來，若我有事自會差人去尋妳……」

秦氏又道：「妳外祖父是當朝太傅，妳母親學識淵博，德容言功樣樣出色，想必出嫁前妳母親教過妳管家之事，府中的管家一事今日便交給妳了，妳嫁給了敬臣，就是當家主母，府中的大小事務就由妳來處理，若有不清楚的地方，可以去問問嬤嬤。」

前世，秦氏是這樣說的：「侯府事務繁雜，妳跟著府中的嬤嬤好好學一學。妳如今既然嫁給了敬臣，往後要撐起家中的門面，莫要做令祖宗蒙羞之事。」

意思雖然差不多，但語氣上差了許多。

喬意晚回過神來，接過了府中的鑰匙、對牌和帳簿。「是，母親，兒媳定當處理好府中的庶務，不讓母親和侯爺為此煩憂。」
秦氏道：「我自是信妳的。行了，我也乏了，妳回去吧。」
喬意晚站起身來，朝著秦氏福了福身。「兒媳告退。」
剛出了正院，就見顧敬臣快步走了過來。
他牽起喬意晚的手，瞥了一眼正院，低聲問道：「母親可有為難妳？」
喬意晚笑著搖了搖頭。「沒有，母親待我極好，賞了我一柄玉如意。」
顧敬臣道：「嗯，那就好。」
喬意晚道：「母親還把府中管家的事情交給了我。」
顧敬臣琢磨了一下，道：「妳若是有處理不來的事情就來問我。」
喬意晚說：「不用，母親說我可以問問嬤嬤們。」
顧敬臣笑道：「好。若有人敢刁難妳，妳就告訴我。」
喬意晚笑了。「好。」
顧敬臣問：「妳可想逛一逛侯府？」
喬意晚微怔，前世的時候，她一大早起床去給秦氏敬茶，敬茶結束，她兩腿戰戰，幾乎站不穩，只想回去好好休息，結果顧敬臣絲毫不提回房的事情，帶著她在侯府走了很久，走得她頭暈眼花，幾乎快要暈倒了。
她那時剛在秦氏那裡遭到了冷遇，還以為顧敬臣是故意懲罰她。

喬意晚問道：「你為何想帶我逛侯府？」

顧敬臣說：「妳剛來，我怕妳不熟悉府中的位置，會迷路。」

原來他是存著這樣的心思，並非她想的那樣。喬意晚笑了。

看著她臉上的笑，顧敬臣抬手摸了摸她的頭髮，這才發現她今日換了髮髻的樣式，拂在臉上的髮絲不見了，長長的烏髮也盤了起來，露出修長的脖頸。

大白天的，她笑這麼迷人做什麼？

「走吧。」

喬意晚想了想，拒絕了。「我有些累了，想回去休息休息，改日你再陪我逛，可好？」

顧敬臣道：「也好，那我陪妳去休息。」

喬意晚趕忙道：「不用了，你不是才從前院回來嗎？想來前院還有事務要忙，不如你去忙吧。」

顧敬臣又道：「真不用我陪？」

喬意晚道：「不用，我自己可以。」

顧敬臣想到前院等著的人，昨日的事情尚須好好處理，於是順勢說道：「好，等我忙完就回來，妳若是有事就讓人去前院書房尋我。」

喬意晚應道：「好。」

顧敬臣再次回到前院與相關人等開會，一個時辰很快就過去了，瞧著時辰到了午時，李總管入內問道：「侯爺，廚房那邊已經做好飯了，可需傳膳？」

顧敬臣道：「傳吧。」

說罷，他站起身來招呼眾人。「諸位今日好好用膳，一個時辰後再議。」

「是，侯爺。」

顧敬臣往日都會跟屬下一同用午膳，今日破天荒先離開了，回到內宅。

滿京城誰人不知侯爺對夫人的重視，如今好不容易把夫人娶回家，自然是思妻心切，眾人心照不宣。

喬意晚見顧敬臣回來了，笑著迎上前。

顧敬臣問：「剛剛都做了什麼？」

喬意晚回道：「也沒做什麼，收拾了一下箱籠，就到午膳時間了。」

顧敬臣又問道：「下午打算做什麼？」

喬意晚道：「休息一會兒，再收拾房間。」

「若忙不過來就讓李總管多安排幾個人來幫妳。」

「不用，沉香苑的人夠用了。」

兩個人就這樣有一句沒一句的聊著，即便是開飯了，顧敬臣依舊在跟喬意晚說話，站在門口守著的揚風驚詫不已。

侯爺用飯時向來最是安靜，也不喜旁人在旁說話，如今跟夫人在一處，他自己話倒是不少，可見侯爺平日裡煩的不是吃飯時說話，而是說話的人他不喜歡。

午膳過後，顧敬臣又回前院去忙了，喬意晚收拾好房間，傍晚還是去給婆母請安了，順便說了說今日府中的事務。

秦氏倒也沒說什麼，只是告訴她不必日日跟她匯報府中的事。

瞧著秦氏臉上的神情，喬意晚知曉她應是真的不喜，於是心中暗下決定，以後不再多說。

晚上，顧敬臣早早回了內院。

熄燈後，當顧敬臣滾燙的身子靠過來時，喬意晚便知曉了他的意圖。

前世剛嫁給他時，只要他回內宅，定是夜夜都要與她親熱的，所以她一晚上都在琢磨如何拒絕，然而，她突然聽到了他在自己耳邊問：「還疼嗎？」

喬意晚心一顫。「疼……」

顧敬臣沈沈嘆氣，抱著她，在她頭頂說道：「怎麼就這麼嬌弱呢？還是太瘦了，又缺乏鍛鍊，以後多吃點。」

喬意晚察覺到他今晚不會做什麼事，對於他的體貼，她很是受用，當下便抱住顧敬臣的腰，靠在他懷中道：「嗯。」

感受懷中的柔軟，顧敬臣既想更進一步，又不忍她身子疼痛，還不捨得推開她，整個人既痛苦又歡愉，備受折磨，久久難免。

三月的天尚有幾分涼意，顧敬臣身上又熱，喬意晚倒是在他懷中睡得香甜，睡著之後，她再次入夢，這一次，她夢到了秦氏——

秦氏正跟婢女說著話。「那次為敬臣求親雖然被拒，但我還佩服雲家的決定，以為他們為了一個窮小子拒絕了敬臣，有些文人的風骨，沒想到我竟看走眼了。如今瞧見了梁家的落魄，想必是不想去吃苦吧！看婉瑩剛死，他們就巴巴地想把女兒嫁過來，也不嫌晦氣！」

檀香道：「咱們侯爺未必願意呢。」

秦氏怔了怔，臉上露出一絲諷刺的神色。「我瞧他樂意得很，他對那雲家長女始終念念不忘，人家拒絕過他，他還要上趕著去娶，也不知我怎麼會生出這樣一個兒子！」

檀香又道：「侯爺既然願意，那這門親事……」

秦氏抬了抬手道：「我是不管了，也管不了，他愛娶誰就娶誰，那姑娘只要別來惹我厭煩就行。」

後面，又接連上演了敬茶那日的情形。

喬意晚緩緩睜開了眼睛。她明白秦氏前世為何待自己那般態度了，原來是因為此事對自己有了偏見。

「醒了？」一個聲音在頭頂響起。

喬意晚抬眸看向身側之人，顧敬臣不知何時醒了過來，正盯著她看。

喬意晚還未說什麼，唇就被堵住了，顧敬臣鬧了喬意晚許久方才放過她，喬意晚被親得嘴角微痛，渾身酥麻，趴在顧敬臣身上緩緩喘息。

就在這時，顧敬臣突然開口問了一句。「對了，昨日敬茶時母親可有為難妳？」

喬意晚有些詫異，昨日他不是問過了嗎，怎麼一大早又問一遍？巧合的是，她昨晚才夢到此事。

她頓了頓，答道：「沒有。」

顧敬臣瞧出她的遲疑，不過他沒再多說什麼，掀過了此事。

「天色尚早，妳再多睡一會兒。」

「嗯。」

顧敬臣親了親她，起床去外面晨練了。

兩人用過早膳後，顧敬臣去了書房。

「李叔，你去打聽一下昨日夫人敬茶時，母親都對她說了什麼，一個字都別少。」

瞧著侯爺臉上的神色，李總管心中微凜。難道昨日老夫人和夫人之間發生了什麼不快？不過，他沒多問，侯爺是他唯一的主子，侯爺說什麼，他就做什麼。

「是！」

此事不是什麼秘密，喬意晚和秦氏說話時也沒避著人，幾個下人都親眼見到二人相處很融洽，沒過多久，李總管就把事情打聽清楚了，回頭向顧敬臣回報。

「老夫人跟夫人說……不講這些虛禮……每日的晨昏定省就免了……府中的管家一事今

日便交給夫人……告訴夫人若有不清楚的地方就去問問嬤嬤……」

顧敬臣聽著李總管的複述，有些疑惑。「你確定母親是這樣說的？」

李總管道：「確定！」

顧敬臣皺眉，他是相信李總管的，可有些事情卻很奇怪。

「母親當時神色如何？」他又問。

李總管回道：「老夫人臉上始終帶著笑，看起來對夫人極為滿意。」

顧敬臣更是不解，昨晚他作了個夢，正是意晚向母親敬茶的畫面，夢裡母親說的話跟今日李總管複述的雖差不多，可態度卻差了許多，他甚至夢到母親跟檀香姑姑說對意晚的不滿。

「我嫌煩……沒事不用過來……侯府事務繁雜，妳跟著府中的嬤嬤好好學一學……莫要做令祖宗蒙羞之事。」

那個夢極為真實，像是真的發生過一樣。

事實上，這也不是他第一次作這樣的夢了，喬意晚嫁給他的第一晚他也作了一個類似的夢，夢的內容雖不一致，但感覺都像是真實發生的事情。

只是夢裡，他是先娶了沒有回歸雲家的喬家長女婉瑩，婉瑩難產而亡，而那孩子是太子的。他為了娶到意晚，就以此事逼迫永昌侯府安排把意晚嫁給自己。

他怎會做這般無恥的事情？可細細想來，若是意晚當真要嫁給旁人，他確實會想辦法把她搶回來，這般一想，倒覺得夢中的自己沒有那般無恥了。

只是這些夢究竟是怎麼回事呢？

不僅是夢，白日裡他腦海中也會出現些許後續夢境的片段，譬如，永昌侯府答應此事，把晚兒嫁了過來。

再比如剛剛李總管走後，他閉上眼睛，腦海中就出現了新婚第二日自己陪著晚兒逛侯府的畫面。他走在前，晚兒跟在他的身後，兩個人隔著幾步遠，臉上的表情都非常嚴肅，看起來關係不怎麼融洽。

可是怎麼可能呢？他怎會如此待晚兒？偏偏那些事情像是印在腦海中，真實到像實實在在發生過、他親身經歷過。

與此同時，不僅顧敬臣在思考這兩晚的夢，喬意晚閒暇時也在想此事。

她約莫明白這些夢是怎麼回事了，若自己心中有強烈想知道的事情，那麼夢境中就會出現前世關於此事發生的細節；若自己沒有強烈想知道的事，她就會夢到顧敬臣一臉頹廢地在抄寫經書。

想明白之後，喬意晚開始準備明日回門要帶的禮。

她正跟黃嬤嬤和紫葉商量著，李總管過來了。

「夫人，侯爺正在前院跟人議事，這是侯爺備好的回門禮單，您看一看，還有沒有需要增添的。」

喬意晚笑了。是了，她忘記了，前世顧敬臣也早早準備好了回門禮，那時禮單是顧敬臣遞給她的。不過，他給她禮單時可沒說是自己準備的，而是說李總管準備的。

「好，多謝李叔。」

聽到喬意晚的稱呼，李總管微怔，隨即笑了。「夫人折煞我了。」

喬意晚笑了笑，沒再多言。

也不知顧敬臣這幾日究竟在忙些什麼，除了吃飯睡覺的時候，幾乎見不著人，若不是確定他對自己的情意，她都要懷疑顧敬臣娶到自己之後就變心了。

亥時左右，顧敬臣從前院回來了。

熄燈後，二人躺到了床上。

喬意晚道：「你這兩日在忙什麼？」

顧敬臣道：「一件大事。」

聽到這個回答，喬意晚心中微動，問道：「可是跟太子有關？」

顧敬臣答道：「嗯。」

喬意晚再次想到了成親那日發生的事情。

「對了，太子為何要派人擄走我？」

「晚兒，這件事有些複雜，等我想好了再跟妳解釋好不好？」

這件事顧敬臣一直不知該如何跟她說，若是細說開來，那就必須提到他的身世。

「好，我不問了。」

顧敬臣即便心裡藏著事，也沒忘了跟喬意晚親熱，喬意晚今日倒是不怎麼疼了，半推半就地從了他。

顧敬臣一直在克制，沒敢太過分，最終雖不盡興，但也算是知足了。吃得少，總比吃不著要強得多。

喬意晚累極，睡在了顧敬臣的臂彎裡，顧敬臣有一下沒一下地撫摸著她的背，嗅著她身上的香氣，心情漸漸平復下來，很快就睡著了。

這一晚，喬意晚夢到了顧敬臣在抄寫經書。而顧敬臣跟她的夢境不同，他夢到了第一次見她的時候，是崇陽寺那日，她站在姻緣樹下，她身側站著婉瑩，再往後看，陳氏和喬氏也站在那裡。

夢中，喬意晚並未看向他，臉上神色淡淡，就在姻緣樹下虔誠地祈禱著……

第二日一早，喬意晚和顧敬臣帶上禮，早早回了永昌侯府。

因昨日睡得晚，馬車上，喬意晚睏得打起盹來，瞧見她難受的模樣，顧敬臣抬手將她抱了起來。

喬意晚驚呼出聲，顧敬臣將她放在主座上，頭放在了自己的腿上。

「睡吧，快到了我叫妳。」

喬意晚雖覺得這樣做不夠端莊，但還是沒捨得起來。見喬意晚睡了，顧敬臣也閉上了眼。

他腦海中再次浮現出一些如同夢境的畫面，比如，從崇陽寺回來後，母親問他是否喜歡永昌侯府的嫡長女，再比如，他在邊關打仗，母親忽然生了重病，為了能在死前看他成親，不留遺憾，為他定下了永昌侯府的婚約，他沒有半分遲疑，答應了此事。

很快二人成了親，喬婉瑩和他面對面坐著用茶，他眼前的畫面變得模糊，喬婉瑩突然起身朝他走來……

畫面到了這裡，顧敬臣猛然睜開眼睛。

「侯爺？侯爺？」喬意晚抬手握了握顧敬臣的胳膊，一臉關切道：「您怎麼了，剛剛可是作惡夢了？」

她瞇了一會兒，睡得不太安穩，就坐了起來，轉頭一看，沒想到顧敬臣竟是坐著睡著了。

顧敬臣看向喬意晚，眼底波濤洶湧，他摟過喬意晚，死死抱在了懷中。

都是假的，那些都是假的，他不可能娶別人的。

喬意晚從未見過他這般模樣，開口輕聲安撫道：「你可是夢到我出事了？那些都是假的，你不必放在心上，我這不是好好的嗎？」

顧敬臣應了一聲。「嗯，我知道。」

喬意晚見他臉色仍不好看，主動親了一下他的臉頰。

顧敬臣身形微頓，腦海中許多畫面一下子連接起來。

母親誤以為他喜歡永昌侯府的嫡長女，所以在重病時為他定下了和喬婉瑩的婚事，那時他並不喜歡喬婉瑩，對晚兒也了解不多，求親被拒之後，得知晚兒有意中人，便放下了此事，故而，母親在提議為他娶喬婉瑩時他就答應了。

二人成親後遲遲沒有同房，某日，喬婉瑩在他茶水中下了藥，他順勢假裝中計，想看喬婉瑩究竟想做什麼，然而她什麼都沒做，但事後卻營造出二人同房的假象。

初時他不解她為何這樣做，直到兩個月後，太醫診出她有了身孕，他恍然大悟，這身孕必定有鬼，之後很快便查出喬婉瑩肚子裡的孩子是太子的。

只是那時他忙著邊關戰事，又因為一些原因，沒有處理此事。

後來喬婉瑩死了，他得知晚兒和梁行思的婚事另有隱情，再也無法克制住內心的慾望，在永昌侯府提出嫁個族中女兒過來的時候，他提到了晚兒……

這些畫面到底是怎麼回事？

「侯爺，您究竟怎麼了？」喬意晚眉頭緊蹙。

顧敬臣回過神來，看著一臉擔心的她，想起了在剛剛的畫面中，他破壞了她與梁行思的婚事。

自己的所作所為絕非君子行徑，只是，難道要讓他眼睜睜看著她嫁給旁人嗎？這怎麼行！晚兒只能是他一個人的！

顧敬臣心中愧疚和酸澀疊加，狠狠吻向了喬意晚的唇。

長長的一吻結束，看著懷中嬌弱的人，他啞聲問道：「妳剛剛喚我什麼？」

喬意晚頓了頓。「侯爺。」

顧敬臣逼近她，眼底釋放出危險的信號。「嗯？昨晚我說過的話妳都忘了？」

想到昨晚在床上顧敬臣逼著她改的稱呼，喬意晚臉色酡紅。

顧敬臣道：「叫什麼？」

馬上就要到侯府了，喬意晚生怕他不管不顧又要鬧她，連忙道：「臣……臣哥哥。」

顧敬臣喉結微動，克制住內心的沸騰，啞聲道：「這還差不多，妳記住了，妳只能這般喚我，不能再這樣喚旁的男子。」尤其是她那個梁大哥。

喬意晚不知顧敬臣此刻為何突然發瘋，見他神色認真，她點頭應下。

很快，馬車到了永昌侯府。

喬意晚連忙整理了一下身上的衣裳，扶著紫葉的手走下馬車。

喬婉琪看到喬意晚下了馬車，立即就上前挽住了她的胳膊。「大堂姊，妳總算回來了，我都想妳了。」

喬意晚失笑說道：「咱們不過分開了兩日。」

喬婉琪說：「一日不見，如隔三秋，這都隔了兩日，好幾年了。」

喬意晚笑著點了點喬婉琪的額頭。

喬西寧瞧著顧敬臣的手落空，在一旁道：「侯爺莫怪，婉琪就是這般活潑的性子。」

顧敬臣收回了手，他剛剛先下馬車，正準備去扶喬意晚，結果被跑過來的喬婉琪搶了先。

「大哥、二哥、三哥。」

顧敬臣對喬西寧、喬桑寧、喬琰寧行禮，這三人都有些受不住，連忙側開身子，喬意晚也隨著顧敬臣跟幾位兄長行禮。

喬西寧道：「走吧，去瑞福堂，祖母和母親、二嬸她們都在那裡等著。」

一行人進了府，朝著瑞福堂走去。

一路上喬西寧兄弟幾人時不時跟顧敬臣說著話，喬婉琪也跟喬意晚說著話。

喬婉琪小聲問道：「出嫁那日出了事，大堂姊可有受到驚嚇？」

喬意晚心頭一暖，搖搖頭。

喬婉琪道：「母親說妳沒事，安安穩穩到了定北侯府，可我總是不放心，想去侯府看看妳，但母親不讓我去。」

喬意晚握了握喬婉琪的手。「二妹妹放心，我沒事，那日被擄走的是旁人，不是我。」

喬婉琪鬆了一口氣。「如今瞧著大堂姊好好站在這裡，又親自跟我說妳沒事，我這才放心了。」

不多時，眾人到了瑞福堂，老太太見著喬意晚，激動地問她這幾日在定北侯府過得如何。

「侯爺待妳如何？妳婆母待妳如何？府中可有刁奴？」

喬意晚道：「祖母寬心，我在定北侯府一切都好。」

「如今誰在管家？」

「婆母把管家的事交給了我。」

該問的問完，老太太放心了。

陳氏目不轉睛地盯著女兒，這時，喬意晚看向了陳氏，笑著說道：「母親，女兒一切都好。」

陳氏道：「嗯，沒事就好。」

顧敬臣和喬西寧兄弟三人坐在一旁的偏廳說話，因兩廳中間通透，故而顧敬臣能看到喬意晚，他一邊跟三位舅兄說話，目光時不時瞥向喬意晚。

喬桑寧看出顧敬臣的心不在焉，心中既為妹妹感到高興，又為自己的好友感到惋惜。好友如今高中狀元，入職翰林院，前途無量，可惜，他終究跟妹妹有緣無分，此生注定要錯過。

顧敬臣瞧出喬桑寧的心不在焉，他想到這幾日的夢，問道：「二哥，梁大人如今可有議親？」

喬桑寧心頭一跳，定北侯莫不是有看透人心的本事，知曉他此刻在想些什麼事情？

「沒……尚未議親。」

顧敬臣道：「梁大人樣貌英俊，學識淵博，將來定能在朝堂上有所作為，可惜我定北侯府沒有適齡的姑娘，若是永昌侯府有合適的姑娘，可要把握住。」

顧敬臣看向喬西寧，喬西寧不知他是何意，梁行思的確是不可多得的人才，可惜他跟意晚有過那樣一段淵源，永昌侯府不可能把女兒嫁過去。

「可惜了，喬家也沒有合適的姑娘。」

顧敬臣嘆氣道：「那可真是太可惜了。」

第三十六章

不多時，永昌侯下朝回到侯府，聽說女兒女婿回來了，他連朝服都沒換，急匆匆來了內院之中。

跟老太太打過一聲招呼後，永昌侯把顧敬臣叫走了。

喬琰寧道：「今日大伯父看起來怎地這般著急？」

喬西寧和喬桑寧也有些不解，父親神色焦急，看起來應是有大事。

幾人正說著，永昌侯又讓人來把喬西寧也叫走了。

到了書房，喬彥成神色沈了下來，看向顧敬臣，問道：「那日你和意晚成親時，那一群蒙面之人可是太子安排的？」

喬西寧大驚失色，顧敬臣神情頗為平靜，他看向喬彥成問道：「岳父大人，今日朝堂上可是發生了什麼事？」

因剛成親，顧敬臣這幾日都在休假，沒有上朝。

喬彥成道：「太子被廢了。」

「什麼？太子被廢了？為何？怎麼這般突然？」喬西寧震驚地看向自己父親。

喬彥成沒有回答兒子的問題，他正盯著顧敬臣看。

即便是聽到太子被廢這麼重要的事情，顧敬臣臉上的神色依舊沒有任何的變化，彷彿早已知曉一般，看來他之前的猜測是對的。

顏貴妃和太子之間內鬥定是顧敬臣所為，意晚出嫁那日被擄走，也定是太子幹的。

「若只是擄走意晚一事，不足以讓皇上決定廢太子，那日究竟發生了何事？」喬彥成問。

顧敬臣道：「是顏貴妃在背後動了手腳。周景禕意欲在我和晚兒大婚之日擄走意晚，以此來要脅我，顏貴妃把探得的消息告訴了皇上，並且引導皇上去了周景禕埋伏之處，皇上親眼見到周景禕的所作所為頗為憤怒，周景禕惱怒之下意欲刺殺皇上。」

聽著顧敬臣的這一番話，喬西寧久久說不出話來，饒是老辣的永昌侯此刻也震驚不已，他原還以為太子有機會起復，知道此事的前因後果，他知道太子是真的完了，沒有哪一個天子會容忍想殺自己的兒子。

喬西寧喃喃說了一句。「太子也……太蠢了吧。」

這話說出了永昌侯的心聲，他無聲地點了點頭。

「太子近一年來突然變得不太正常，不會是被人下了降頭吧？」喬西寧道，他著實想不通太子為何突然性格大變？

永昌侯神色微怔，隨即正色反駁兒子。「子不語怪力亂神。」

喬西寧連忙起身道：「兒子說錯話了。」

永昌侯抬了抬手，讓兒子坐下。

「不過，你說的也有幾分道理，這一年來太子行事確實乖張了許多，在朝堂上偶爾也會跟皇上起爭執，私下聽說也沒少惹皇上生氣，敬臣可知曉其中緣由？」

顧敬臣微頓。「不知。」

喬彥成道：「嗯，想來定是有緣由的，那你可知那日他為何要擄走意晚？」

顧敬臣看向永昌侯。「因為晚兒的命數。」

喬彥成一愣，沒料到竟會聽到這個答案。

時隔多年，當年那道士的話依舊刻在自己的腦海中，他也的確有過讓女兒嫁給太子的想法，不過，在太子正妃之位確定落入馮家之後，他就打消了這個念頭。

那道士的話他固然信了幾分，但也不會讓女兒為側，與其為側，不如另尋一門合適的親事。

「他怎會知曉意晚的命數……」喬彥成喃喃道，這可是個秘密，知曉的人並不多。「難道是婉瑩，婉瑩知曉此事……」

思及此，他臉色一下子變得陰沈，婉瑩可真是他養出來的好女兒！侯府養育她多年，她竟然如此狼心狗肺，轉頭對付侯府，處處針對意晚。

「真是個豬狗不如的東西！」跟孫姨娘一路貨色。

喬西寧的臉色也不好看。在當年的事被一一揭開之後，他對婉瑩的兄妹情漸漸都磨沒了，甚至因為她如此歹毒的心思，心頭產生了恨意。

後面永昌侯又問了顧敬臣幾個關於成親那日的一些事，除了關於自己的身世之外，顧敬臣都一一為他解答。

知曉太子絕無起復的希望，喬彥成就放心了，畢竟，如今永昌侯府跟東宮已有嫌隙，太子若是上位，勢必會對付他們侯府。

喬意晚此時回到了秋意院。

推開門，看著裡面的陳設，彷彿隔世，明明自己沒離開幾日，卻覺得已經離開了許久，恍若自己不屬於這裡了。

她忽然明白了喬婉琪剛剛跟她說的話——

一日不見，如隔三秋。

「妹妹走後，母親常常獨自來院中，看看院中的樹，給院子裡的花澆澆水。」

喬桑寧的聲音在身後響起，喬意晚眼眶微熱。她出嫁，母親是最難過的。

「父親漸漸把府中事務交給兄長來打理，兄長每日甚是繁忙，我不日也將去嶺北赴任，妹妹若無事，以後多回府看看母親。」

喬意晚吸了吸鼻子，道：「好。」

喬桑寧看向妹妹，瞧著她鮮亮的臉色，道：「想必侯爺待妳是極好的。」

喬意晚擦了擦眼角，笑著說：「嗯。」

喬桑寧道：「那我就放心了。」

喬意晚道：「兄長放心，若他待我不好，我定寫信告知你。」

見喬意晚跟他開玩笑，喬桑寧微微一怔，隨即笑了，鄭重道：「好。」

可見妹妹成親後的日子過得不錯，至於梁行思的現況，喬桑寧沒有提，喬意晚也沒有多問。

等到中午吃過飯，喬意晚去了正院，陳氏讓屋內服侍的人都退出去，牽著女兒坐在榻上。

她本有許多話要問，但看著女兒紅潤的臉色，又突然不想問了，她抬手摸了摸女兒的臉，臉上露出一個大大的笑容。

「女子到了年齡就要出嫁，本是最尋常不過的事情，顧敬臣從前也待妳極好，我當是放心的，只是一想到你們二人成親那日發生的事情，我這心裡就總覺得忐忑不安，好在瞧著妳過得不錯，我也就放心了。」

喬意晚靠在陳氏肩上，伸手圈住了陳氏。

這是她第一次表現出如此親暱的姿態，陳氏先是一怔，很快回過神來，抬手撫摸著女兒的背。

自從女兒出嫁後，她這心裡就像是缺了一塊似的，從前不管是自己出嫁，還是丈夫去了姨娘的房中，又或者是兒子成親，她都不曾有過這樣的失落感。
雖與女兒相處不過短短一年，可這一年卻勝過和旁人在一起的幾十年。女兒聽話懂事，性子也隨和，她日日和女兒待在一處，竟產生了依賴之情。
母女倆抱在一起溫存了片刻，陳氏開口問道：「妳出嫁那日究竟發生了什麼事？」
喬意晚道：「是有惡人想擄走我要脅敬臣，好在敬臣提前得知消息，早有了準備，另找了一個跟我身形相似的男子易容後代替我坐在花轎之中，那日人群中出現了一陣騷動，我就被保護起來了，後來敬臣去追劫匪，我被偷偷送回了定北侯府。」
陳氏鬆了一口氣。「幸好定北侯提前做了預防，那我真的可以放心了。」
說了一會兒那日的事情，陳氏又問了女兒出嫁後這幾日在定北侯府的生活如何，喬意晚一一作答。
問著問著，陳氏問起了女兒房中之事，喬意晚紅著臉，聲音細若蚊蚋。
「挺……挺好的，他很體貼。」
陳氏道：「瞧著妳暈紅的臉色也知他這幾日應是很照顧妳。」
否則以定北侯那個高大的身板，女兒如何受得住？
喬意晚紅著臉沒說話。
「他待妳一顆真心，也是難得，妳又心悅於他，這樣情投意合的姻緣少之又少。他沒有通房侍妾，在那些事情上，妳既不能一味順從他，也不要一直把他往外推。」

喬意晚害羞地點了點頭。

喬意晚和顧敬臣一直待到天色將黑之時，喬意晚這才依依不捨地離開了永昌侯府。

待顧敬臣走後，永昌侯把全家人聚集起來，交代了一番。

「太子如今被廢，最近外面討論最多的定是此事，太子和咱們府有些過節，我知大家定是欣喜此事，只是大家莫要在外面說些不該說的話，此刻保持沈默才是最好的選擇。」

永昌侯雖然是這般對府中的人交代的，但隨後他就把長子叫進了書房，兩人細細商量了一下如何在此次太子被廢一事中把太子那邊的人拉下來，換自己的人上位。

表面上是不能做，要表明自己不摻和的態度，私底下卻不能什麼都不做。

這麼好的機會若是不利用，如何能讓永昌侯府發展壯大，成為頂級侯府？

最終，父子二人做了一個決定，先下手為強！

如今多數人並不知曉太子為何被廢，還處於觀望之中，他們正好趁這個機會把太子的人弄下來，換成自己的人，等大家反應過來太子不會起復時，他們早已搶得先機。

商議完此事，喬西寧想到白日裡顧敬臣說過的話，心中依舊有諸多疑惑。

「父親，您認為太子一年前性情大變是否有什麼原因？」

喬彥成道：「這個問題為父的也想不明白，你外祖父早已透露太子當時會前往祭祖是別有原因，據說是做錯了事惹得皇上不悅，我看就是從那時起太子性情有所轉變，只是這其中的原因，為父想了一年也沒想明白。」

喬西寧感慨道：「好好的一個文武雙全的太子怎地就這般倒臺了，真是令人唏噓。」

喬彥成皺了皺眉，一時沒有答話。

喬西寧看向父親，瞧著父親臉上的神色，問道：「父親覺得兒子剛剛的話不對嗎？」

喬彥成搖頭。「沒什麼，為父的剛剛只是在想，『文武雙全、能力卓絕』的究竟是太子，還是定北侯。」

喬西寧張了張口，又閉上了，神情若有所思。

喬彥成說：「這些年，四處征戰守衛我青龍國國土的人是定北侯，維護京城治安的也是定北侯。」

喬西寧都贊同，不過，太子也不是毫無可取之處。

「太子也為皇上獻上過不少治國良策，比如，寒門和官宦世家之子有了同等的為官資格，為我青龍國選取了不少良才，再比如，他之前和大粱談判也獲得了好消息，保我青龍國邊境數年安穩。」

喬彥成道：「不可否認，太子的確是出色的，主張建立書院，為寒門子弟提供讀書的地方，又提出正人倫、穩定民心等等一系列措施，為皇上分憂解勞不少，不過你剛剛列舉的那兩件事都是定北侯的主意，沒有顧敬臣提出寒門和世家子同等考試，就沒有太子為寒門子弟建立書院的後續措施。」

喬西寧震驚道：「什麼？這些是定北侯的主意？」

喬彥成點頭。「嗯，為父的也是從你外祖父那裡得知的，以前不覺得有什麼，畢竟定北侯是太子的表兄，也算是太子的謀士，這功勞自然都應歸到太子的頭上。可如今細細想來，好多事情都是定北侯所為，太子所為之事，處處有定北侯的影子。」

喬西寧細細咀嚼著父親的話，越發覺得真正有能力的人是定北侯。

「怪不得顏貴妃要出手挑撥太子和定北侯的關係，四皇子長大了，也開始參與朝政，若是任由定北侯再協助太子，朝堂上哪有四皇子的立足之地？」

喬彥成點頭道：「這話說得對，只是顏貴妃沒想到定北侯將了她一軍，反過來挑撥了他們二人的關係。」

喬西寧道：「話說回來，定北侯如此精明，真的不知道太子為何突然對付他嗎？」

喬彥成嗤笑一聲道：「他怎會不知？他定是知曉的，今日我觀他神色，似是另有隱情，不過，他既不說，咱們也沒必要深究，如今咱們是一條繩上的螞蚱，生死榮辱與共。他能把太子拉下來，足以證明他的本事，有些事他不說，咱們就只當做不知。」

喬西寧說：「是兒子著相了。」

喬彥成道：「時辰不早了，你這幾日沒回內院，今日回去吧。」

喬西寧神色微頓，道：「是。」

兒子走後，喬彥成獨坐在書房中，閉上眼睛思索著今日得到的消息。

所以，太子為何突然對付起顧敬臣呢？屢次搶他的女人不說，甚至還想殺了他。

太子是個聰明人，雖不如顧敬臣精明能幹，但絕不是個傻子，明知表哥顧敬臣是他最大的助力，若是除掉了顧敬臣，他瞬間就失去了最有力的臂膀，究竟是什麼原因令他不得不對付顧敬臣呢？

對於太子而言，最重要的就是儲位，只有顧敬臣願意支持，他的皇儲地位才更加穩固，太子定是知曉這一點的，不然從前不會時時刻刻帶著顧敬臣，讓顧敬臣陪在自己身側。

現在會變成這番局面，除非——

喬彥成想到了一點，緩緩睜開了眼睛。

除非顧敬臣的存在威脅到了他的儲位，所以他不得不出手對付他，甚至非除掉他不可！

可太子是顧敬臣的親表弟，顧敬臣沒道理支持別的皇子啊。喬彥成皺了皺眉，他著實想不通其中關鍵。

定北侯府——

從永昌侯府回來後，顧敬臣逕自留在前院忙公務，直到亥時才從前院回內宅，路過正院時，瞧見正院的燈尚未熄滅，他頓了頓腳步，朝著正院走去。

秦氏雖然還未睡下，但已經寬了衣，聽說兒子忽然過來了，頗為詫異，隨即讓人請他進來。

「這麼晚了，你怎麼來了？今日去永昌侯府可是發生了什麼事？」

顧敬臣道：「沒什麼事，一切都好，是兒子路過這裡時瞧見燈尚亮著，便想來看看母親。」

秦氏很欣慰，兒子沒成親前從未跟她說過這種話，成親後倒像是忽然長大了。

「我這裡沒事，就是白日睡多了，睡不著，就多看了兩頁書。時辰不早了，想來意晚還在等你，你早些回去吧。」

顧敬臣又道：「倒也不急。」

秦氏瞥了一眼兒子，問道：「你可是跟意晚鬧了矛盾？」

顧敬臣看向秦氏。「母親為何這樣說？」

秦氏笑著說：「你從前恨不得住在永昌侯府，如今終於把人娶回家了，倒不急著回去了，不是鬧了矛盾又是什麼？」

看著母親眼中的調侃，顧敬臣垂眸喝茶掩飾內心的尷尬，想著這幾日心頭的疑惑，他終於開口。「兒子是忽然想起那日太子說過的話，心中有個疑惑想問問母親。」

成親那日有人意圖擄走新娘子，此事秦氏也知曉。

「你說。」

顧敬臣問：「母親從前可是以為兒子喜歡雲婉瑩？」

秦氏眼神中流露出幾分不解。雲婉瑩？那是何人？

一旁的檀香提醒道：「就是從前那個永昌侯府的嫡長女。」

秦氏恍然大悟。「哦，你說她呀。」

她想了想，兒子喜歡永昌侯府原來的那個嫡長女……好像是有那麼一回事。

「確有此事。」

顧敬臣眼眸微動。

秦氏道：「說起來此事還是太子告訴我的，那日你陪我去崇陽寺上香，臨走之時，太子與我說你對那姑娘有意，我便以為你喜歡她。不過，那次你在永昌侯府救了意晚之後，我就知曉你真正喜歡的是何人了。」

原來如此，顧敬臣點了點頭，神情若有所思，感到那夢裡的事情又多了幾分真實。

不多時，顧敬臣回到了沉香苑。

喬意晚晚上一直坐在榻上等著顧敬臣，等了許久也不見他回來，白日裡她沒有午睡，等著等著便忍不住托著額頭睡著了。

顧敬臣一進屋就看到了坐在榻上閉著眼睛睡著的喬意晚。

他放慢了腳步朝她走去，走到榻前，將她攔腰橫抱起來。

幾乎是顧敬臣一靠近，喬意晚就醒了過來，先是一驚，而後瞧見抱她之人是顧敬臣，她神色才放鬆下來。

「你終於回來了。」

顧敬臣抱著她朝床邊走去。「不是跟妳說不用等我了嗎，怎地還等著？」

喬意晚圈住了顧敬臣的脖子道：「嗯，想跟你一起睡。」

顧敬臣失笑，看著她露出的雪白色的脖頸，喉間一緊。

「好，一起睡覺。」

喬意晚剛被放在床上，顧敬臣就起身壓了下來，在她還沒反應過來時，唇就被堵住了，衣領也被人扯開。

她不是這個意思啊！

事後，看著癱軟在自己懷中的人，顧敬臣食髓知味，有一下沒一下地撫摸著喬意晚的背。

喬意晚被他弄得昏昏欲睡，然而，在睡著之前，她忽然想起了母親白日問她的房事問題。

她猛然睜開雙眼，看向躺在一側的顧敬臣。

見她神色有異，顧敬臣問道：「嗯？怎麼了？」

喬意晚抿了抿唇，有些話不知該如何問。

顧敬臣靠近喬意晚，想要親一親她嬌豔欲滴的唇瓣，喬意晚忽然側頭躲開了，顧敬臣的吻落在了她的臉上。

顧敬臣眉頭微皺。

這是她第一次拒絕他，想到這幾日的夢，他有些心慌，抬手摸了摸她的臉，強迫他看著自己的眼睛。

「為何？」

喬意晚看著顧敬臣的臉，手微微抓緊了床單，問道：「你是不是有通房侍妾？」

顧敬臣一陣錯愕，很快，神色變得凝重。「可是有人跟妳說了什麼？」

前些日子他查出了府中的內應，那些內應已經被他鏟除，難不成還有漏網之魚？

喬意晚知道她不該在新婚的第三日就問這樣的問題，可她越在乎他，就越忍不住想知道。

「沒有。」

「那妳為何會這樣想？」顧敬臣問。

喬意晚抿了抿唇，說道：「你那日的表現……不像是沒有經驗的樣子。」

前世二人的新婚夜，顧敬臣表面上看起來老成持重，實則動作生硬，讓人疼痛不已。今生他除了新婚夜有些急切，一切都熟練得很，她不再像前世那般難受，她本覺得是件好事，可如今想來，定是有過不少經驗才會如此。

所以她想知道他何來的經驗？

顧敬臣先是一怔，隨即悶笑出聲。

他越笑，喬意晚就越是氣惱。

「你笑什麼？你若真有其他女人，就光明正大告訴我，我也不是善妒之人，定會替你好好照顧她們。」後面她越說越沒了底氣。

顧敬臣忽然笑不出來了，他低頭狠狠親了她一下。

「妳敢！」

喬意晚被親得頭暈，什麼敢不敢，她明明是為他著想。

顧敬臣忽然忘了體貼，又鬧了起來，喬意晚渾身動彈不得，癱在了床上。

顧敬臣在她耳邊說了一句。「多謝夫人誇讚為夫的技術，不過，為夫並沒有其他的女人，只是因為，夫人沒有嫁給為夫之前，為夫的在夢中夜夜與夫人行此事，故而經驗多了些。」

聞言，喬意晚臉漲得通紅，他怎地這般不要臉，這種話也說得出來！

喬彥成在書房又坐了許久，把接下來的計劃想得清楚明白，這才離開了書房，想到白日裡見到女兒時夫人的神色，他抬步回了內院之中。

雖已到子時，正院的燈卻還亮著，難道夫人猜到了他今晚會回來，所以在等他？

永昌侯心中一喜，步子加快了一些，到了正廳，果然看到了坐在椅子上的夫人。

「夫人怎麼還沒睡？夜晚天氣寒涼，夫人莫要因為等我染了風寒——」

話未說完，就被打斷了。

陳氏道：「我有一事想問侯爺。」
喬彥成後面未說完的話嚥了回去。「夫人請說。」
陳氏看了一眼荔枝。「妳們都去休息吧。」
荔枝應道：「是。」
服侍的人都默默退了出去，屋內只剩下陳氏和喬彥成二人。
「意晚被綁架一事究竟是怎麼回事？」
原來是為了女兒，喬彥成心中略微有些失望，但還是如實告知夫人真相。
「太子從婉瑩那裡得知了意晚的鳳命，想以意晚來威脅……」喬彥成一時卡了殼。
是啊，太子知道了意晚的鳳命，他想要做什麼？自然是想要威脅顧敬臣，可不對啊，成親當日守衛森嚴，太子這麼做也太過冒險了，他完全可以等意晚出嫁後，再找個合適的機會把意晚擄走，既然如此冒險，那就說明太子的目的就是想要阻止意晚嫁給顧敬臣。
這太子總不會因為意晚是鳳命，所以想自己娶了她吧？即便意晚嫁給別的男人，那男人又不是皇子，也不可能——
想到這裡，喬彥成立即站了起來。
若顧敬臣是皇上的兒子，這一切似乎都說得通了！
顧敬臣頗得皇上寵信，這一點太子向來樂見其成，皇上待顧敬臣越好，太子的勢力就越強大，但前提是顧敬臣只是一個臣子，不是皇子……

陳氏見他沈思不語，內心更是害怕，忍不住站起身來問道：「侯爺說清楚，究竟是因為什麼？」

喬彥成這才回過神來。他怎麼會有這麼荒謬的想法？定是他想多了。

他抬手握住了陳氏的手，安撫道：「夫人莫要擔心，我只是突然想到了一些別的事情，剛剛的事情我接著說。」

喬彥成細細說完了從顧敬臣那裡得到的消息，得知太子受到了懲罰，且不會再起復，陳氏終於放心了。

二人洗漱一番就去休息了，但喬彥成心中的那個想法卻久久盤桓在腦海中消散不去。只是顧敬臣怎麼可能是皇上的兒子呢？難不成也跟意晚一樣被人掉包了？

聽著身側似乎有些動靜，猜測夫人尚未睡著，他忍不住問道：「夫人可還記得當初顧敬臣的母親秦氏生產時的事情？」

陳氏瞬間猜出了他的想法。「你懷疑顧敬臣被掉包了？」

喬彥成應了一聲。「嗯。」

陳氏道：「我不知此事。」

喬彥成說：「哦，睡吧，時辰不早了。」

陳氏頓了頓，問道：「你不會懷疑顧敬臣是皇上的兒子吧？」

喬彥成睜開了眼睛，側身看向陳氏，激動地問道：「夫人也這樣想嗎？」

陳氏搖頭。「沒有，我只是猜到了侯爺心中的想法。」

喬彥成笑道：「知我者，夫人也。」

陳氏說：「此事非同小可，從皇上對顧敬臣的態度可以看出來他定是知曉此事的，顧敬臣怕也是知道的，顏貴妃、太子也知道，若侯爺去調查的話，定要周全一些，否則萬一被皇上發現，怕不會只是像上次那樣撤銷侯爺主考官的資格了。」

喬彥成道：「嗯，多謝夫人關心和提醒。」

喬彥成向來不是個喜歡拖泥帶水的人，心中既然有了懷疑，便立即著手去調查，即便那個懷疑有些荒謬，他仍找人打聽了一下當年秦氏生產時有沒有什麼異常之事。

太子被廢一事在朝堂上引起了軒然大波，朝堂上時常有人上書皇上為太子求情，承恩侯府是最著急的那一個。

然而，一個月過去了，皇上依舊沒有改變之前的決定，大局已定，太子是真的被廢了。

此刻，雲婉瑩看著面前高高的圍牆、暗無天日的院子，一顆心沈入了谷底。

她不明白局面怎麼突然就成了這般模樣？前一刻她還在金碧輝煌的東宮住著，下一刻就到了京郊外山中的一處宅院，門口有重兵把守，圍牆比宮牆還要高，陽光照不進來，連天上的月亮也顯得淒涼冷清，院子格外陰森恐怖。

回望自己這一輩子，起起落落。她原是永昌侯府的嫡長女，一朝之間變成了一個從五品京官的女兒，她靠著自己的努力入了東宮，但一眨眼太子倒了，自己也被幽禁起來。

她這一生怕是都出不去了，她的命怎麼這麼苦？聽著一旁兒子哇哇大哭的聲音，雲婉瑩感覺內心冰涼，絕望不已，一行清淚從眼裡滑落。

如果當初她沒有選擇跟太子在一起，結局會不會不一樣？

晚風拂過，臉頰冰涼。

與此同時，這一夜對雲家而言也是一個不眠之夜，雲文海看著坐在面前的兒子，長長嘆了一口氣。

「有了婉瑩這件事，咱們雲家怕是再也起不來了。」

在得罪了永昌侯府之後，他以為一家子要被趕出京城，沒想到女兒轉眼搭上了太子，就在他以為自己家可以扶搖直上時，又跌入了谷底。

雲意亭眉頭死死皺著。「也不知她有沒有牽扯其中，若真牽涉其中，雲家怕是要完了。」

他這妹妹就是個禍害精，性情不好，人也很壞，保不齊太子謀反這事她也參與了。

雲文海臉色驟然白了。「應該……應該不至於吧。」

太子被廢是因為意欲謀反，婉瑩剛生產不久，應是在東宮好好的帶著孩子才是。

雲意亭道：「那可說不定。」

萬一婉瑩參與其中，莫說做官了，怕是要誅九族，父子二人相顧無言。

枯坐了許久，雲文海道：「不如……咱們去求求意晚。」

話音剛落，就被雲意亭打斷了。

「父親，您莫要再麻煩妹妹了！她從來都不欠咱們的，是咱們家一直欠她的。」

雲文海神色微變，沒再說什麼。

這日，喬意晚剛剛處理完府中的事務，門房的嬤嬤來報。

「夫人，門外有位姑娘，自稱姓雲，說是您姑母家的表妹，想要見您。」

喬意晚琢磨了一下，猜想可能是雲意晴。她看向紫葉，紫葉會意，福了福身，隨嬤嬤出去了。

不多時，雲意晴隨紫葉來到了內宅之中，快到花廳時，她一眼就看到了正在花廳裡跟嬤嬤說話的婦人，年輕的婦人身著月白色衣裙，裙襬上用金線繡著繁複的花紋，頭上僅用一支木釵，臉上的神情甚是柔和。

長姊的打扮和從前沒什麼不同，可長姊此刻給人的感覺還是跟從前大不相同了，一身富貴雍容的氣質，氣色極好，也很光彩奪目。

雲意晴驟然發現她和長姊之間的距離已經漸漸變遠，她下意識地止步不前。

紫葉發現雲意晴停下了腳步，轉身看向她。「表小姐，夫人在前面花廳等著您。」

雲意晴回過神來，收起內心那微不足道的自尊心，垂眸，隨著紫葉向前走去。

喬意晚跟嬤嬤說完事，轉頭看到了雲意晴。

數月不見，雲意晴臉上的驕傲和自信沒了，取而代之的是濃得化不開的愁緒，眉頭也緊鎖著。

「意晴，妳來了，快坐。」

見長姊還跟從前一樣，雲意晴眼眶微熱，她朝著喬意晚福了福身，安安靜靜地坐在一旁的椅子上。

「上茶。」

婢女上了茶後，默默退了出去。

喬意晚問道：「妳最近過得可還好？」

雲意晴垂眸回道：「挺好的。」

喬意晚又問：「父親、兄長，還有意平、意安過得如何？」

雲意晴抿了抿唇，想說的話還是沒能說出口。「……都挺好的。」

喬意晚仔細琢磨了一下，如今太子被廢，東宮裡所有人都被圈禁起來，此事又與雲婉瑩有些關係，不知父親和兄長是否知曉此事？

「妳今日可是有事來尋我？」

雖然從前在雲府時雲意晴沒少欺負她，但她本性不算太壞，在喬氏離開後，迷途知返，即便是看在上次她給她遞信的分上，她也會幫一幫她的。

聞言，雲意晴握了握拳，鼓足勇氣，站起身來，跪在了喬意晚面前。

「大堂姊，求求您救救父親和哥哥，救救雲家吧！」

喬意晚皺眉，難不成父親和兄長也參與其中？「妳這是何意？快起來。」

雲意晴眼淚忍不住流了出來。「婉瑩被圈禁起來，父親也被勒令在府中反省，等待上面的處置，兄長好不容易中了進士，正欲赴任，但也被阻攔，赴任文書被吏部收了回去。我知道我從前對您不好，您怎麼懲罰我都行，可父親和兄長一直待您極好，如今能救他們的就只有您了，他們不想讓我來，我是偷偷跑出來的，我實在不想看父兄頹廢下去。」

看著雲意晴的眼淚，喬意晚心中也很不起勁。

她想到了前世的兄長，在雙腿殘廢不能參加科考後，兄長時常獨坐在自己的小院中，抬頭看著天上的鳥兒，臉上的神情落寞又孤獨。

若能救，她定是要救的，可此事涉及到太子謀反，不是小事，得問清楚了才能決定。

顧敬臣的婚假已經結束，白日裡他去了京北大營，晚上從大營回來時，他習慣性地問起了喬意晚的事情。

「今日夫人做了什麼？」

李總管笑著說道：「夫人並未出門，一直待在府中處理事務。」

李總管幾乎每日都這樣回答，顧敬臣從未說過什麼，今日顧敬臣卻突然問了一句。「府中有那麼多事情需要夫人親自處理嗎，管事的都去做什麼了？侯府白養著他們？」

聽出顧敬臣的語氣不太好，李總管心裡一緊。「是，我明日就訓斥那些管事們。」

顧敬臣道：「嗯。」

李總管覷了一眼顧敬臣的神色，見他沒再追著這個問題問，又道：「對了，雲家的那位二姑娘今日來了。」

雲意晴？想到從前調查到的事情，顧敬臣眉頭微微皺了皺。

這位雲二姑娘跟她母親和親姊幾乎是同樣的脾性，打小就喜歡欺負意晚、搶意晚的東西，甚至意晚跟梁家的親事也是因為這位二姑娘。

「為何讓她進府？」

李總管連忙道：「是夫人讓她進來的。」

顧敬臣淡淡地瞥了李總管一眼，李總管後背出了一層汗。

「以後老奴跟門房說清楚，若她再來，不必向夫人呈報。」

顧敬臣收回目光，問道：「她都跟夫人說了什麼？」

李總管道：「雲二姑娘想讓夫人救一救被雲婉瑩牽連的雲家父子。」

顧敬臣又問：「夫人是什麼態度？」

李總管回道：「夫人送走二姑娘之後就讓人來外院問您何時回來。」

顧敬臣沒再多問，他沈思片刻，看向啟航。「大理寺是如何處置雲家父子的？」

啟航道：「太子造反一事雲奉儀並未參與其中，雲家也不知情，大理寺還在商議如何處置，暫時先讓雲家父子停職等待處置結果。」

顧敬臣點了點頭。

在書房坐了一會兒，處理完公務，顧敬臣回了沉香苑。

見他回來，喬意晚馬上問起了雲家的事。「我聽說雲婉瑩被圈禁起來了，不知調查結果如何，雲府可有參與其中？你那邊有沒有進一步的消息？」

顧敬臣道：「雲府並未參與其中，目前處置結果還未下來。」

喬意晚鬆了一口氣，緊接著又問：「你覺得最後雲大人會受到什麼樣的處罰？」

顧敬臣說：「可大可小。」

喬意晚皺眉。「何謂大，何謂小？」

顧敬臣低聲道：「前朝有位將軍聯合大梁，有了謀逆之舉，最終全家砍頭，他有一位姨娘，娘家父親是知縣，被罷官了，子孫永生不能入仕。」

這是大。喬意晚眉頭緊鎖，又問道：「何謂小？」

顧敬臣抬手握住了她的手，道：「太子跟那位將軍身分不同，他是皇上的兒子，雲婉瑩生了皇上的長孫，若皇上顧及親情子嗣，雲家的結局或許會好一些。」

喬意晚看向顧敬臣，問道：「你覺得會是哪一種結局呢？」

顧敬臣捏了捏她的手，反問道：「晚兒希望是哪一種結局呢？」

喬意晚微怔。

晚上，喬意晚主動了些。

第二日一早，天不亮顧敬臣就起床了，他看了一眼身側沈睡中的人，親了親她的唇。

想到她昨晚的舉動，他很開心，也很受用，只是，她或許不知，她無須如此，只要她開口，他定會如她所願的。

早朝上，大理寺卿問起了如何處置東宮女眷娘家父兄的問題，太子一倒臺，朝堂上全都是踩他的聲音，所有人都認為應該嚴懲，即便是立了功的馮家，亦有不少人認為也應該受到懲罰。

昭元帝的臉色越來越難看，顧敬臣看了一眼昭元帝的神色，站了出來。「微臣認為，此事是周景禕一人所為，不應牽連旁人。」

昭元帝沈重的臉色稍霽，眾人回過味兒來，知道了皇上的意思。

最後決定馮家功過相抵，不賞不罰，准太子妃回娘家；至於雲家——

顧敬臣道：「雲家這位長女一直養在外面，和雲家父子的關係並不親近，剛剛大理寺卿大人也說雲家並未參與此事，因此微臣認為可從輕處罰。」說完，他又補了一句。「當然，此女和養她長大的永昌侯府關係更不睦，甚至屢次想要算計永昌侯的長女，也就是臣的夫人。」

永昌侯瞥了一眼顧敬臣，他看出來了，顧敬臣此舉是為了意晚。

他順勢站出來說道：「定北侯說得對，雲奉儀雖在永昌侯府長大，但因為被臣逐出家門，故而恨極了我們，還意欲綁架我女兒，此事與我們永昌侯府也無關。」

昭元帝看看顧敬臣，又看看永昌侯，道：「愛卿也受苦了。」

有皇上這句話就夠了。永昌侯道：「臣不辛苦，多謝皇上體恤。」

昭元帝道：「說到底是那個孽障自己所為，跟雲奉儀沒太大干係，只是她也沒少給那個孽障出主意，促使太子一步步走到今日這般結局。」

最終，昭元帝做了決定，雲文海降了三級，雲意亭自從七品降為正九品，好在父子二人尚在官場，一切都還有希望。

喬意晚得知了雲文海和雲意亭的結局，提著的心終於放下了。

她抬眸看向雲府的方向，想了想，提筆給喬婉琪寫了一封信，喬婉琪看到大堂姊的來信，立刻也往青龍山書院寄了一封信。

自正月裡從京城回來，言鶴心情就一直不太好。

雖然父親說了不必在意國公府的態度，可他給喬婉琪寫了幾封信，想要約她出來都沒成，每次只有提到伯鑒兄，喬婉琪對他的態度才會好一些，這令他難免感到失落。

這回忽然收到喬婉琪的信，言鶴心情頓時大好，打開信後，他看到了信上所寫的內容，雖然信上的內容與自己無關，依然沒有影響到他的好心情。

他琢磨了一下，提筆給喬婉琪寫了一封回信。

過了兩日，喬意晚就收到了喬婉琪的回信，和喬婉琪一同送來的信還有陳氏的，看著上面所寫，喬意晚心安了不少。

晚上，李總管照例把府中一日發生的事情告訴了顧敬臣。

「夫人早上去處理府中事務，兩刻鐘就處理好了。」

李總管刻意強調了時間，生怕自家侯爺又覺得夫人累了一整日。

「隨後夫人一直待在自己的院中，除了早上和傍晚去給老夫人請過安，一直沒出來。對了，後半晌永昌侯夫人身邊的嬤嬤來過一趟，給夫人送了些東西，好像還帶了信件。」

顧敬臣點了點頭。他知道前幾日意晚給永昌侯府也寫過信，如今永昌侯府估摸著是寫了回信。

在前院書房忙完，顧敬臣回了內宅之中。

進入沉香苑後，顧敬臣也沒讓人通報，自行進了正房，一進去，就看到了正坐在榻上看書的喬意晚。

燭光昏黃，照在喬意晚身上，她整個人看起來眉目如同被金光暈染了一般，柔和寧靜。

他忽而想起了最近那些奇奇怪怪的夢，和他在娶喬意晚以前作的那些夢有些相似，都像是真實發生過一般，夢中發生的事情在現實中多半也曾發生過，只不過結果略有些不同。

喬意晚漸漸有些睏倦，心中暗道顧敬臣怎地還未回來，忽而，她感覺有一道目光正注視著自己，她抬眸看了過去。只見顧敬臣正站在門口望著她，身形高大，眼神灼灼。

喬意晚忽然笑了，整個人看起來比剛剛更加鮮活。

顧敬臣眼神微動，夢中，她雖然依舊美好，依舊溫柔，卻從不會像這般對自己笑。在夢裡，她看向自己的眼神始終是淡淡的、含蓄的，二人雖近在咫尺，卻彷彿是隔著千山萬水。

見顧敬臣在愣神，喬意晚放下書，低頭找了找鞋子，準備從榻上下去，剛剛找到鞋子，正準備把腳套進去，整個人就被打橫抱了起來。

喬意晚嚇了一跳，連忙圈住了顧敬臣的脖子。

「你幹麼呀，嚇我一跳。」

顧敬臣話也不多說一句，直接把她放在床上。

喬意晚瞧出他的意圖，抬手輕輕推了推他，小聲嘟囔了一句。「你忘了我們的約定了？」

顧敬臣每次回來都要跟喬意晚先親熱一番，常常結束後才去沐浴，但隨著天氣變熱，她漸漸有些受不了，以這樣做對身子不好為由跟顧敬臣提了提，顧敬臣也照做了，可今日看起來似是忘了一般。

顧敬臣親了親她的唇，啞聲道：「沒忘。怕夫人嫌棄我，離開軍營前洗了一次，剛剛來時又在前院沐浴了一次。」

聽到嫌棄二字，喬意晚有些心虛。「我沒嫌棄你，就是……就是……這樣不好。」

顧敬臣道：「嗯，我知道。」

喬意晚看著顧敬臣戲謔的眼神，連忙轉移了話題。「你幹麼在前院沐浴，怎麼不回內院？」

顧敬臣動作未停，嘴裡說道：「我怕一見著夫人就不想做其他事了。」

不想做其他事，只想著做此事嗎？

即便二人已經成親一個多月，前世還在一起近一年的時間，喬意晚仍舊沒能抵抗住顧敬臣孟浪的話，臉上漸漸爬上了紅暈。

「你別這樣。」

顧敬臣沒再理會喬意晚。

等結束後，顧敬臣有一下沒一下撫摸著喬意晚的背，喬意晚趴在顧敬臣懷中，一下都動彈不得。

顧敬臣想到這幾日府中發生的事情，道：「晚兒，妳若是想念岳母，隨時都可以回去看看。」

喬意晚不解。「嗯？」

顧敬臣看著她茫然的眼神，低頭親了親她微腫的唇，喬意晚以為他又要繼續，抬手打了他一下。

顧敬臣失笑，抱緊了她。「不必寫信，直接去便是，不用在意旁人的目光。」

喬意晚抿了抿唇，應了一聲。「嗯，好。」

成親不到兩月，總不好時常回娘家，不然會被京城中的人說三道四，懷疑定北侯府的人欺負她，她的確是在意旁人的目光，所以才沒有回去。

第三十七章

雲家離開京城這日，喬意晚坐上一輛馬車等在城門口。

見著喬意晚，雲文海心中百感交集。他最最疼愛的女兒，他曾利用過的女兒，最終救了他一命。

心中有千言萬語，但到了嘴邊，只說了一句。「雲家如今在風口浪尖，定北侯又因廢太子一事被架在了火上，妳不該來的。」

喬意晚眼眶頓時濕潤了。「不管如何，您始終是我的父親。」

雲文海心中酸澀不已，回望自己從前做過的事情，只覺羞愧。和女兒對他的幫助相比，自己從前對女兒的好算不得什麼，此刻他後悔連連，一時竟不知該說些什麼好。

雲意亭上前一步道：「意晚，妳以後好好跟定北侯過日子，往後意晴再找妳幫忙，妳莫要答應她，凡事有因有果，當年母親做錯了事，這一切都是我們雲家的報應，妳不必再為雲家操心，雲家以後不管如何，都是我們的命。」

喬意晚道：「大哥……」

雲意亭想抬手摸摸她的頭，忍住了。

喬意晚吸了吸鼻子，她看向了站在不遠處的雲意晴，以及畏畏縮縮想要上前又不敢的雲意平和雲意安。

「父親是打算帶著弟弟妹妹們去任上嗎？」

雲文海回道：「對，都帶著，以後一家人在一起。」

喬意晚想了想，又問道：「您打算讓意平去做什麼？」

想到身有殘疾的一雙兒女，雲文海忍不住嘆氣。「他那個樣子還能做什麼？等他到了成家的年紀，給他娶一房夫人，再給他買一處宅院，安安穩穩過一輩子吧。」

喬意晚皺眉，又問道：「意安呢？」

雲文海道：「等去了淮南，給她找個老實本分的人嫁了。」

喬意晚又道：「三年後父親若是調任其他地方怎麼辦？」

意平不能入仕，意安因不能開口說話，也會被門當戶對的府邸嫌棄，性子柔弱的她若沒有強大的娘家護著，如何能安穩？

雲文海沈默片刻，道：「我雖是他們的父親，但總有不在的那一日，往後的日子還是要他們二人自己去過，這都是他們的命。」

其實雲文海這番安排已經是極好的，盡到了一個做父親的責任。

喬意晚頓了頓，道：「父親，若您信任女兒，不如把意平和意安交給我吧。」

雲文海愣了一下。

雲意亭率先反應過來。「不可！意晚，妳如今不是雲府的長女了，意平和意安不是妳的責任。」

喬意晚知道兄長的意思，她笑了笑，故意說道：「大哥是怕我教不好他們二人嗎？」

雲意亭道：「意晚，妳知道我不是這個意思……」

對於喬意晚的提議，雲文海很心動，可兒子說的話也有道理，雲家已經欠了喬意晚一個天大的人情，不能再麻煩她了。

「不用了，他們二人……」

話音未落，就被喬意晚打斷了。

「青龍山書院的言山長收學生只看才華，不看門第和相貌，意平是我看著長大的，他有多少才華我最是了解，前幾日我詢問了具體的情況，言山長同意給意平一次機會，我想送他去青龍山書院試試。」

意平最喜歡讀書，他最大的夢想是當個教書先生，雖然父親的安排也是好的，他把意平當做普通人，給他安排了後半生，可她卻更心疼意平一些，想實現他的夢想，想讓他開開心心過一輩子。

這個提議太誘人了！言山長是文國公的世子，又頗具才華，在仕林影響深遠，若真能拜在他的門下，意平此生前途無量。

莫說是他們這種六、七品官員之子，即便是王公貴族府中的兒子，言山長也未必會收，意晚心中一向有數，她既開了口，此事大半會成功。

雲文海口中拒絕的話嚥回肚子裡，雲意亭也有片刻的猶豫。

自從聽了意晚的交代，他認真考校過意平的功課。的確如意晚所言，他功課極好，若是有了定北侯府的推薦，未必入不了言山長的眼。

雲意亭下意識以為喬意晚求了顧敬臣，一邊是對妹妹的愧疚，一邊是身患殘疾的弟弟一輩子的前途……

雲意亭看向喬意晚，恰好喬意晚也看了過來。

喬意晚道：「大哥，意平也是我的弟弟，我不想見他痛苦一輩子。」

若青龍山書院不收雲意平，她也定會為他尋別的合適的去處，意平、意安從小都是她看著長大的，感情和旁人不同。

雲意亭長長嘆氣，沒再多言。

見兄長態度軟化，喬意晚看向雲文海，又道：「意安擅長刺繡，宮裡有司繡局，我想把她送進去做繡娘，不知父親覺得如何？」

這樣的話，以後不管意安想嫁人還是不想嫁人，都有了保障。前幾日她把雲意安的繡件給了母親，母親送到了宮裡，宮裡也傳來了好消息。

雲文海激動得不知該說什麼好了，雲意亭抬手把意平和意安叫了過來。

看著近在咫尺的長姊，意平和意安顯得非常激動，喬意晚給他們一個安撫的眼神。

雲意亭看著弟弟妹妹，嚴肅地說道：「你們快給侯夫人跪下，以後不管自己在何處，都不能忘了侯夫人的恩情。」

雲意平和雲意安雖不懂，但還是聽話地跪下給喬意晚磕了三個頭，可把喬意晚心疼得不行。

喬意晚拉過來兄妹二人的手，給他們擦了擦額頭上的土。

「以後阿姊送你們去讀書，去刺繡，可好？」

意平、意安一聽，眼睛亮亮的。

瞧著站在雲文海身後的雲意晴，喬意晚問道：「妳可願隨我留在京城？」

沒了喬氏在身邊，雲意晴如今已經跟從前大不相同，若她願意留下，自己也會好好為她做安排。

雲意晴沒想到經歷了那麼多事情，長姊還願意管她，她眼眶微熱，但最終還是搖了搖頭。

母親已經被送去了族中，想必日子不好過，母親雖對不起長姊，但卻一直護著她，她想去一個離母親近一些的地方，好好照顧母親。

雲文海也知意晴從前對意晚做過的事情，剛剛即便是意晴答應，他也不會把這個女兒留下。喬意晚願意照拂意平和意安已經是在照顧他們雲家了，這兩個孩子身患殘疾，將來不好尋出路，意晚能給他們安排好的前途，意晴沒什麼毛病，不需要意晚特意照顧。

雲文海道：「妳放心，我定會給意晴挑選一個好夫婿。」

喬意晚想了想，道：「好，父兄和妹妹一路平安。」

雲文海看了一眼站在喬意晚身後的一雙小兒女，道：「意平和意安就麻煩妳了。」

喬意晚道：「嗯。」

喬意晚一直目送雲文海離開，直到雲家的車馬消失在視線範圍內，她才轉身準備離開。

看著許久不見的弟弟妹妹，喬意晚笑了，雲意安再也忍不住趴進她懷中，抱住了她低聲抽噎著。

自從長姊離開府中後，她還以為這輩子都見不著長姊了。

喬意晚吸了吸鼻子，輕輕撫摸著妹妹的背安撫她。

雲意平雖沒有上前，但眼睛也一直盯著長姊。

喬意晚笑道：「走，跟長姊回家。」

因不知父親是否同意她把弟弟妹妹接回來，所以喬意晚沒有提前跟府中說一聲，如今意平和意安隨著她來了侯府，她自是要先去跟秦氏說一說。

喬意晚看了一眼弟弟妹妹身上穿的衣裳，回府後，先給他們二人梳妝打扮了一番，這才帶著他們去了正院。

喬意晚先進去了。

秦氏問道：「妳今日怎地來得這般晚，可是府中有事？」

她這兒媳很是懂規矩，即便她說過不用日日來，她還是會過來，這一個多月以來，她倒是也習慣了。

往日兒媳辰時就過來了，今日到了巳時才來。

喬意晚解釋道：「母親放心，府中一切都好，兒媳早上出去了一趟，故而來晚了。」

秦氏道：「哦，這樣啊。」

喬意晚道：「今日雲家姑父和諸位表兄弟妹離京，兒媳去送了送。」

秦氏稍微一想就明白了喬意晚說的是何人，她抬眸看向喬意晚，說了一句。「妳倒是心善。」

被人苛待了這麼多年，尋常人早就恨極了那一家人，哪還會像她這兒媳依然當做親人來看待。

喬意晚抿了抿唇，道：「雖沒有生恩，但也有養恩，父兄一直都待我不錯。」

秦氏點頭道：「這一次妳也算是還了他們的恩情。」

喬意晚隨即提起了意平和意安。「母親，雲家有一對小兒女，此次他們不隨雲大人離京，另有安排，兒媳想讓他們在咱們府中暫住幾日。」

這是件小事，秦氏點了點頭。

「嗯，咱們府中空院子多，妳看著安排就行。」說完，她想到了一個人。「不會是以前那個常常欺負妳的妹妹吧？」

兒媳什麼都好，就是過於講規矩，過於心善。

喬意晚道：「不是，是一對龍鳳胎，丫鬟所出。」

秦氏道：「龍鳳胎？」

龍鳳胎是龍鳳呈祥的吉兆，若是誰家生了龍鳳胎，那定是要大肆宣揚的，她怎地都沒聽說過，也不記得雲家還有這樣兩個孩子？

喬意晚想了想，細細解釋道：「這兩個孩子生下來身子便落了疾，一個長了六根手指，一個天生不會說話。」

秦氏驚訝不已，心中直呼可惜。「怎會這樣？」

喬意晚回道：「因為當年喬氏給那丫鬟下了藥。」

秦氏皺了皺眉，道了一句。「這婦人也是夠狠的，造孽啊！」

秦氏仔細一琢磨就明白過來了，想來這兩個孩子在雲府也不好過。

「是妳把他們留下的？」

喬意晚抿了抿唇，道：「嗯，他們二人打小跟兒媳一同長大。」

秦氏點點頭。「等他們收拾好了，帶過來我看看吧。」

喬意晚還沒說什麼，一旁的檀香笑著說道：「老夫人，侯夫人已經帶他們過來了，正在門外候著。」

秦氏看了一眼兒媳，道：「讓他們進來吧。」

看到雲意平和雲意安，秦氏眼睛一亮。

這兩個孩子看起來很是文靜，跟她想像中完全不同，跟雲家人不像，倒是跟兒媳的氣質很像。瞧著這兩個孩子對兒媳依賴的樣子，想來這二人打小就是跟著兒媳長大的。

得知雲意平書讀得不錯，秦氏賞了他一套上好的文房四寶，又賞了雲意安一套精緻的頭面，給足了喬意晚面子。

晚上，顧敬臣從宮裡回來，在李總管處得知了此事，等回到沉香苑，喬意晚又跟他說了一遍。

相較於秦氏，顧敬臣的反應有些沈悶，讓人摸不著頭腦。

喬意晚敏銳察覺到顧敬臣的不悅，她琢磨了一下，問道：「你可是不喜我這般安排？」

顧敬臣拿著茶杯的手微頓，隨後放下茶杯看向她。「此事夫人為何不跟我講？」

喬意晚抿了抿唇道：「嗯，下次提前跟你說。」

聞言，顧敬臣皺了皺眉，伸手把她扯入了懷中，悶聲道：「哎，夫人為何想到求助永昌侯府卻想不到求助於我？」

從前也是這樣，明明跟陳伯鑒不熟，卻能想到求助於他，如今她已經嫁給他了，竟也沒想到可以跟他求助。

竟是因為這個？喬意晚頗為詫異，求誰不都是一樣嗎？

看著顧敬臣臉上無奈的神色，她圈住顧敬臣的脖子，親了親他的唇。

「下次記住了。」

顧敬臣頓時心情轉晴，摟過她的腰，親上了她的唇。

「不過，夫人若是想送意平去青龍山書院，求岳父不如求我更合適。」

喬意晚被親得氣喘吁吁，很是不解。父親是文官，顧敬臣是武將，此事當是父親更合適。

「為何？」

看著喬意晚微微敞開的領口，顧敬臣眼眸微暗，喃喃道：「且聽為夫細細跟夫人講講文國公府和永昌侯府的恩怨……」

送雲意平去青龍山書院一事，進行得比喬意晚想像中還要順利。

從顧敬臣處得知了文國公府與永昌侯府不和，喬意晚沒有陪著意平去青龍山書院，也提醒意平千萬別提起她。

結果言山長在考校過雲意平的功課後，對其極為滿意，什麼都沒問，直接把他收下了。

喬意晚得知言鶴從中幫了不少忙，心中甚是感激。

至於雲意安去宮裡就更順利了，她繡技不錯，又有陳氏推薦，順利入選。

雖然宮裡情況複雜，水極深，並不是一個好的去處，然而對於雲意安而言，這卻是改變命運最好的機會了。

自從太子被廢，朝堂上就頗不安寧，先是太子一系不死心，再是別的皇子蠢蠢欲動，如今朝堂上為了立儲一事爭論不休，先是有擁護二皇子的，再有擁護四皇子的，還有擁護六皇子的。

立長子、立身分高的皇子、立皇上喜歡的皇子，各派系有各的說法，且都自信滿滿，皇上不堪其擾。

往常在太子的壓制下，二皇子和三皇子很少過問朝政，也不怎麼來見皇上，見著皇上甚至比兔子跑得都快，生怕被皇上訓斥。

如今二人卻恨不得黏在皇上身側，下了朝，都跟隨皇上來到勤政殿，他們二人爭相說著自己最近都做了什麼事，二皇子還拿著幕僚寫的治國之策遞給皇上。

昭元帝打開看了一眼，又把摺子放置在一旁。

二皇子自信滿滿地問道：「父皇，您覺得兒子對於江南水患治理的看法如何？」

昭元帝道：「撥款十萬兩，有幾萬兩能到達江南？」

二皇子道：「自是全部到達江南！」

昭元帝又道：「那你覺得派誰去合適？」

二皇子以為昭元帝同意了自己的策略，心中一喜。「戶部員外郎郭子聲。」

昭元帝冷嗤一聲，拿起另一封彈劾的摺子扔向兒子，二皇子撿起摺子看了一眼，越看越心驚，冷汗涔涔。

這摺子上清楚地記下了昨日他跟郭大人密探的詳情，其中就包括讓戶部推舉自己成為此次水患治理的主官，他承諾把銀錢分給郭大人、當地的知府等等。
寫摺子的不是旁人，正是那位郭大人。
郭子聲寒門出身，被戶部侍郎陳培之一手提拔上來，最是厭惡貪污腐敗之事，他假意答應，回頭就寫了個摺子遞到御前，彈劾二皇子。
二皇子辯無可辯，撲通一聲跪在了地上。
昭元帝怒斥道：「你個蠢貨！青龍國若是交到你的手裡，用不了兩年你就能把祖宗的基業敗光！」
兒子不光不會治理朝政，也摸不清這些官員的底細，逮著一個就信，愚昧至極。幸好他此次找的人是清正廉潔的郭子聲，若是找了旁的貪贓枉法之人，怕是此事就要成功一半了。
見二皇子被訓斥，三皇子很得意，在一旁勸道：「父皇請息怒。」
昭元帝瞥了一眼兒子，看向兒子手中的摺子，問道：「你又有何良策？」
三皇子連忙把手中的摺子遞上，昭元帝尚未看就聽到了兒子的話。
「定北侯是太子的表兄，這些年一直同周景禕走得近，難保沒有二心，如今周景禕已被圈禁，定北侯再掌著京北大營的庶務未免不合適，怕是也會起了反叛之心，跟太子有關的餘黨，應盡快鏟除！」
昭元帝看也未看摺子，「啪」的一聲合上了。
「你認為當如何解決此事？」

三皇子笑著說道：「兒子願為父皇分憂！」

意思是派他去京北大營！

話音剛落，下一瞬，摺子就砸到了臉上。

三皇子跟二皇子跪在一起，昭元帝怒不可遏，從龍椅上站了起來，指著跪在地上的兩個兒子斥道：「你二人有幾斤幾兩重心中沒數嗎？打小就不聰慧，能力不強，從前還能老老實實的，如今見太子被廢，被人一攛掇，竟然起了這些心思！朕的江山能交給你們這樣的人嗎？給朕滾去戶部和兵部，跟著各位大人好生學習，莫要再想一些有的沒的惹朕煩！」

二皇子和三皇子灰頭土臉地離開了，過了片刻，昭元帝起身去了冉妃的殿中。

顏貴妃得知此事，笑了。這兩個人可真是蠢得無可救藥，她讓人稍微一「點撥」，他們二人就急呼呼地衝上前了。

不過，這些可遠遠不夠。

「來人，去告訴二皇子和三皇子，皇上去了冉妃殿中看望六皇子。」

得讓這兩位皇子再多犯一些錯才好，錯到無可救藥，兩個人就沒戲了。這二人一倒，剩下的自然就輪到了她的祺兒。

另一邊，昭元帝來到了琉璃宮，聽著幼子奶聲奶氣的聲音，心情平和了許多。

兒子還是小時候可愛，長大了就跟他離了心，有了自己的算計。

冉妃看看昭元帝，再看看幼子，在一旁安安靜靜地繡花。

昭元帝抱起兒子，看向了冉妃。

冉玠是京城第一美男子，冉妃的相貌又怎會差？她這模樣在美女如雲的後宮裡都是極為出挑的，即便是以美貌著稱的顏貴妃，年輕時也比不上冉妃，她所生的六皇子更是像個年畫娃娃一般好看。

昭元帝轉頭逗了逗懷中可愛的兒子，狀似無意地說道：「今日朝堂上有一些大臣提起要立旭兒為太子，妳怎麼看？」

冉妃的手微微一頓，連忙把針線放下，跪在了地上。

「臣妾從無這種想法。臣妾商賈人家出身，地位卑微，能入宮為妃已是天大的造化，是皇上的恩賜，不敢再多想其他的，況且旭兒還小，話都說不索利，如何能為儲君？」

昭元帝盯著冉妃看了好一會兒，才開口道：「起來吧！妳是什麼性子，朕自然是明白的。」

冉妃站了起來，昭元帝看了一眼旁邊的位置道：「坐。」

冉妃回到原先的位置上坐下了，昭元帝沒再提剛剛的事情，轉而問起兒子這幾日的情況。

此事沒過幾天，朝堂上不知為何開始多了一些彈劾冉家的摺子。

相較於二皇子和三皇子，太子算得上有能力，因此，從前即便太子沒那麼優秀，底下的臣子們也沒生二心，可如今太子倒了，年歲長一些的二皇子和三皇子就嶄露在人前了，不少人私下接觸了這兩位皇子，被人吹捧得多了，這二人也漸漸飄了起來，明目張膽地彈劾冉家，跟冉家作對，這可把皇上氣得不輕。

朝陽殿中，四皇子周景祺看向自家母妃，滿眼佩服。

「母妃，還是您厲害，您當初不讓兒子參與其中是對的，如今二哥和三哥一同對付冉妃，父皇定會不悅，不管他相信誰，另一方都要被父皇不喜。」

顏貴妃笑了。「我的兒，你總算是長大了，明白了母妃的苦心，咱們鬥什麼？看旁人鬥才有意思。」

四皇子琢磨了一下，又道：「等到一方落了下風，咱們就把定北侯是父皇兒子的消息放出去，到時候定北侯捲入鬥爭，定會如同當初的周景禕一般落敗。」

顏貴妃臉上露出欣慰的笑容。「有長進。」

四皇子興奮地道：「可需兒子做些什麼？」

顏貴妃道：「二皇子和三皇子壓著冉家打了一個月了，聽說昨日六皇子身邊的宮女多給六皇子餵了一些冷飲，六皇子病了，你身為六皇子的兄長，也該多關心關心弟弟才是。」

四皇子眼睛一亮。

顏貴妃叮囑道：「切記，只關心六皇子，莫要提其他。」

四皇子道：「兒子明白。」

兒子走後，顏貴妃臉上的笑收斂起來。

上次太子被廢一事，即便她極力否認這件事與她有關，皇上還是訓斥了她，並且把她手中掌管後宮的權力分了出去，一部分給了慧妃，一部分給了冉妃。

幸好皇上沒有發現她牽涉其中的直接證據，又因她曾救過太后，太后為她求了情，她這才逃過一劫。

皇上已經對她不信任了，再這樣下去，事情不知會發展成什麼樣子，得抓緊時間了。

下朝後，昭元帝去看了六皇子，才剛從琉璃宮那裡回來，就看到了等在勤政殿外的四皇子，父子二人入了殿中。

昭元帝道：「你今日怎麼過來了？吏部最近年中考核，不忙嗎？」

「龔尚書勤勉有加，最近幾日一直親力親為。」四皇子按照顏貴妃的吩咐，誇讚了吏部尚書，隨後又點出自己的作為。「兒子跟在他身邊學了不少東西，這幾日也一直在吏部忙著考核一事。」

昭元帝點頭道：「嗯，你能這樣想很好。」

四皇子道：「兒子明白這都是父皇對兒子的重視。」

昭元帝不置可否。

四皇子覷了一眼昭元帝的神色，說道：「今日散朝後兒子本應隨吏部的幾位大人一同去吏部，只是，聽聞六弟病了，兒子很是憂心，故而想去探望一番。」

昭元帝眼眸微動，看向兒子。「你有心了，朕剛剛去看過了，你六弟身子大好，你且去忙吧。」

身子好了？怎麼跟自己想像的情形不太一樣？四皇子心裡有些不解，只是，父皇已經下了命令，他不好多留，便離開了。

四皇子走後，昭元帝放下手中的朱筆，捏了捏眉心。

太子倒臺三個月，朝堂上竟然沒有一日是安寧的，而自己其餘幾個兒子的本性也漸漸流露出來了，令他煩心。

老二、老三過於愚蠢，一個一心想要撈錢，一個容易聽信旁人的攛掇。

老五、老六還小，老五醉心於讀書，妥妥一個書呆子，實在不甚精明；老六才剛剛會說話，一首詩背了數日才背起來，看似也不怎麼聰慧，猶記得當初敬臣一首詩聽了三遍就記住了，即便是太子，一個時辰也背會了。

至於老四……昭元帝臉上流露出譏諷的神色。倒是有幾分聰明，可惜被他母妃養得虛偽至極。他母妃長久以來都在挑撥太子和敬臣的關係，前後兩副面孔，對他亦是如此，他瞭若指掌，老四也學會了這招，從前明面上跟在太子身後，事事以太子為尊、討好太子，實則背地裡算計太子，小小年紀就有這樣的城府，當真是讓人不喜。

太子就是被他們母子倆搞廢了！可惜他明白得太晚了，不過，這事也不能完全怪旁人，若太子是個精明能幹的，也不至於落得如今的下場，怪就怪太子自己蠢！

放眼望去，這大好江山竟無一人可託付……

齊公公覷了一眼皇上疲憊的神色，試探地問道：「皇上，您可是累了？不如讓人上些茶點，歇一歇？」

過了片刻，昭元帝方才抬了抬手，拒絕了這個提議。

齊公公又道：「今日是月初，照例是定北侯來陳述軍營庶務的日子。」

昭元帝緩緩睜開了雙眼。「哦，對，今日是初一了。」

齊公公笑著說道：「可不是嘛，初一了，一年過去一半了。」

昭元帝一聲嘆息，拿過一旁的摺子繼續看了起來。

後半晌，顧敬臣從軍營回到京城，沒有先回定北侯府，而是直接進了宮述職。

自從顧敬臣入了勤政殿，昭元帝就一直盯著他看，等到顧敬臣敘述完京北大營這一個月的庶務，只聽昭元帝說道：「敬臣，你可知如今朝中大臣們都在討論何事？」

顧敬臣眼眸微動。他自是知曉此事，朝中大臣們在討論立儲一事，鬧得烏煙瘴氣，整個朝堂都有些不安穩。

「臣一直在營中，不知。」

對於顧敬臣的回答，昭元帝絲毫不在意。

「敬臣，你覺得朕該立儲嗎？」

顧敬臣微微一怔，旋即道：「此事是國事，微臣不敢妄言。」

昭元帝試探著說道：「你說，朕若立你──」

話音剛落，顧敬臣撲通一聲跪在了地上。

「微臣的父親定北侯，戎馬一生，戰死疆場，還望皇上莫要忘了死去之人的英魂！」

昭元帝神色突變，齊公公連忙跪在地上，殿內頓時一片寂靜。

昭元帝眼睛死死盯著跪在地上的顧敬臣，張了張口想反駁什麼，然而，看著兒子那一張冷峻又倔強的臉，他忍住了。

片刻後，殿內響起一聲長嘆，昭元帝抬了抬手，顧敬臣退了出去。

隨著顧敬臣離開，勤政殿內再次恢復寧靜，昭元帝看著剛剛兒子跪過的地方，心情有些沈悶。

養在身邊的這些兒子們一個個都覬覦他的皇位，他不想給，而他想給的，又不屑要，她養大的兒子，果然像極了她的性子。

昭元帝扯了扯嘴角，露出一抹苦澀的笑，他抬眸看了看天色，起身去了太后宮中。

太后看了一眼兒子，關切地問道：「你這是怎麼了，臉色這麼難看？可還是因為太子之事？」

昭元帝嘆氣道：「近來朝中一直在說立儲一事。」

聞言，太后身邊的嬤嬤屏退了左右，很快，殿內只剩下太后和昭元帝，以及他們身邊的心腹。

太后皺了皺眉。「立儲不是小事，須得慎重一些。」

昭元帝道：「母后說得是，母后覺得哪個更好些？」

這可把太后難住了，從前她不過是先帝身邊一個位分低的嬪，因兒子出色才漸漸顯露在人前，先皇駕崩後，因兒子之故被封為太后，她知曉自己的本分，所以向來不問朝事，只安居在自己的殿中，她只能從自己的角度來判斷問題。

「這些孩子都不錯，個個都很孝順。」

昭元帝又道：「母后，儲君要能安邦定國，光看孝順沒用。」

太后看出兒子是真想問問自己的意見，細細思索起來。

「嗯……老二、老三、老四年紀都大一些，也都開始參與朝政，老五、老六太小了。」

昭元帝點頭道：「嗯。」

太后道：「老二、老三以前不怎麼來這裡，最近倒是來得勤了。老四一直都很孝順，只要回京定會時常來給我請安。」

這是在暗示二皇子、三皇子對其虛情假意，這倒是跟皇上知道的情況一致。

昭元帝說：「母后有所不知，朕的這些兒子裡面，就數老四品性最差。」

太后甚是驚訝。「皇上何出此言？」

昭元帝細細說起顏貴妃和四皇子對太子做過的事。

太后大為震驚，問道：「當真如此？我瞧著顏貴妃是個好的啊，會不會是你弄錯了？」

昭元帝道：「兒子如今確實沒有證據，不過她的所作所為朕都知道得很清楚。母后，您以後莫要被她哄騙了，她的話不可輕信。」

太后愣怔片刻，想到了之前顏貴妃哭著來找她訴說委屈，說她跟太子綁架敬臣夫人之事無關，忍不住問：「那上次擄人那事也……」

昭元帝點了點頭。「自然背後也有她的安排，不過，事情都是太子做的，也不能怨旁人，太子若無心，旁人說再多也沒用。」

太后眉頭緊緊皺了起來，當年宮中來了刺客，顏貴妃曾擋在她身前救了她一命，因此受了重傷，所以她對顏貴妃格外包容，想不到她也是個心思深沈、野心勃勃之輩。

昭元帝說：「這麼多年來，她把後宮治理得井井有條，沒有功勞也有苦勞，念在她當年救過母后一命，兒子願給她一次機會，不過，若她下次再犯，兒子絕不會饒了她。」

太后長嘆一聲，隨後二人又說起了立儲一事，母子二人說來說去，竟無一人可用。

突然，太后想到了一人，看向兒子。「說起來，我這些孫子加起來都比不上養在別人家的那個。」

太后說的是誰，昭元帝心知肚明，母子二人在此事上態度一致。

「我那大孫子多好啊，長相英俊，文能作詩寫詞，武能上馬平亂，雖不愛說話，但是性情好，人品也好。」說到最後，太后道：「都怪那個女人狠心，竟讓我那乖孫跟著旁人姓。」

太后越說越氣，可再氣也沒辦法，誰讓那個女人當初拿孫子的命威脅他們？

昭元帝眼眸微動，點出一個事實。「即便是跟了旁人的姓，也是周家血脈，這一點永遠無法改變。」

顧敬臣今日回府得早，回來之後，他徑直去了前院，在書房中枯坐了半個時辰。

天色漸漸暗沈下來，屋內也看不清了，顧敬臣起身去了沉香苑。

喬意晚剛剛讓人擺上飯菜，就見顧敬臣回來了，得知他沒有用飯，連忙吩咐廚房多燒了兩個菜。

顧敬臣今日更是格外沈默，吃飯時除了給喬意晚挾了幾次菜，並沒有主動跟喬意晚說話，吃過飯也沒離開，就坐在榻上靜靜喝茶。

喬意晚察覺到他有心事，她細細琢磨了一下，昨晚顧敬臣很正常，今早走的時候見她醒了甚至鬧了她一會兒，那就只可能是今天白日發生的事情影響他了。

會是什麼事呢？顧敬臣早上很少去上早朝，一般都是直接去京北大營，晚上也從京北大營回來，不過今日是初一，他之所以回來的早，應是去了宮中，此事不是在京北大營發生的，就應該是在宮中。

她試探地問了一句。「今日可是有什麼事？」

顧敬臣拿著茶杯的手微頓，道：「沒什麼事。」

前後兩世，喬意晚一直都知道顧敬臣有心事，只是，他心思一向深沈，不愛與人說自己的心事，她心中雖有疑慮，但也沒再多問，二人一時沈默下來。

晚上，顧敬臣難得老老實實的，沒有鬧喬意晚，只把喬意晚牢牢圈在懷中抱著。

當晚，在喬意晚夢中，顧敬臣依舊在抄寫經書，她坐在一旁盯著他看了許久，心想，他究竟為何日日抄寫經書呢？心中到底有什麼煩惱？眉宇之間濃得化不開的愁緒又是為何？

這般一想，眼前的景象漸漸變得模糊，周遭升起了霧氣，她四處看著，在團團的霧氣中，她似乎看到了一抹明黃色，待她走近，竟看到一個皇位，而坐在皇位上的人是顧敬臣！

接著，喬意晚驚醒了。

這次的夢感覺跟之前的不太一樣，有些虛無和朦朧，又很令人意外，她一時之間不能確定真假。

該不會顧敬臣前世造反了吧？

可根據前後兩世她對顧敬臣的了解，她覺得顧敬臣不是這樣的人，他一直對皇上忠心耿耿，不是在鎮守邊關就是在京北大營護衛京城百姓的安危，這個夢究竟代表了什麼意思？

此刻她側身朝著裡側睡，顧敬臣在她身後環抱著她，她動了動身子，轉過頭看身後的顧敬臣，然而一抬頭卻發現顧敬臣正盯著她看，眼神看起來有幾分困惑。

「你怎麼了？」她輕聲問。

顧敬臣像是忽然清醒過來，他親了親她的額頭，道：「沒什麼。」隨後便把她抱入了懷中。

唉，他該如何跟她說，他夢到自己坐上了皇位？

喬意晚感覺到顧敬臣內心的不安，乖順地窩在他的懷中。

顏貴妃漸漸察覺到事情有些不對勁。

二皇子、三皇子在朝堂上依舊致力於對付冉家，同時互相給對方挖坑，皇上沒再制止兩個兒子的行為，而是快刀斬亂麻，直接找了禮部分封兩位兒子為平王和瑞王，並在宮外選了府邸，又為兩位兒子選了正妃，待成親後就讓他們搬出宮，這樣一下子絕了兩位皇子的爭儲念頭。

依著顏貴妃對皇上的了解，他行事應該不會這樣明快俐落，才短短幾個月，二皇子、三皇子還沒蹦躂多久，皇上就直接把這二人給踢出局了，那剩下的就只有她的祺兒和六皇子了。

五皇子壓根兒不在她的考慮範圍內，這位皇子一直癡迷於讀書，毫無帝王之相，難不成皇上真的看中了她的祺兒？

顏貴妃心頭微跳，皇上的這幾個兒子中，論才能和品性，當屬她的祺兒第一，如今沒了太子，皇上會注意到兒子也是情理中之事。

而且，上次太子一事皇上雖然訓斥了她，但也沒有降她的位分，或許是存著要冊封祺兒的意思？

只不過，她總覺得哪裡怪怪的。

「侍畫，悄悄讓人去打聽打聽皇上最近是否常常召見其他皇子。」

侍畫道：「是，娘娘。」

皇上的行蹤和作息向來是極為保密的，他見過什麼人也是機密，旁人不可私下探聽，即便是執掌後宮多年的顏貴妃，打聽了幾日也只能從側面探聽到一點點消息。

侍畫回報道：「從安插在冉妃宮裡的灑掃婆子處得知，上個月皇上一共去了冉妃宮中八次、留宿五次。據二皇子院子裡的公公說，二皇子求見皇上十餘次，皇上只見了八次，其中有幾次二皇子是為了跟三皇子較勁，故意說皇上見了他，實則皇上沒見他。而三皇子那邊的情況跟二皇子差不多。」

顏貴妃不解，這也沒什麼特別的，皇上上個月還見了祺兒十次呢。

侍畫覷了一眼顏貴妃的神色，低聲道：「奴婢從守宮門的侍衛那裡得知，上月定北侯被皇上召見了五次。」

顏貴妃臉上的神情微怔。

她知道皇上一向喜歡這個養在別人家的兒子，但她也知道，皇上的這個兒子跟皇上並不親近，皇上在這個節骨眼上屢次召見顧敬臣，難不成……

「初一那日，四皇子去見皇上，那時皇上剛從冉妃宮中回來，見了四皇子，四皇子離開後，定北侯入宮覲見皇上，定北侯出宮之後，皇上就去了太后宮中。」

顏貴妃的臉色逐漸變得陰沈。「去了太后宮中？他們二人都說了什麼？」

侍畫搖了搖頭。「太后娘娘身邊的嬤嬤把人都攆了出去，無人知曉他們說了什麼，不過，在皇上離開後，太后宮中的宮女隱約聽到太后說……」

侍畫有些不敢說下去，顏貴妃盯著侍畫，神色嚴肅道：「太后說了什麼？」

侍畫抿了抿唇，心一橫，說了出來。「太后在罵秦氏。」

聞言，顏貴妃先是一怔，隨後拳頭死死握了起來。

太后恨極了秦氏，但不會輕易提，既然提到此人，定是皇上跟太后提到了，皇上剛剛見了顧敬臣就跟太后提起秦氏，討論的事跟顧敬臣定然有關！在朝中大臣都提議要立儲的節骨眼上提到顧敬臣，意思不言而喻。

顏貴妃猛然一拍桌，怒而掃落桌上上好的瓷器，瓷器碎了一地，殿內服侍的人全都跪了下來。

顏貴妃姣好的臉變得猙獰，眼神變得凌厲無比。她就知道，皇上雖然立了周景禕為太子，但這麼多年來最讓他滿意的兒子還是顧敬臣！他一心想把江山交給顧敬臣！

「讓人把顧敬臣的身分告訴二皇子和三皇子。」

侍畫有些遲疑。「娘娘，上次太子的事情皇上就有些懷疑您了，若是此事再被皇上和太后知道了……」

顏貴妃冷冷地瞥了侍畫一眼。「本宮又沒有親自去說，即便他們知道了又如何？沒有確鑿的證據，皇上還能把本宮廢了不成？」

侍畫忙垂下頭。「是，奴婢知道了。」

過了片刻，顏貴妃冷靜了幾分，也沒了剛剛在氣頭上的決絕和孤勇。

「罷了，此事都推給周景禕。」

侍畫道：「是，娘娘。」

二皇子和三皇子本已死了心，在得知此事後瞬間就精神起來了。

怪不得父皇對太子那麼狠心，對他們二人也這般，原來是想立顧敬臣為儲君，這焉能讓人服氣？

轉眼間，秋日到了，天氣漸漸涼爽起來。

喬意晚早上處理完府中的庶務，跟秦氏說了一聲，坐著馬車回了永昌侯府。

她先去瑞福堂見了老太太，一進去就發現老太太今日似乎格外開心，見著她來了，臉上的笑容加深。

「意晚回來了？真巧，妳趕上一件喜事。」

喬意晚詫異，笑著問道：「是何喜事？祖母快說出來，讓孫女也開心開心。」

老太太瞥了一眼孫媳，滿臉笑意。

祖母向來對大嫂有些偏見，今日看大嫂的眼神卻格外溫柔，喬意晚心頭更是疑惑，再看溫熙然，也是一臉喜色。

難不成——

喬意晚剛剛想到一種可能，就聽老太太說道：「再過八個月妳就要當姑姑了。」

果然是此事！喬意晚臉上揚起笑容，由衷地說道：「真好，恭喜嫂嫂了。」

溫熙然一臉嬌羞，小聲道：「剛剛兩個月，不好往外說，就沒告訴妹妹。」

喬意晚曾有過身孕，自是明白這一點的。「我都明白，嫂嫂多注意身體。」

「嗯！」

喬意晚在瑞福堂坐了一會兒，起身去了正院。

她過去時，陳氏不在，尚在前頭處理府中的事務，坐了約莫一刻鐘左右，陳氏回來了。

喬意晚站起身來，朝著陳氏走去。「見過母親。」

見著女兒，陳氏臉上揚起笑容，她仔仔細細把女兒打量了一番，說道：「胖了些。」

喬意晚摸了摸臉，有些不好意思地說道：「最近吃的有些多。」

陳氏眼睛一亮，屏退眾人，小聲問道：「可是有了？」

喬意晚連忙搖頭，紅著臉道：「沒有，昨日太醫剛瞧過的。」

陳氏拍了拍女兒的手。「沒有也無須難過，兒女都是緣分，你們二人剛剛成親，不著急的。」

喬意晚道：「嗯。」

不過，她心頭其實還是有些著急的，著急的倒不是自己還沒有孩子，而是前世她嫁給顧敬臣後沒多久就有了身孕，今生她嫁過去都快半年了，卻仍舊沒有消息，要說房事，今生更多了些，也不知為何還沒有。

陳氏問：「妳剛剛可去見過妳祖母？」

喬意晚回道：「見了。」

陳氏道：「既如此，想來妳也知曉妳大嫂有了身孕的事。」

喬意晚點了點頭。「對，剛剛恰好也在瑞福堂見到了大嫂。」

陳氏又道：「妳大嫂這幾日精神不濟，三日前吃飯時吐了，西寧為她請了大夫來看，這才得知她有了身孕。如今她才剛剛懷了兩個月，本不應該把妳叫過來特意說此事，只是妳父親覺得此事應該告訴妳，所以特意讓我把妳叫回娘家。」

正如陳氏所言，喬意晚是接到了母親的信特地回來的，不過，陳氏並未在信上說是何事。

只聽陳氏繼續說道：「我猜妳父親定不只是因為妳大嫂懷了身孕把妳叫回來，所以沒在信上明說。」

喬意晚疑惑道：「還有什麼事？」

陳氏頓了頓，道：「估計和敬臣有關吧！自從太子被廢，妳父親心思就重了不少，每日和妳兄長在外院書房議事，也不知他們父子倆究竟在商議什麼，不僅如此，他似乎和別府的聯繫也多了起來。」

喬意晚不解，父親這是想做什麼？

陳氏道：「妳父親那個人重名重利，一輩子都想讓永昌侯府成為文臣中的第一，若他求妳或敬臣幫忙，妳想幫就幫，不想幫也不必理會他，其餘的事情自有我來為妳善後。」

喬意晚心中頗為感動。「好，女兒記住了。」

第三十八章

沒過多久，永昌侯回來了，把喬意晚叫去了書房。

永昌侯心中雖然藏了事，但對月餘未見的女兒也甚是想念，見著女兒，先寒暄了幾句，問了女兒近況，瞧著女兒臉色比上次見時還要鮮亮幾分，精氣神也不錯，便放心了。

接著，他提起正事。「妳可知敬臣的身世？」

一句話把喬意晚問懵了。

顧敬臣的身世？顧敬臣不就是定北侯與承恩侯府長女生的兒子嗎？他還能有什麼身世之謎？

看著女兒懵懂的神色，永昌侯有些失望，要麼是他猜錯了，要麼是顧敬臣隱藏得太好，連枕邊人都沒察覺。

喬意晚道：「父親為何有此一問？」

若女兒是個蠢笨的，喬彥成定不會再多說什麼，可他知道女兒極為聰慧，說不定女兒會知道一些內情。

「妳可知最近二皇子和三皇子一直在針對敬臣找麻煩？」

喬意晚震驚，搖了搖頭。顧敬臣回府後從來不會說朝堂上的事情，除了前幾日從宮裡回來後神色不太好看外，其餘時候都一樣，絲毫看不出來他被兩位皇子為難了。

「可嚴重？」喬意晚聲音有些急切。

喬彥成面露不屑道：「這兩位皇子在朝中根基極淺，朝中幾乎無人支持，如今又被皇上絕了儲君之路，他們二人加一起也不是敬臣的對手，不必放在心上。」

喬意晚安心了。

喬彥成又道：「可妳不覺得奇怪嗎，這兩位皇子為何突然對付敬臣？敬臣是權臣，手握兵權，掌管京畿治安，若他們二人想要成為儲君，當拉攏才是，為何要費力對付他？」

喬意晚沈思，是啊，正如父親所言，兩位皇子勢弱，若想要登基，應該來拉攏敬臣，而不是反過來去對付他。即便是拉攏不動，也該與之為善，兩位皇子即便能力再弱，也應當明白這個道理。

所以，為什麼呢？

喬彥成提醒道：「不僅這兩位皇子，還有太子。」

對，還有太子，太子的轉變也著實讓人摸不著頭腦，前世太子的做法也讓人費解。三位皇子沒必要對付一個不可能對他們造成威脅的人，難道顧敬臣對他們有威脅？

喬意晚忽然想到了前幾日那個虛無縹緲的夢，神色逐漸變得凝重。

顧敬臣一身明黃色的龍袍，神色冷峻，端坐在龍椅上，整個人顯得孤獨又冷漠……

前世太子為何讓婉瑩嫁給顧敬臣，還讓婉瑩生下自己的孩子，養在定北侯府中？

秦氏的態度也一直令人費解，她出身尊貴，又是太子的姨母，卻極少進宮，而太后娘娘也對秦氏不喜，這一切跟顧敬臣的身世有關嗎？若顧敬臣真的是皇上和秦氏生的孩子，豈不是秦氏跟自己的妹夫生的……

若真如此，太子突然對顧敬臣產生恨意就可以理解了，今生他定是這兩年才聽說了這件事，所以對顧敬臣的信任一下子轉變成了恨。

太子既然這般恨顧敬臣，估計也是恨秦氏的，秦氏之前莫名其妙的生病，會不會就是太子所為？她那個病生得詭異，皇上甚至把顧敬臣從邊關傳召回來，但顧敬臣回來後沒多久，秦氏的病又好了，看起來不像是生病，倒像是中了毒。

若顧敬臣真的是皇子，這一切就都說得通了。

「意晚……意晚……」

喬意晚回過神來，看向永昌侯，永昌侯瞧著女兒若有所思的模樣，猜測她應該是想到了什麼。

「父親莫非是猜測敬臣是皇上的長子？」

喬彥成心頭一喜，問道：「妳發現了什麼？還是敬臣跟妳說過什麼？」

喬意晚搖了搖頭道：「敬臣從未跟我說過此事，女兒也只是猜測。」

喬彥成猶豫了一下，提議道：「要不……妳試探一下？」

喬意晚既沒有答應也沒有搖頭，她起身朝著喬彥成福了福身，說道：「父親，請恕女兒不能答應您。」

喬彥成微怔，喬意晚看著父親說道：「我與敬臣雖結為夫妻，可此事畢竟是他的私事，我即便是他的夫人，也無權過問。若有一日他主動告訴我，如果沒有他的同意，我也不能對父親說。」

喬彥成看著女兒認真的神色，彷彿透過她看到了年輕時的夫人。

喬意晚琢磨了一下，又道：「父親，其實不管敬臣是定北侯抑或是皇子，咱們永昌侯府都是京城文臣中數一數二的府邸。父親正值壯年，文國公府又無人繼承，咱們早晚有一日會成為青龍國最厲害的文臣府邸。若敬臣真是皇子，將來又一步登天，屆時咱們再輝煌，旁人難免會說您靠著裙帶關係上位，倒不如像如今這般，靠著父親的英明睿智壯大咱們永昌侯府，您覺得呢？」

喬彥成想要收回剛剛的定論，女兒跟夫人還是不一樣的，夫人就從不會對他說這番話，她對於他爭名奪利、汲汲營營的行為向來沈默以對。

「意晚，妳倒是活得通透，為父很欣慰。」

喬意晚道：「父親過譽了。」

喬意晚從書房出來後，心中一直有一個疑惑。

若顧敬臣真的是婆母和皇上的兒子，為何皇上當年不娶婆母，而是娶了承恩侯府的二姑娘呢？他跟婆母之間究竟發生了何事？

之後喬意晚去了正院，陳氏見著女兒，只問了一句。「妳父親可有為難妳？」

喬意晚笑著搖頭。「沒有，父親待我極好。」

陳氏點了點頭，並未問他們父女談了什麼。

喬意晚想到自己心中思索的問題，見屋內沒有旁人，湊近了陳氏，小聲問道：「母親當年在閨中可聽說過皇上和承恩侯府的事情？」

陳氏微怔，類似的問題侯爺也問過，看來他們父女倆有了同樣的猜測。

永昌侯問起時，陳氏什麼都沒說，喬意晚問起，她說了幾句。

「妳外祖父寒門出身，沒什麼根基，承恩侯府又是百年世家，自來寒門和世家交情不多，故而我跟這兩位秦姑娘也沒怎麼見過面，只記得當年老承恩侯有兩個嫡出的女兒，長女明豔動人，騎馬射箭樣樣出色，引得京城中無數男兒追捧。次女生來體弱，楚楚動人，平日裡極少見她出門，不過，那時外人都說這位秦二姑娘聰慧過人，後來有一日，宮裡傳出先帝要給太子，也就是如今的皇上賜婚的消息，又過了沒幾個月，秦二姑娘就嫁給了皇上。」

原來如此，喬意晚點點頭，心想母親既然跟承恩侯府的姑娘不是一個圈子裡的，知道的消息應該也有限。

「不過……」陳氏頓了頓。

喬意晚抬眸看向母親，只見陳氏琢磨了一下，說道：「我曾在宴席上偶然撞見過秦大姑娘和皇上在一處的身影，所以我那時以為太子要娶的是承恩侯府的大姑娘。」

這件事陳氏沒有對永昌侯說。

喬意晚眼眸微微瞪大了。「為何後來進宮的變成了秦二姑娘？」

陳氏搖了搖頭。「這個我就不清楚了。也許太子跟二姑娘的關係更好，只是那次他跟大姑娘在一處恰好被我看到了。後來也是秦大姑娘先出嫁，過了一個月後，秦二姑娘才嫁給了皇上。」

喬意晚點了點頭，但忽然又想到了另外一點，婆母究竟是何時懷上顧敬臣的，是在出嫁前，還是出嫁後？

「那敬臣……」

陳氏知道女兒想問什麼，她道：「按照太醫的說辭，敬臣是在秦大姑娘嫁給老侯爺十個月後所生，不過那時定北侯府一直閉門謝客，秦大姑娘也沒怎麼見過外人，生下孩子後，更是以體虛為由，沒有給兒子辦滿月宴，所以敬臣究竟是何時所生，外人無從得知。」

陳氏這番話更加印證了喬意晚的猜測，如果顧敬臣真的是皇子，此事絕不會公諸於眾，所以各方面的事情一定會保密，查也查不出問題。

「嗯，多謝母親告知。」

陳氏道：「其實我倒希望敬臣就只是定北侯。」

自從那日侯爺問過她那個問題後，這些日子她想了許多，依著皇上對敬臣的態度，若敬臣真的是皇子，將來皇位多半會落到他的頭上。

喬意晚看向母親，陳氏道：「人心易變，尤其是男子，更何況是坐在皇位上的男人？歷代帝王專情於一人的少之又少，有些帝王即便心中只專情一人，最終也會被各方的利益裹挾，娶別的女人。」

喬意晚抿了抿唇，她也不希望顧敬臣是皇子，可在夢中他的確坐上了那個位置。

「我也不希望他成為皇上，可這些事情不是我們能決定的。」

陳氏握了握女兒的手，道：「妳也不用多想，走一步是一步，無論如何，永昌侯府都是妳的後盾。」

喬意晚感激地看向母親。

喬婉琪今日隨何氏去了何家，吃過午飯，喬意晚又跟陳氏說了會兒話便離開了。

晚上，顧敬臣回到府中，問起喬意晚今日去永昌侯府的事情。

喬意晚道：「大嫂有了身孕，我回去看了下。」

顧敬臣瞥了她一眼，喬意晚以為他猜到自己說了謊，心中微微有些緊張。

只聽顧敬臣幽幽說了一句。「看來為夫的還不夠努力。」

看著顧敬臣臉上的神情，喬意晚連忙安慰道：「你已經很努力了，我大哥時常宿在外院，不怎麼回內宅的。」

沒想到顧敬臣不僅沒有得到安慰，心頭更像是插了一把箭，頗為受傷。

「所以，夫人是在怪我？」

喬意晚這才意識到自己剛剛那番話似乎有些不太好，忙道：「我不是那個意思。」說完，瞧著顧敬臣不善的眼神，連忙轉移了話題。「對了，二皇子和三皇子可有針對你再做什麼？」

顧敬臣道：「夫人不必放在心上。」

喬意晚還是不放心道：「那可是兩位皇子。」

顧敬臣又道：「二位皇子如今不去上朝了，被皇上安排在工部，督辦自己府邸的修建。」

喬意晚聽完，說了一句。「嗯，挺好的。」

顧敬臣伸手把她攬入懷中，嗅了嗅她烏黑的秀髮，手指摩挲著她纖細的腰，問道：「好在哪裡？」

喬意晚身子一僵，臉色微紅。「嗯，皇上聖明。」

顧敬臣悶笑出聲。

喬意晚瞪了他一眼，問道：「你笑什麼？」

顧敬臣笑道：「這主意是我向皇上建議的。」

喬意晚想「聖明」這個詞總不好用在他身上，她思考片刻，憋出一句。「那你也挺厲害的。」

顧敬臣不知想到了哪裡去，眸色微暗，應了一聲。「嗯。」

屋外秋風乍起，屋內燭光搖曳，夜還很長。

喬意晚第二日醒來時天色已經大亮，她躺在床上，回憶著昨晚的夢。

夢裡依舊朦朧一片，她只能隱約看到顧敬臣似是登基成了皇帝，至於人物對話，以及之後發生了什麼事，她完全看不到。

顧敬臣此刻正站在京北大營中，看著揚風操練將士們，漸漸地，他的思緒飄向了昨日的夢。

他跟喬意晚作了同樣的夢，不過，跟喬意晚不同的是，他的夢清晰可見。

他夢到自己接受了皇上的安排，成為太子，之後又成了皇上。這不是他第一次夢到這件事了，之前他也夢到過，很多畫面像是從不遠處飄來，和這幾次的夢境連接在一起。

他的確成了皇上，每天天未亮就去上朝，忙到深夜才回寢宮，偌大的寢宮中只有他一人，日日周而復始……

不對，晚兒呢？顧敬臣神色突變。他這幾次的夢中為何沒有晚兒？

揚風看了一眼顧敬臣的神色，心一緊。

「侯爺，可是末將哪裡做得不對？」

顧敬臣看向揚風，夢裡，揚風是在的，啟航也在，母親沒有入宮，她仍舊住在定北侯府，唯獨晚兒不見蹤影。

若他成了皇上，晚兒定是他的皇后，他晚上為何沒有跟晚兒住在一起？

恐慌如同巨浪一般，瞬間將他淹沒，顧敬臣一言不發，轉身朝著馬棚走去，騎上馬出了軍營。

喬意晚處理完府中的事務，回了沉香苑，一進去就看到跪了一地的人。

她的臉色頓時沈了下來，看著跪在地上的紫葉，正色道：「發生了何事？」

說著，抬手欲把她扶起來。

這究竟是何人所為？竟敢懲罰她身邊的婢女。

紫葉緊張地看了一眼屋內，黃嬤嬤急得不行。「妳說話……呀……侯爺……」

話未說完，就看到了一身戎裝的定北侯從屋裡大步走了出來，喬意晚抬眸看向顧敬臣，她還沒來得及問什麼，顧敬臣就來到了她的面前，伸手將她圈在懷中。

顧敬臣身上的鎧甲冰涼又有些硬，他力氣大，喬意晚被他勒得有些難受。

她能感覺出他情緒不對勁，下意識地抬手撫摸著他的背。

過了片刻，顧敬臣的情緒終於平靜下來，喬意晚開口提議道：「去屋裡說？」

一開始顧敬臣沒動，後來他才鬆開了喬意晚，牽著她的手走進屋內。

二人坐在榻上，黃嬤嬤上了一壺茶，隨後把服侍的人都叫了出去。

喬意晚為顧敬臣斟了一杯茶，顧敬臣端起桌上的茶水抿了一口。

喬意晚覷了一眼他的神色，試探地問道：「你今日是怎麼了？」

顧敬臣握著茶杯的手緊了緊。「沒什麼，只是作了一個夢。」
喬意晚神色微怔，作夢？
她道：「夢到了什麼？」
顧敬臣手鬆了鬆，摩挲著茶杯，淡淡道：「不記得了。」
隨後，他側頭看向她，說道：「只記得夢裡沒有妳。」
喬意晚眼眸微動，難道，他也夢到了前世？
她已經不止一次懷疑這件事了，從今日顧敬臣的反應來看，若是夢裡沒有她，那麼他當是夢到了她死後的事。
顧敬臣前世喜歡的人應該就是自己，如今只是夢到自己不在就這般反常，那前世經歷這一切的他該有多麼難過？
想到這裡，喬意晚抬手握住顧敬臣的手，柔聲道：「都是假的，我這不是好端端地在這裡嗎？」
感受著手背上的溫度，顧敬臣反手回握住她的手。「嗯，假的。」
喬意晚怕他仍舊沈浸在前世的夢境中，調侃道：「話說回來，顧大將軍，您不務正業了啊，大白天就去軍營睡覺，怪不得晚上那麼晚不睡。」
這是喬意晚第一次說這種露骨的話，顧敬臣握著她的手微微一頓，視線從喬意晚的手上看向了她的眼睛，只見她眼神有些閃躲害羞，臉上羞得微微泛起粉色。

顧敬臣只覺得心癢難耐，可惜此刻是白日裡，不好做些什麼，不然她又要羞惱，多日不讓他碰了。

「嗯，今日我早些回來。」

喬意晚無語。

他怎麼就能想到這裡呢？

看著她呆呆的模樣，顧敬臣輕輕笑了笑，摸了摸她的頭，沈聲道：「我先回去了，妳若是在家待煩了就出去轉轉。」

喬意晚道：「好。」

顧敬臣一走，黃嬤嬤和紫葉就進來了，紫葉說起了剛剛發生的事情。

「侯爺剛才回來的時候臉色特別難看，一進來就找夫人，見您沒在院子裡，發了好大的火，嚇得我們都不敢說話，還好您及時回來了。」

說起此事，紫葉仍有些後怕。

喬意晚說：「嗯，此事我知道了。」

接下來，皇上召見顧敬臣的次數越發頻繁了，不僅如此，太后也時常召見喬意晚入宮，今日是喬意晚這個月第三次入宮。

「見過太后娘娘。」

太后打量著喬意晚，越看越滿意，長得好看，儀態端莊，頗有皇后的氣度。比馮家那個強多了，馮家那個眼神不正，一肚子心思，看著就讓人不喜。

「快過來、快過來。」

喬意晚邁著碎步朝著太后走去，待走到太后身邊，太后抬手握住了她的手。

「呀，手這麼冷啊。」說著，吩咐一旁的宮女。「快給定北侯夫人拿個手爐。」

宮女連忙將準備好的手爐遞給了喬意晚。

喬意晚接過宮女手中的手爐，朝著太后福了福身。「多謝太后娘娘。」

太后笑著說道：「謝什麼，要不是我宣妳進宮，妳也不必受凍。」

喬意晚連忙道：「能被您宣進宮，是意晚的福氣，意晚不覺得冷。」

太后滿臉笑意，指了指旁邊的位置，道：「坐下說。」

喬意晚再次福了福身，乖巧地坐在一旁。

太后道：「我聽說妳繡技極好，時常給妳祖母繡抹額、香包。那日妳祖母進宮，我瞧著她戴的那個抹額就特別精緻好看。」

喬意晚道：「雕蟲小技，蒙祖母不棄時刻帶在身上。」

太后笑道：「妳這孩子也太謙虛了。」

喬意晚回道：「意晚說的都是實話。」

太后指了指自己頭上的抹額，問道：「妳瞧瞧哀家頭上的抹額好不好看？」

喬意晚緩緩抬起頭來，看向太后額上的抹額，待看清上面的針線花紋，微微一怔。

瞧著她臉上的神情，太后笑了。

「那日冉妃說司繡局那個宮女是妳姑母家的表妹，哀家還不相信，如今瞧著妳臉上的神情，方知她說的不假。」

喬意晚連忙站起來，躬身道：「多謝太后娘娘對意安的賞識。」

太后道：「那小姑娘雖然跟妳長得不像，氣質倒是挺像的，安安靜靜的，繡活做得也精緻，如今哀家把她安排在慈壽宮了。」

喬意晚撩開衣襬跪在了地上，給太后磕了一個頭。「多謝太后娘娘。」

意安能留在太后宮中，往後不管是說親還是晉升女官都更容易得多。

太后笑著說道：「妳瞧瞧，妳這孩子就是太客氣了，妳若早說那是妳妹妹，把她安排在哀家的宮裡不就是了？快起來吧，她就在偏殿，一會兒妳去看看她。」

喬意晚感激道：「謝太后娘娘。」

又陪太后說了一會兒話之後，喬意晚去了偏殿。

她過去時，雲意安正安安靜靜繡著花，瞧著那樣子，手中之物像是一方帕子。

雲意安和之前不太一樣了，短短幾個月不見，臉圓潤了些，白裡透紅，精氣神好了不少，頭髮不似從前那般枯黃，黑了幾分，有了光澤。

雲意安終於發現了喬意晚，她的眼神從驚慌到愣怔再到激動，很快跑過來抱住了喬意晚。

喬意晚抬手輕撫著她的背，輕聲問道：「最近可好？」
雲意安鬆開她，點了點頭。
喬意晚問：「可有人欺負妳？」
雲意安搖了搖頭。
喬意晚捏了捏她的小臉，笑著說道：「太后娘娘仁慈寬厚，妳能留在她宮裡是件好事，我相信以妳的性子定不會惹是生非，也會好好聽話，這些也不必我多說，我只想告訴妳，若是受了委屈就讓人傳信給我，我若是來太后這裡就會來看妳。」
雲意安不住點頭。
喬意晚離開時，「恰好」遇到冉妃，喬意晚朝著冉妃行了一個大禮。
「多謝娘娘！」這是在謝冉妃對太后提起了意安的事。
冉妃笑道：「妳我之間何必這般客氣？況且意安也是我看著長大的。她命苦，我便想著多照顧照顧。」
喬意晚道：「還是要謝謝您。」
冉妃道：「一起走走吧。」
喬意晚應道：「是。」
冉妃問起喬意晚近況，喬意晚一一作答，話說著說著，冉妃小聲提起了一事。
「太子一事跟顏貴妃脫不開干係，二皇子、三皇子也是被顏貴妃挑撥的，我雖不知顏貴妃為何這麼做，還是希望你們多加小心。」

喬意晚皺了皺眉，原來這些都是顏貴妃在背後挑撥的，她這麼做的原因只有一種可能，大概是因為顧敬臣的身分，顏貴妃忌憚他，生怕他去奪皇位，所以攛掇這些皇子去對付顧敬臣。

喬意晚再次朝著冉妃行禮。「謝謝娘娘提醒。」

另一邊，顏貴妃很快就知道了冉妃和喬意晚見面的事情，她微微瞇起眼。

「她二人關係倒是不錯，就是不知冉妃若是知曉了顧敬臣的身分，還能不能對喬意晚笑臉相迎！」

冉妃剛回到宮中就收到了宮外伯爵府的來信，看著母親送來的東西以及父親的來信，她皺了皺眉。

「娘娘，這是伯爵的來信……」

屏退左右後，冉妃坐在榻上，一邊卸著頭上的簪子，一邊道：「念。」

心腹宮女蘭芝在一旁念著信上的內容，信上，對於太子倒臺一事，冉伯爺問女兒冉家該如何做，並且暗示她要爭儲位。

冉妃面無表情地聽著，並不感到意外，等把頭上的簪子以及耳上的飾品摘掉，她鬆了一口氣，晃了晃頭，終於舒服了一些。

「告訴父親，不可有任何舉動。」

蘭芝猶豫了一下，道：「娘娘，之前二皇子和三皇子一直對付咱們，如今他們二人被收拾了，足以證明您和小殿下在皇上心中的地位，咱們何不努力一下——」

話未說完就被冉妃打斷了。「努力什麼？」

蘭芝道：「努力……努力讓小殿下成為太子。」

冉妃輕嗤一聲，道：「太子？怕是下一個二皇子和三皇子吧。」

蘭芝又道：「怎麼會呢？皇上對咱們六皇子的寵愛有目共睹，誰都知道他如今最喜歡的皇子就是六皇子。」

冉妃道：「皇上的確常來看旭兒，可妳有察覺到皇上想立他為太子的意思嗎？」

蘭芝頓了頓，道：「可能皇上覺得六皇子太小了？」

冉妃看著窗外的落葉，喃喃道：「別忘了當年太子在旭兒的藥裡下毒，想要弄死他，皇上發現了之後卻只讓太子跪祠堂三日了事。」

從那日的事情後，她就認清了自己母子倆在皇上心中的地位。

想到從前太子對六皇子的迫害，蘭芝臉色微變。

冉妃又道：「在皇上心中，太子比旭兒重要得多，可他不還是被廢了？外人都說旭兒是皇上最寵愛的皇子，殊不知這份寵愛和江山穩固相比，不值一提。」

蘭芝靜默許久後才說道：「難道皇上真的打算立四皇子為太子嗎？顏貴妃那麼恨咱們，

若是四皇子上位，未來哪裡還有咱們的活路？」

冉妃視線從落葉上移開，看向了銅鏡中釵環盡褪的自己。

「所以我才要把消息透露給定北侯，定北侯位高權重，又極得皇上信任，知道了顏貴妃的所作所為，他定會行動，阻止四皇子上位。」

太子被廢跟定北侯有關，二皇子、三皇子的事也有他插手，定北侯既然能把太子拉下馬，定也能對付四皇子。

她不知道顏貴妃為何要暗中慫恿旁人對付定北侯，但這對她而言是一件好事，敵人的敵人就是朋友，況且，她跟喬意晚的確有舊。

她的兒子太小，又不是特別聰明的孩子，恐怕和帝位無緣，只要四皇子別成為儲君就好，至於是二皇子、三皇子還是五皇子上位，對她而言都無所謂，總歸這幾位皇子也都不是什麼心狠手辣之輩，不會像顏貴妃和太子一般想弄死旭兒。

蘭芝道：「還是娘娘思慮周全。」

晚上，喬意晚跟顧敬臣說起冉妃跟她說的事情。

顧敬臣道：「嗯，此事我早已知曉，夫人不必擔心。」

喬意晚看著顧敬臣平靜的臉色，心安了不少，其實她很想問問他此刻是如何想的、他又想怎麼做、是不是對皇位有意？但又問不出口。

看著喬意晚猶豫的神色，顧敬臣摸了摸她的頭，道：「放心，一切有我在，我定能護妳周全。」

喬意晚沒再多問，只輕輕應了一句。「嗯。」

晚上，喬意晚沈沈睡去，顧敬臣卻遲遲沒有入睡，他看著懷中的喬意晚，眼神深沈。

喬意晚不知道的是，顏貴妃今日安排了身邊的人給冉妃那邊透露了消息，所以冉妃已知道他真正的身世。

得知自己同樣是皇子的身分後，太子欲置他於死地，二皇子和三皇子也出手對付他，焉知別的皇子知曉後不會對付他？

他一個人倒是無所謂，只是母親和晚兒深居內宅之中，又是弱女子，未必能敵得過那些暗算，想到夢中自己坐上皇位，而身側沒了她們的身影，他心中一痛，下意識地抱緊了喬意晚。

他定會好好護著她的！

顏貴妃本想利用冉妃去對付顧敬臣，可令她意外的是冉妃那邊毫無動靜，她確信消息已傳了過去，只是冉妃不知怎麼想的，並沒有如她所願去對付顧敬臣，這倒是她失算了，不僅如此，自己安插在朝中的一些大臣也接連被貶，反觀顧敬臣，進宮的次數越發頻繁了。

太子被廢之後，竟然一件好事都沒發生，眼見情況對己方越來越不利，也不知究竟是哪裡出了問題，是何人在背後對付自己、對付顏家？她為此十分傷神。

這日，四皇子周景祺垂頭喪氣地來了殿中。

顏貴妃關切地問道：「你這是怎麼了？今日沒去御書房嗎？」

周景祺道：「去了。」

顏貴妃又問：「可是有人欺負你？」

周景祺搖了搖頭。「沒有，是定北侯又進宮了。從御書房出來後，兒子按照母妃的計劃帶著五弟去勤政殿向父皇請安，本想讓父皇看清楚兒子比五弟強上許多，沒想到定北侯來了，父皇就把我和五弟攆了出來。」

顏貴妃的臉色陰沈下來。「他昨日不是才剛被皇上宣進宮，怎麼今日又來了？可知是何事？」

周景祺搖頭道：「兒子不知，瞧著父皇意外的神色，想必他也不知定北侯為何而來，應該不是父皇召進來的，是他自己主動來的。母妃，從前太子在時，父皇眼裡還能看到兒子，如今太子不在了，父皇眼裡就只看得到顧敬臣了，兒子怎麼辦啊？」

顏貴妃滿臉怒氣，抬手摔碎了手邊的瓷瓶，殿內的宮女內監跪了一地。

皇上和太后對顧敬臣的寵愛越發明目張膽了，而顧敬臣似乎也不像從前那樣對皇上態度疏離，照這樣下去，怕是皇上不日就要宣佈顧敬臣的身分了，果然，她最擔心的事情還是發生了。

顧敬臣剛出生時，皇上並未對其表現出過多的關心，然而在一次宴席上，瞧著顧敬臣表現出來的聰慧，皇上的目光就開始漸漸看向了他。再後來，顧敬臣無論是在詩詞歌賦還是騎射功夫上都優於常人，皇上對他的關注也越來越多。

因為了解秦昔竹的性子，所以她一直沒把顧敬臣視做目標，只把太子視為兒子最大的競爭對手，可是，也因為了解皇上的性子，所以她也沒敢對顧敬臣放鬆過提防之心。

直到這幾年皇上對顧敬臣越發信任，對太子也很滿意，她深知自己再不出手，兒子怕是就要和帝位無緣了，所以她挑撥了太子和顧敬臣的關係，而太子也如她所想一般，轉而開始對付顧敬臣，最終被廢。

她原以為到了兒子出頭的日子，如今看來，她還是低估了顧敬臣在皇上心中的地位，她有時候甚至懷疑，太子被廢是不是恰好為皇上立顧敬臣為儲君提供了一個藉口？

秦昔竹是個狠心的女人，沒有爭儲之心，可顧敬臣呢？焉知他沒有？

憑什麼顧敬臣什麼都沒做就能成為儲君？她在後宮謀劃這麼多年、隱忍這麼多年，兒子卻什麼都沒能得到，她不甘心！

「你放心，母妃為你安排！」

真當她拿顧敬臣沒辦法了不成？

和顏貴妃想像中的畫面不一樣，此刻顧敬臣和昭元帝正在勤政殿內議事，議的是邊關的情形。

昭元帝神色嚴肅道：「這梁國果然是不講信用的蛇鼠之國！去歲吃了敗仗，簽訂互不干擾協議，如今不過一載，竟又蠢蠢欲動。」

顧敬臣道：「梁帝兒子眾多，每位皇子都想證明自己的能力，去年吃敗仗的是大皇子，今年想征戰的是三皇子。」

昭元帝又道：「就是不知這位三皇子的提議能否通過。」

顧敬臣說：「幾個月前，這位三皇子曾想要拉攏邊關的青龍國官員，延城的官員中不知是否有人被其成功拉攏了，因此，臣認為不管那位三皇子的提議是否通過，我方都應及時做準備。」

顧敬臣指的是幾個月前梁國三皇子曾想要拉攏孫知府，被孫知府識破了身分，差點聯合余將軍把三皇子活捉了。

昭元帝點了點頭。「嗯，這一點你做得很好，幸好你當時已交代了延城知府，也幸好余愛卿驍勇善戰，不然延城連一年的寧靜都不會有。」

顧敬臣說道：「皇上謬讚，微臣沒做什麼，是我青龍國的官員忠心。」

只是不管他再如何謙虛，昭元帝都覺得邊境能如此安穩都是他的功勞，何況余將軍是兒子選的，那位孫知府也是兒子收服的。

「朕現在就往延城發一道密旨，囑咐他們全面戒備。」

顧敬臣道：「皇上聖明。」
說完正事，昭元帝道：「這裡沒有旁人，你叫朕一聲父親如何？」
顧敬臣袖中的拳頭緊緊握了起來，不過，他這次沒有反駁，只是遲遲沒有回答。
雖然沒能聽到兒子喚自己一聲父親，但昭元帝察覺到了兒子態度跟之前已不太一樣，似乎緩和了不少，心裡還是開心的。
「罷了，外面天冷，你帶上個暖爐吧。」
顧敬臣婉拒道：「多謝皇上好意，微臣身強力壯，用不著那些東西。」
從勤政殿出來後，天上不知何時飄起了雪花，顧敬臣抬頭看看天色，裹了裹身上的灰色大氅，騎著馬回了府中。
一進沉香苑，顧敬臣就聞到了一股香氣，掀開厚厚的棉布簾子，裡面熱氣騰騰的。
喬意晚得知顧敬臣回來，從裡間出來了，笑著說道：「回來了。」
顧敬臣褪去身上的灰色大氅，遞給一旁的婢女。看著近在咫尺的喬意晚，他本想把她攬入懷中，只是手有些冰涼，怕冰著她，沒敢去碰她。
「嗯，剛從宮裡回來。」
喬意晚道：「餓了嗎？吃飯吧？」
顧敬臣瞥了一眼桌子上的吃食，問道：「今日吃古董羹？」
喬意晚點頭。「嗯，今日天冷，想吃些熱乎的，可好？」

顧敬臣回道：「都行。」

喬意晚敏銳地察覺他今日心情似乎不太好，她主動牽起顧敬臣的手，顧敬臣避開了，她愣了一下，手懸在半空中。

顧敬臣道：「我手涼，怕冰到妳。」

喬意晚笑了，再次去牽他的手。「我不怕。」

這一次顧敬臣沒有躲開，緊緊握住了她的手，掌心傳來的溫熱觸感讓他的心靜了不少。

顧敬臣牽著喬意晚來到桌前。「開飯吧。」

「好。」

喬意晚剛準備往鍋裡放東西，正院那邊來人了。

「侯爺，老夫人請您過去一趟。」

顧敬臣琢磨了一下，看向了喬意晚。

「妳先吃，我去看看母親有何事。」

「我等你。」

「不用，天冷，妳先吃便是。」

「好。」

顧敬臣走後，喬意晚放下了筷子。

今日傍晚她去正院問安時，婆母一切如常，怎麼突然把敬臣叫過去了？不管是前世還是今生，這樣突然的事情都是頭一次發生。

正院裡，秦氏肅著一張臉，眼神銳利如刀鋒，說出來的話幾乎要結冰。

「我就問你一個問題，你是不是想要那個位置了？」

顧敬臣眼眸微動，沒有說話。

在他沈默的這幾息中，秦氏明白了他的答案，她身形微微一晃，抬手狠狠給了兒子一巴掌。

從小到大，這是顧敬臣第二次被母親打。

第一次是在幼時，他無意中聽到府中的老人說，父親不是他的親生父親，他是母親和別的男人生的野種，他跑過去質問母親，那一次母親狠狠打了他，事後把他的身世如實告知，他才知道自己的生父是當今皇上。

但母親鄭重地告訴他，他只有一個父親，那就是定北侯，皇上跟他沒有任何關係，母親也嚴禁他參與皇位之爭，他答應了。

第二次就是現在，他違背了當初的諾言。

顧敬臣撲通一聲跪在地上，秦氏眼中凝聚著怒氣。「你忘了你曾經答應過我什麼了嗎？」

顧敬臣沒說話。

看著筆直地跪在地上的兒子，秦氏失望不已。

「那個位置就那麼好嗎？你如今已經是手握大權的定北侯了，難道還不夠？非得要那個位置不可嗎？」

想到這些日子以來太子、二皇子、三皇子、顏貴妃等人對母親和意晚的傷害，顧敬臣堅定地回答了一個字。「是！」

秦氏怒氣又升了上來，抬起手想再給兒子一巴掌，但手舉到一半，又放下了，此刻她的心口像是堵了一塊巨石，連呼吸都是痛的。

燭光搖曳，燭芯發出「刺啦」的聲響，秦氏重重地呼出一口氣，說道：「若我要求你放棄奪帝位，你能不能答應？」

顧敬臣薄唇緊抿著，半晌，他說了一句。「若我只是父親的兒子，我不會去爭，可我偏偏不是。」

聞言，秦氏身形微微一晃，這一次她沒站穩，檀香連忙上前扶住了秦氏。「侯爺，您怎麼能跟老夫人說這樣的話！」

看著母親的反應，顧敬臣心如針扎，可這個問題同樣也扎在他的心裡，每每想到此事，他便抬不起頭來。

秦氏淒厲的聲音響了起來。「你父親待你不好嗎？他從小教你騎馬射箭，養育你長大，你能有如今的身分，也是他對咱們母子倆的照顧，你怎麼能做忘恩負義之人？你為何非得去認坐在宮裡的那位？他到底給了你什麼？難道就因為他是高高在上的皇帝？我沒想到竟會教出你這樣的兒子，你太令我失望了！」

顧敬臣沈聲道：「兒子從未忘記過父親的恩情和教導。」

正是因為父親待自己太好，他心中才更加愧疚、更加難受，作為母親和別的男子生出來的孩子，他時常不知該如何自處。

秦氏道：「你若真的沒有忘記，就不會做出今日的選擇！」

顧敬臣沒有辯解。

秦氏又道：「我告訴你，你若是敢要那個位置，咱們母子倆的親情就到此為止，以後你做你的皇帝，我做我的侯夫人，你這輩子都別出現在我的面前。」

顧敬臣忽然想到了夢中的情形。在夢裡，他住在宮中，母親住在侯府，他抬眸看向母親。

秦氏肅著一張臉道：「你了解我的，我說到做到！」

顧敬臣直視著秦氏的眼睛，認真地問道：「母親，兒子一直想知道當年究竟發生了什麼事，我到底為何會是皇上的兒子？」

這個問題困擾了他多年，一直尋不到答案。

秦氏眼眸微變，反駁道：「你不是那個人的兒子，你是定北侯的兒子！那個人除了是你的生父之外，他什麼都不是！」

顧敬臣直視著秦氏的眼睛，秦氏整個人像是陷入了一種哀傷的情緒中，許久過後，她起身朝著裡間走去，嘴裡喃喃說道：「你滾吧，我乏了。」

看樣子是不想再理會自己的兒子了。

檀香看看顧敬臣，又看看秦氏，嘆了口氣，扶著秦氏進屋去了。

約莫過了兩刻鐘左右，檀香從裡面出來了，看著仍站在外間的顧敬臣，她又長長地嘆了一口氣，指了指外面。

屋內燭光幾乎都滅了，只留了幾支起夜用的，外面的雪越下越大，地面鋪了一層白色的雪沫子。

因要說正事，正院的人都被攆得遠遠的，天地間安安靜靜的。

檀香道：「老夫人大概一輩子也不想說當年的事，但我覺得侯爺您應該知道，等您知道了當年的事，大概就明白老夫人心中的苦楚了。老夫人生在西北，她出身侯府，家世好，琴棋書畫樣樣精通，又懂騎射，長得也明豔動人，來京城沒多久，便有不少世家子弟鍾情於她，皇上和老侯爺也是其中的兩位，只不過，老夫人起初是對皇上一見鍾情……」

對皇上一見鍾情？風依舊在颳著，雪下個不停，顧敬臣猛然抬眼看向檀香，從如今的情況看，母親對皇上甚是厭惡，反倒是極為喜歡父親，難道不是嗎？

故事依舊在講著。

「皇上那時還是太子，天之驕子，學識、相貌樣樣上等，和老夫人很是般配。二人很快就相愛了，並且私定終身，先帝也知曉此事，對老夫人很是滿意，決意為二人賜婚，可惜，事情出了意外……」

顧敬臣眉頭皺了起來。

檀香說：「老夫人的妹妹，也就是已故的皇后娘娘，那時體弱多病，甚少出門，偶然間見到了去侯府見老夫人的皇上，不知何時也愛上了皇上，明知皇上和老夫人二人情投意合，二姑娘仍想嫁給皇上，因此她使計給皇上下了藥，沒想到此事被老夫人知曉了，相救不及，陰錯陽差和皇上……」說著，檀香看了顧敬臣一眼。「總之也就是那一次，老夫人懷上了侯爺您。」

顧敬臣心情真是說不出來的複雜，關於自己的身世，他想過無數種可能，作為兒子，他本不該對自己的父母有太多的揣測，然而正如太子所言，他從小就知道自己是在皇上和皇后被賜婚之後有的，也知自己不是父親的親生兒子，這件事在他年幼之時在心中生根發芽，長大之後，漸漸變成了心中的一個執念。

他內心覺得愧對父親、虧欠太子，有時也不理解母親，只是沒想到真相竟然會是如此。

檀香長嘆一聲道：「哎，老夫人打小就聰慧過人，可她還是料錯了一件事，不僅皇后鍾情於皇上，皇上也不知何時起看中了皇后娘娘。老夫人發現自己有了身孕，既害怕又有些歡喜，她不敢告訴任何人，只想偷偷把此事告知皇上，沒想到卻撞破了皇上和皇后娘娘的姦情。」

顧敬臣眉頭死死皺了起來，原來母親不欠別人，他也不欠。

檀香看著漆黑的夜色，淡淡說道：「皇后說她可以做側，奉姊姊為正，皇上也想要娥皇女英。可老夫人是個剛烈的性子，當下便決定和皇上一刀兩斷，皇上無論如何也不答應，老夫人以死相逼。當時眾人並不知道老夫人懷了皇上的孩子，只知皇上和二姑娘之間有了私情，當時先帝尚未賜婚，得知此事，怕事情鬧大，便改了聖旨，把大姑娘的名字改成了二姑娘，就這樣，二姑娘成功代替大姑娘成了當時的太子妃。

「姑娘性子雖明朗外向，但此事對她的打擊實在是太大了，不僅皇上背叛了她，自己的親妹妹背叛了她，就連老侯爺、老夫人也希望她能息事寧人，甚至知曉姑娘有了身孕時，想把姑娘送到太子身邊為側，姑娘差點活不下去……後來，是定北侯在承恩侯府門口長跪不起求娶姑娘，才改變了這局勢，定北侯已知姑娘懷了太子的孩子，但不改其心意，一心求娶，老侯爺、老夫人喜不自勝，自然答應了這樁婚事……

「姑娘出嫁後肚子月分漸漸大了，太醫都說懷的是男孩，二姑娘得知此事，趁著姑娘進宮時安排人衝撞了姑娘，導致姑娘生您時難產。最後雖然您是平安生了下來，但姑娘卻不能再有身孕，可縱然如此，老侯爺也沒再娶旁人，老夫人曾主動為他納了幾房貌美的妾，老侯爺還氣得不行，把那些妾都攆出府去，整整一個月沒搭理老夫人。老侯爺和老夫人情投意合，過了幾年恩愛的日子，可惜，老侯爺竟會死在戰場上……」

在太子口中，母親是害死皇后之人，然而，事實上皇后才是害母親的人！顧敬臣終於恍然大悟，緊接著問道：「姑姑可知皇后娘娘是如何薨逝的？」

檀香嗤笑一聲，道：「她的死跟任何人都沒有關係，二姑娘生來體弱，在她幼時大夫就說過她活不過三十歲，入了宮之後，她心思更重了，也就注定她更活不了多久。」

雪越下越大，從剛剛的雪沫子變成了大片的雪花。

檀香道：「姑娘這一生沒有對不起任何人，唯獨對老侯爺心懷愧疚。」

顧敬臣的臉色幾乎和黑夜融為了一體，他朝著檀香行了一個大禮，沈聲道：「多謝姑姑今日告知。」

檀香嘴角露出一絲苦笑。「不必。這些年姑娘心裡是真的苦，今日得知侯爺想要那個位置，氣得不輕，侯爺作為兒子，當考慮考慮母親的心情。」

顧敬臣道：「好。」

他再次行禮後離開。

第三十九章

久等不至，喬意晚已經睡下，顧敬臣輕手輕腳上了床，伸手攬住她。

喬意晚尚未睡著，抬手圈住了顧敬臣的腰身，甕聲甕氣地問了一句。「你怎麼才回來？母親找你可是有事？」

顧敬臣道：「嗯。」

喬意晚又問：「重要嗎？」

顧敬臣回道：「嗯。」

喬意晚清醒了幾分，緩緩從他的懷裡鑽出來，睜開眼睛，看向了顧敬臣。

顧敬臣看著她紅撲撲的小臉，不知為何此刻竟生出一些莫名的慾望。

喬意晚道：「什麼事……」

話未說完，唇就被堵住了，這個吻急切又熱烈，剛剛嫁給顧敬臣的第一個月，他甚是衝動，每每都如此刻這般，這幾個月已經好多了，但今晚他不知為何又恢復了從前的模樣。

他熱情得讓人難以招架，喬意晚幾乎喘不過氣，整個人累得不行。

外面雪壓著枝椏吱呀吱呀地響著，屋內亦經久不息，不知過了多久，喬意晚累極，躺在了顧敬臣的懷中。

「晚兒，妳想當皇后嗎？」

一句話，讓喬意晚的瞌睡蟲全都沒了。

他終於要跟她說了嗎？

她睜開眼看向顧敬臣，認真地說道：「你若是皇上，我便願意做皇后。你若是侯爺，那我就做你的夫人。」

顧敬臣想，他何德何能，竟能遇到她。

他低頭親了親喬意晚紅腫的唇，喃喃道：「若是妳不懂做不成皇后，還要日日跟著我擔驚受怕呢？妳怕不怕？」

喬意晚抬起纖細的胳膊，圈住了顧敬臣的脖子。「不怕，反正有你在。」

顧敬臣笑了。「好。」

和顧敬臣表現出來的沈重不同，喬意晚覺得他今晚的心情不錯，似乎籠罩在他身上的那種莫名的鬱氣消失了。

不知是不是顧敬臣提到了跟著他擔驚受怕，喬意晚當晚再次夢到了自己的死，除此之外，顧敬臣依舊在夢裡不停抄寫經書，兩個場景來來回回在眼前呈現，這中間似乎還有一個看不清相貌的道士，這一夜甚是混亂。

寅時，天依舊漆黑一片，西北颳得窗戶稜子嗶嗶作響，屋外的樹枝也被風雪壓得亂顫，顧敬臣緩緩睜開了雙眼。

這一雙眼和昨日是一樣的，但又不一樣了，眼神中似乎多了些什麼，又少了些什麼，至於多了什麼，又少了什麼，這一點大概只有顧敬臣自己知曉了。

顧敬臣望著漆黑的屋子，聽著外面肆虐的寒風，內心波濤洶湧。

他曾求仙問道，尋覓輪迴之術，日日夜夜抄寫經書，虔誠祈禱。

在登基的第十年，母親去世，死在了定北侯府中，他也終於支撐不住倒下了，倒下前，他似乎看到了喬意晚一身喜服嫁給他的情形……

側身看向臂彎中睡得香甜的人，這一刻，顧敬臣的手抑制不住顫抖起來，他抬手想要碰一碰喬意晚的臉，抬到一半又停下了，生怕這一切都只是他的一個夢。

在喬意晚去世的這十多年裡，他無數次夢到了這樣的情形，然而每次醒來都是一場空，甚至在夢中，喬意晚的身影也是鏡中花、水中月。

終於，他還是觸碰到了喬意晚溫熱的臉頰。

真好，晚兒還活著。

顧敬臣將喬意晚死死圈入了懷中，頭埋在她的脖頸裡，深深地嗅著她髮絲上的香氣，慌亂的心在這一刻漸漸平復下來，孤寂的心也似乎有了依靠。

然而，這並不能讓他滿足，他親了親喬意晚的脖子，又親了親她殷紅的唇瓣。

喬意晚正在夢中追尋著一位鬢髮全白、仙氣飄飄的道士，那道士看起來虛無縹緲，一會兒能看清楚臉，一會兒又覺得面目不清晰，嘴裡喃喃說著兩個字。「去吧……去吧……」

喬意晚還沒想明白這兩個字的含義，就疼醒了。

感受著脖子上的觸感，喬意晚很驚訝，顧敬臣是瘋了嗎？昨晚不是剛剛才來過，眼下天還未亮，怎地又來了？

她身子還沒完全恢復，疼痛不已，忍不住抬手推了推埋在她身上的男人。

「你幹麼呀，我還疼呢。」喬意晚聲音有些嘶啞。

顧敬臣像是被人點了穴一般，身子瞬間僵硬，他從她頸間抬起頭來，看向了喬意晚。

喬意晚朝他眨了眨眼睛，撒嬌道：「過幾日好不好？」

若是往日她這般求饒，顧敬臣即便再不肯，也多半就答應了，但今日是個例外。

顧敬臣看著鮮活的、會說話，甚至會撒嬌的喬意晚，內心沸騰不已。

他的晚兒，還活著。

「就這一次，好不好？」他啞聲道。

喬意晚正想再開口拒絕，卻感覺到一滴眼淚砸在了自己的額頭上，正中眉心。

她像是被什麼東西燙到了一般，怔怔地看向顧敬臣，只見顧敬臣眼神中有濃得化不開的複雜情緒。

他這是怎麼了？

巨大的悲傷如潮水般向她襲來，喬意晚感覺自己的心像是被什麼東西揪得緊緊的，她沒再反抗，答應道：「好。」

她感覺顧敬臣和從前似乎不太一樣，沈穩內斂，又有些急切魯莽，就像是二人多年沒見過一般。

風雪漸緩，顧敬臣把喬意晚擁在懷中，靜靜享受著此刻的靜謐。真好啊，晚兒還在自己身邊，他多麼希望再也不要跟晚兒分離。

這時，外面忽然響起了揚風急促的聲音。「侯爺，邊關傳來了急報。」

顧敬臣看著再次睡去的喬意晚，輕輕放開她，披上衣裳去開了門。

接過揚風手中的信，顧敬臣越看臉色越難看。

「隨我進宮。」

「是。」

顧敬臣穿好衣裳，再次看了一眼床帳那邊，眼神逐漸變得堅定。

再次來到宮中，顧敬臣心情有些微複雜。

不過只是離開了皇宮短短幾個時辰，卻像是離開了多年一樣，恍如隔世。

前世為了給喬意晚報仇，他把太子和顏貴妃拉下馬，後因皇上生了重病，時局動盪，他登上了皇位。

馳騁疆場和青龍國的子民之間，他選擇了後者。然而這偌大的皇宮中卻沒有一個他的親人，晚兒死了，母親也不進宮，他坐在高高的大殿上，萬人匍匐在自己腳下，但他卻是孤獨一人，被困在這裡十年之久，每一日於他而言都是煎熬。

想到在家中等待他的晚兒，皇宮似乎也多了一絲人情味，不似從前那般冰冷。

顧敬臣徑直去了勤政殿。

這裡的一桌一椅他都甚是熟悉，不過，從前他是坐在上面的人，如今變成了站在大殿中的人。

昭元帝匆匆趕來，問道：「敬臣，你怎麼這麼早過來了，可是出了什麼事？」

昭元帝曾辜負了母親，不過，客觀而言，他是一個勤政愛民的好皇帝，也一直善待自己。

顧敬臣言簡意賅道：「余將軍被人下了毒。」

聞言，昭元帝臉色頓時變得嚴肅。「你說什麼？余將軍被人下了毒？究竟是怎麼回事？」

顧敬臣道：「半月前，余將軍察覺到身子不適，起初並未當回事，直到三日前，他忽然在軍營中暈倒，軍醫前來診治，方知其中了毒。」

昭元帝道：「情形可嚴重？」

顧敬臣回道：「已經醒了，身子暫無大礙。」

昭元帝鬆了一口氣。上次延城戰亂是由於聶將軍誤事，如今余將軍萬一也出了事，延城怕是又要亂了。

「那就好。對了，可查出來是何人投毒？」

梁國剛有異動，余將軍就忽然中了毒，這很難不讓人懷疑是梁國所為。

顧敬臣眼眸微動，道：「暫未。」

昭元帝道：「想必是身邊有了奸細，抓緊時間讓人把內奸找出來。」

顧敬臣沈聲應道：「余將軍身邊的人已全數送去審訊，相信很快就能有結果。」

昭元帝點了點頭。

顧敬臣又說起了余將軍的病。「余將軍的病初時看起來不嚴重，但若不能及時治療，怕是會越來越嚴重，甚至可能一輩子昏迷不醒。余將軍暫時不能再過度操勞，須得好好靜養。」

前世中毒之人是聶將軍，聶將軍當年沈迷酒色，喝酒誤事，導致延城被梁軍攻破，後來被押解回京，回京的途中昏迷過去。

他是通過審訊梁國奸細才得知聶將軍被人下了藥，只因他並未費心勞力守城，故而一直沒有發作。

這次余將軍中的毒和前世聶將軍中的毒幾乎是一樣的，只不過余將軍一直勞心勞力，所以發作了，若這般繼續下去，還是會發病的。

昭元帝眉頭死死皺了起來，顧敬臣一撩衣襬，跪在了地上。「微臣願為聖上分憂。」

昭元帝立馬從龍椅上站了起來。「何至於此？不行，你不能去！」

顧敬臣不解道：「為何？」

昭元帝道：「因為……」

自然是因為他想立顧敬臣為儲君。從前讓顧敬臣去是因為有太子在，他雖更喜歡這個兒子，但更擔心青龍國子民，若是要立顧敬臣為儲君，他就不適合再鎮守邊關了。

昭元帝怕自己說出真正的緣由兒子又會不高興，轉而說道：「總之朕不同意。余將軍是你一手提拔上來的，能力強，況且如今只是發病初期，暫無大礙，且先派一名得力的副將去輔佐，余愛卿慢慢養病，延城未必會有事。」

顧敬臣早已不是當初的那個他，他略一琢磨就明白了昭元帝的意思，索性直說了。

「我從未想過要坐上帝位。」

昭元帝神色微變。

顧敬臣又道：「您身體康健，青龍國在您手中至少還能繁盛幾十年，何必那麼急？」

昭元帝臉色好看了些。

顧敬臣接著道：「況且，沒有子民哪裡有國？青龍國的百姓才是最重要的。」

昭元帝態度軟化了不少。「如今已近臘月，不如過了年再去？軍醫不是說了，余愛卿的身體沒有大礙，想必能撐上幾個月。」

不行，想到前世延城觸目驚心的慘狀，即便已經安排好了孫知府，顧敬臣仍舊不放心。

「邊關戰事一觸即發，早去可以早些避免。」

昭元帝嘆了口氣。
這時，顧敬臣忽然看向了站在昭元帝身側的齊公公。
「齊公公，你是不是有一個義子，如今在司茶局？」
齊公公怔了一下，道：「如侯爺所言，確實有這麼一個人。」
昭元帝看向顧敬臣。「這個人是有什麼問題嗎？」
他了解兒子的性子，絕不會隨便提起一個人，除非這個人有什麼問題。
聞言，齊公公連忙跪在了地上。
「請皇上明鑒，冬茶與我是同鄉，他爹娘早亡，他家貧活不下去了，只好入了宮，我觀察了他好幾年，沒發現他有問題才收為義子，此事是我識人不清！」
顧敬臣說道：「他倒沒什麼問題。」
齊公公鬆了一口氣，但只聽顧敬臣又道：「但他有一個從小訂了親的未婚妻。」
齊公公知道此事，冬茶最近一個月要出宮三次，都說是要去照顧那個來京投奔他的青梅竹馬。
「確有此人，那姑娘也是家貧，因為家鄉鬧饑荒，全村人只好離開家鄉外出謀生，她也隨著爹娘離開，但就在逃難的路上被她爹娘賣給了一個富商為妾，如今那富商死了，她被正室攆出了家門，這才不得已來京投奔冬茶。」
顧敬臣道：「那姑娘有問題，當年她因故被梁國細作所救，之後被其收買，任由細作安排去當一名富商的妾，後來富商被細作毒死，她便順勢來了京城，這一切都是安排好的。」

齊公公背後冷汗涔涔，難道這一切是針對他來的？

昭元帝的臉色也變了，與其說是針對齊公公，倒不如說是針對自己而來的。

齊公公張了張口，想說些什麼，昭元帝抬手制止了他想說的話，齊公公跟在自己身邊多年，他相信他是無辜的。

顧敬臣又道：「此事是臣無意中得知的，細查下去才發現梁國竟籌謀多年，在我青龍國安排了不知有多少細作，微臣建議皇上不如將計就計，順勢查出宮裡是否有其他的細作在收集情報。」

昭元帝道：「你說得對，朕會安排人去查個一清二楚。」

該說的都說了，顧敬臣放心地離開了皇宮。

前世，皇上突然生了重病，一病不起，青龍國自此大亂，當時皇上發病的起因便是從飲了一盞茶後開始，隨後他查出這盞茶的來源，順勢找出埋伏於京城被梁國細作收買的女子，又查出宮中的內奸，他知道那名女子如今已來到京城，因為夢境的提醒，他決定提前先剷除此人。

宮裡其他的內奸，他此刻還不便明白說出來，不然勢必會引起皇上懷疑，不過他已有打算，之後會安排人適當從旁提醒，避免夢中那些不詳之事再次重演。

回府後，顧敬臣先去外院安排好事情，隨後去了正院見母親。

然而秦氏仍拒絕見他，顧敬臣只好對檀香道：「姑姑，妳告訴母親，我已決定放棄那個放置。」

先前他不懂母親心中的苦，如今既已知曉，意晚又好好活著，他也無意去爭什麼。

聞言，檀香笑了，侯爺還是重視老夫人的。「好，我馬上去告訴老夫人。」

然而，秦氏知道兒子的決定後依舊沒有見他。

顧敬臣只好跪在地上磕了三個頭，無奈地回了沉香苑。

喬意晚昨晚實在是累極了，此刻已近午時，她方從床上下來，這會兒正坐在梳妝檯前梳頭。

顧敬臣一貫肅著一張臉，但在看到自己愛妻的那一刻，嚴肅的神情又緩和了下來。

他來到喬意晚身後，接過黃嬤嬤手中的梳子，為妻子梳起秀髮。

喬意晚正睏得打盹，頭一直點個不停，頭髮忽然被人扯了一下，她睜開了雙眼，只見銅鏡中除了自己還有顧敬臣，至於黃嬤嬤和紫葉，已不知何時離開了。

「弄疼妳了？」顧敬臣問。

「嗯，有一點。」喬意晚如實回答。

顧敬臣看著纏繞在一起的頭髮，索性把梳子放下了，從背後圈住了她。

「不梳了，不如妳再陪我睡一會兒？」

喬意晚臉微微一紅，立即拒絕。「不要，我睡夠了。」

顧敬臣昨晚精力實在是太過旺盛了，她有些招架不住。

顧敬臣察覺到喬意晚的想法，悶聲笑了起來，指著她青黑的眼周道：「真睡夠了？」

喬意晚大聲道：「睡夠了！」

顧敬臣失笑，親了親喬意晚的臉頰。「好，那就吃過午飯再睡。」

喬意晚撇嘴道：「我……我真睡夠了，午飯過後也不用睡了。」

顧敬臣愛極了她口是心非的模樣，只覺得她鮮活的模樣讓人挪不開眼睛，前世他哪敢想這樣的畫面？一見到她便覺得心虛不已，也怕她會厭惡自己。

「嗯。」

喬意晚叫黃嬤嬤進來給她梳頭，顧敬臣就坐在榻上，什麼也不做，就這般靜靜地看著喬意晚。

喬意晚梳頭他就看喬意晚梳頭，喬意晚換衣裳他也要跟過來看著，喬意晚想去花廳安排府中的事他就讓管事們來沉香苑，總之，他一直盯著喬意晚看。

喬意晚覺得不自在極了，在下人擺飯時，忍不住問了一句。「你今日沒有事情要做嗎？」

顧敬臣想，自然是有的，然而什麼事情都不如她重要，他等了十多年才等到了這一刻，於他而言，這便是如今最緊要的事情。

「有。」

喬意晚道：「那就去做啊。」

顧敬臣笑道：「陪著妳。」

喬意晚愣住，她正想說幾句，見紫葉進來了，便忍住了沒說。

「侯爺，夫人，飯已經擺好了，可以用膳了。」

「好。」

吃飯時，顧敬臣對喬意晚格外熱情，一直為她挾菜，她碗裡的菜像是小山一樣高。

顧敬臣道：「妳太瘦了，多吃點。」

喬意晚已經不知說什麼好了。

飯後，顧敬臣果然像剛剛說的一樣，陪著喬意晚去午睡了。喬意晚拗不過他，只好陪他一起躺在床上。

好在顧敬臣比早上老實多了，只是抱著她，並未做什麼。

喬意晚很快又睡著了，醒過來時已經是一個時辰後了，看著仍在身邊的顧敬臣，她啞聲問道：「你怎麼不睡啊？」

顧敬臣撫了撫她的髮，道：「不捨得睡。」

他怕一睡過去，這一切都是一場夢，他想好好看看她。

喬意晚臉微微紅了起來，他今日怎麼怪怪的，這般黏著她。

事出反常必有妖。喬意晚細細琢磨了許久，忽然，她想到了一種可能。

「你不會是要去邊關打仗了吧？」

不然為何他一直陪著她？會不會是想在離開前多陪陪她？一想到這種可能，喬意晚的心瞬間就沈重了起來。

顧敬臣沒想到她這般聰慧，一下就猜到了，他把玩著她的手，放在唇邊親了親，道：「夫人猜對了。」

但喬意晚可沒心思陪他玩，她心裡難受極了，前世顧敬臣也去邊關打仗，可那時她沒什麼太多感覺，然而此刻一想到二人要分別許久，悲傷的情緒立刻就上來了，她知道自己不該如此，可就是難受得不行。

見她垂眸不語，顧敬臣問道：「怎麼了？」

喬意晚抬手圈住了顧敬臣的腰，臉埋在了他的胸前，沈默不語。

這可把顧敬臣心疼壞了，他趴在喬意晚耳邊，輕聲問道：「妳想不想跟我一起去？」

聞言，喬意晚身子一頓，從顧敬臣懷中抬起頭來看他。「可以嗎？」

看著喬意晚滿心期待的眼神，顧敬臣心上像是淌過一陣暖流。

「邊關風沙大，環境艱苦，不似京城這般繁華，妳可要想清楚了。」

喬意晚笑著說道：「嗯，總歸我也不愛出門，在哪裡都是一樣的。」

或許，遠離京城紛雜的人際關係能讓人活得更舒適些。

他低頭親了親喬意晚的唇，沈聲道：「好，那就一起去。」
他從前覺得邊關環境苦寒，戰事頻發，太過危險。後來方明白，京城才是龍潭虎穴，充滿了爾虞我詐，是最危險的地方。
喬意晚激動地抱緊了顧敬臣，在他唇上重重親了一下。
「敬臣，你待我真好。」
顧敬臣眼神微變。
即便是解決了太子和顏貴妃又能如何？沒了太子，焉知沒有下一個太子，沒了顏貴妃，焉知沒有下一個李貴妃、王貴妃？最安全的方式就是讓她待在自己身邊。
失去她的打擊太過沈痛，他不想再面對一次了。他相信自己有能力護她周全，即便將來要死，他也要擋在她的身前，做她的盾牌。
「以後我去哪裡，妳就去哪裡。」
「好！」
喬意晚第二日一早去正院請安時才知，顧敬臣和老夫人吵架了，秦氏閉門不見任何人。
喬意晚猜了許久也沒想明白二人為何會吵架，在她的記憶中，顧敬臣和婆母一直不似尋常母子那般親密，二人之間始終像是隔著什麼東西一樣疏離。
若是想知道吵架的緣由，就只能問顧敬臣了，但他這兩日也怪怪的，顯然也不想說。

下午，喬意晚收拾了一番，回了永昌侯府。

得知女兒要跟隨顧敬臣一同去邊關，陳氏第一反應是反對。

「邊關正在打仗，敬臣怎麼會想把妳帶去？他最多一、兩年就能回來了，沒必要折騰妳。」

此事雖然是顧敬臣提議，但自己也同意了，喬意晚怕母親把錯處都歸到了顧敬臣的身上，連忙說道：「是女兒主動要跟著去的。」

陳氏沈默了片刻，道：「妳想跟去也好，如今你們剛剛成親，尚沒有孩子，若是分別太久，不知會鬧出來什麼事，只是邊關生活艱苦，妳身子弱，未必能受得住。」

和女兒女婿夫妻之間和睦相比，陳氏還是更關心女兒的身體情況。

喬意晚道：「母親，沒事的。延城也有定北侯府，女兒就住在侯府中，安全得很，女兒也不是日日要吃山珍海味，能吃飽飯、凍不著就行。」

陳氏無奈嘆息道：「妳就是太過於懂事了。」

喬婉琪得知喬意晚將要去邊疆，難過到不行，抱著喬意晚的胳膊不讓她離開。

「大堂姊，妳別跟侯爺同去好不好？他是去打仗的，幹麼要帶著妳呀，還讓妳陪他去吃苦，這個人可真壞！」

喬意晚失笑，點了點喬婉琪的鼻子。

一旁的溫熙然摸了摸鼓起來的肚子，道：「二妹妹，等妳遇到喜歡的人就明白了，不管是去邊關，還是去深山老林，只要跟他在一起，那就如同在仙境一般。」

喬婉琪先是一怔，很快反應過來溫熙然是在打趣自己，臉立即就紅了起來。

「大嫂嫂，妳瞎說什麼呢？」

溫熙然摸著肚子道：「我說什麼了？二妹妹想哪裡去了？」

喬婉琪撇了撇嘴，不說話了，不過耳朵都紅了，只好捏起一旁的瓜子嗑了起來，沒再理溫熙然。

喬意晚和溫熙然對視了一眼，又看向喬婉琪，大概明白了什麼。

不一會兒，溫熙然有事先離開了，喬意晚琢磨了一下，問道：「婉琪，妳最近可有見到意平？」

喬婉琪回道：「有啊，言山長說意平表弟是他見過最聰慧的弟子，比陳家表哥還要聰明。」

喬意晚道：「真的？那妳記得代我好好謝謝言公子。」

喬婉琪的臉又紅了起來，嘴裡說道：「大堂姊謝他做甚？明明是我幫的忙，妳要謝也該謝我。」

喬意晚仔細端詳著喬婉琪的神色，她發現，喬婉琪再提伯鑒表哥時臉上已經沒了小兒女的羞態，反倒是剛剛提到言鶴時扭捏起來，想來好事將近。

只是不知文國公府和侯府的關係該如何改善？祖母和國公夫人會不會同意這樁婚事？

喬意晚道：「好，那就謝謝二妹妹。」

喬婉琪又嗑了兩顆瓜子，說道：「算了，還是謝謝他吧，他多少也出了點力。」

喬意晚笑了。「嗯，兩個人都謝。」

喬婉琪本想解釋什麼，但在看到大堂姊的笑容時，又忽然不想自欺欺人了，也笑了起來。

「他待我能像侯爺待大堂姊一半好，我就滿足了。」

喬意晚拍了拍她的手。「言公子一看就是個善良的人，相信他定會好好待妳的。」

喬婉琪笑了，抱著喬意晚的胳膊，頭偎在她的頸窩。

「嗯。」

顧敬臣要去前線的事情並不是秘密，甚至被刻意散播出去。

如今邊關穩固，甚少人知道余將軍中毒，而余將軍如今也正好好地守在延城，顧敬臣要去延城的消息若傳開，只會更震懾那些蠢蠢欲動的敵軍。

顏貴妃聽說此事後，內心像是過年一般開心，心想顧敬臣一走，皇上的目光自然就會放在幾位皇子身上，她的兒子就有機會了。等顧敬臣再回來，不知是什麼時候了，那時她的祺兒說不定已經得到了儲君之位。

果然，秦昔竹並不希望兒子成為皇上的，能阻止顧敬臣的只有秦昔竹。

相較於顏貴妃的開心，冉妃的情緒非常低落。

在得知顧敬臣是皇子時，她很是開心了一陣子，顧敬臣人品好，可以信得過，他若是當上皇帝，她和旭兒以及冉家都是安全的，將來旭兒做個閒散的王爺，一輩子富貴無憂。

沒想到顧敬臣突然要去前線了，這等於要放棄儲君之爭，他若走了，顏貴妃就是一家獨大了，沒人能與之抗衡，若皇上再來看旭兒，說不得會惹怒顏貴妃，當年顏貴妃就是因為旭兒生下來受寵，所以設計了冉家，差點害得冉家家破人亡。

冉妃思索了一整日，把蘭芝喚了過來。「那個叫蓉兒的宮女在做什麼？」

蓉兒是顏貴妃安插在冉妃身邊的一個宮女，也就是向她透露顧敬臣身分的人。

蘭芝道：「剛剛瞧著她去為娘娘熨燙明日要穿的衣裳了。」

冉妃問：「我們安插在顏貴妃宮裡的人可有被發現？」

蘭芝回道：「沒有。」

冉妃道：「妳讓她來給蓉兒傳個消息，就說顏貴妃吩咐她把定北侯的身分傳出去讓各個宮裡的人都知道。」

蘭芝驚訝道：「娘娘，咱們為何要這樣做？這樣豈不是人人都知道定北侯是皇上的兒子了？這件事可是不能說的秘密，若是被皇上知道了定要發怒的。」

冉妃看向蘭芝。「是啊，皇上會發怒。」

蘭芝略一思索，恍然大悟道：「所以您才讓顏貴妃宮裡的人去做這件事，這件事是顏貴妃的人傳的，皇上要怪只會怪顏貴妃，咱們還能順勢把背主的蓉兒除掉。」

冉妃點頭。

蘭芝道：「好，我這就去吩咐。」

說罷，蘭芝匆匆離開了。

冉妃若有所思地看向殿外的枯枝，心想她真正的想法可不是這個。

太子倒臺後，朝中人紛紛上奏催促皇上立儲，只是諸多皇子裡面沒有一個比太子優秀的，眾位大臣們也沒有統一的意見。

皇上對二皇子、三皇子的態度已然很清楚，眾人的目光便放在了四皇子、五皇子和她的旭兒身上。

四皇子如今大了，能在外活動，在顏貴妃的教導下，他禮賢下士，待人溫和、平易近人，所以如今幾乎朝中大半的大臣都支持四皇子，支持五皇子以及旭兒的人極少，可若大家知道驍勇善戰、足智多謀的定北侯也是皇上的兒子呢？大家還會支持四皇子嗎？

定北侯在大家心中可是不一樣的存在，莫說是四皇子不能跟其相比，即便是太子也難以望其項背。太子這些年之所以能這般穩固，就全靠定北侯的幫助。

顏貴妃不是利用顧敬臣的身分把諸位皇子都當成她手中的一把刀嗎？那不如直接告知天下，看看這把刀究竟會插向誰的心臟？

什麼消息傳得最快呢？隱私，尤其是皇家隱私，特別是涉及到了男女關係的皇家隱私。

冉妃安插在顏貴妃宮裡的宮女是在天色微暗時把消息告訴蓉兒的，當天晚上，值夜的人就幾乎都知道了。

第二日一早，宮裡大半的人都知道了，不到午時，消息也在宮外傳開了，李總管得知後匆匆來到沉香苑。

顧敬臣如今常常留在沉香苑，還把能在沉香苑處理的事情都拿來了，不能在這裡處理的，他再安排去書房。

「發生了何事？」

李總管看了一眼喬意晚，喬意晚正想迴避，顧敬臣握住了她的手道：「直說！」

他沒有什麼事是不能讓她知道的。

李總管道：「侯爺，不知是何人把您是皇子的事傳了出去，現在外面都在討論此事。」

顧敬臣皺了皺眉，臉色驟然一變。

「吩咐正院的人，不要讓母親知曉此事。」

李總管應道：「是。」

顧敬臣還是有些不放心，想去看看母親，他起身離開之前，向喬意晚道：「我先去看看母親，回頭再跟妳解釋。」

喬意晚道：「好。」

顧敬臣一走，紫葉和黃嬤嬤圍了過來。

紫葉道：「外面為何傳侯爺是皇子？」

黃嬤嬤倒是沈穩些，她瞧著喬意晚平靜的反應，再想到剛剛侯爺的反應，猜測此事多半是真的。

喬意晚說：「因為這本就是事實。」

紫葉神情震驚，猜測得到證實，黃嬤嬤也極為訝異。

喬意晚嘆了一口氣，這種隱秘之事既然被傳開了，那說明是背後之人有意為之，想要躲是躲不開的，捂嘴也捂不住了。

她不知當年究竟發生了何事，但是，此事怕是對婆母不善，她不能什麼都不做。

「別的府我管不著，但咱們府中的人一定要好好約束，不許任何人討論此事。」

黃嬤嬤道：「是，一會兒我就去吩咐。」

此事已經在京城中散播開來，反倒是一開始就知道此事的勤政殿眾人是最後發現的，昭元帝剛剛午睡醒來，齊公公就匆忙過來了。

「皇上，大事不好！」

昭元帝皺眉。「何事這般慌張？」

齊公公道：「定北侯的身分被人傳出去了。」

昭元帝愣了一下，沈著臉問道：「何人所為？」

齊公公回道：「冉妃宮裡的一個小宮女傳出去的。」

冉妃？昭元帝皺眉。「她如何知曉此事的？」

齊公公低聲道：「暫時還不清楚。」

昭元帝道：「細查。」

齊公公應道：「是。」

在冉妃的刻意為之下，齊公公很快就查清楚宮女蓉兒的身分。

「蓉兒都招了，她是顏貴妃安插在冉妃宮裡的人，前些日子聽從顏貴妃的安排，把定北侯的身世告訴了冉妃，意欲挑撥冉妃去對付侯爺，昨日她又收到了顏貴妃的指示，把消息傳到各個宮裡去。」

聞言，昭元帝冷哼一聲，對顏貴妃的不喜又多了幾分。

她這是覺得冉妃沒有聽從她的擺布去對付敬臣，想讓其他人去對付敬臣嗎？

從前知曉她攛掇太子時他已經給過她警告了，沒想到她竟然絲毫沒有收斂，不僅攛掇了二皇子、三皇子，如今還把此秘辛傳得眾人皆知。

因其救過太后，他已經給過她一次機會了，這次，他不會饒了她。

「傳，顏貴妃御前失儀，觸怒龍顏，念其育有一子，貶為嬪，閉門思過三月，後宮之事暫由慧妃和冉妃共同協理。」

「是。」

顏貴妃此刻正坐在榻上聽著宮女說外面的傳言，內心慌亂不已。她把顧敬臣的身世視為自己的籌碼，可從未想過要將此事外傳，讓天下人都知道啊，事情怎麼會變成這樣？

「娘娘，這是好事啊，外面都在說顧敬臣是私生子，還有人猜秦氏不守婦道，背著老侯爺勾引皇上，她的名聲徹底臭了！」

聞言，顏貴妃抬手給了宮女一巴掌。「妳個蠢東西！秦氏名聲如何有什麼要緊的？顧敬臣的身分才是最重要的！以他如今的名望，朝中大臣若知曉他是皇子，定會形成擁護他的勢力！到時哪裡還有祺兒什麼事？」

宮女反應過來，連忙跪在地上，而顏貴妃還沒想好對策，就收到了被貶的聖旨。

糟了，皇上以為此事是她做的。

「齊公公，我是被冤枉的啊，您讓我見見皇上。」

齊公公道：「娘娘，皇上命您在宮中好好反省。」

看著齊公公的態度，顏貴妃知道這次是真的完了，皇上已經不信任她了。

太后得知此事，把皇上叫了過去，一見皇上，她便開門見山地問道：「這事是你讓人傳出去的？你準備要立敬臣為太子？」

聽到太后的話，皇上微微一怔。

確實，若他想立敬臣為太子，此事早晚要公開，不如正好趁著這個機會試探一下眾臣的態度。

太后又問道：「還有，顏貴妃為何被你貶了？」

昭元帝回道：「母后，此事不是兒子讓人傳出去的，是顏貴妃。她本意是把此事傳到后妃和皇子那裡，好讓這些人聯合起來對付敬臣，沒想到事情脫離了她的掌控，現在不僅宮裡的人知曉了，宮外人也知曉了此事。」

太后道：「哦，怪不得這事來得這般突然，原來是顏貴妃所為，此女當真是用心險惡，這件事你打算如何處理？」

昭元帝道：「母后的意思呢？」

太后說：「我當然想把敬臣認回來，讓天下知曉這般好的兒郎是咱們周家的。如今敬臣也大了，想必秦氏即便是不同意也做不了什麼，你不如乘機把敬臣的名字寫進皇家族譜裡吧。」

昭元帝腦海中想到了秦氏那張倔強的臉，心頭微微一跳，不過，很快又擱置在一旁。

「嗯，先看看眾人的反應，若時機合適，那就把他的身分公諸於眾。」

太后喜不自勝道：「那實在是太好了。」

晚上，顧敬臣把事情原原本本講給了喬意晚聽。

喬意晚忽然有些明白那日跟婆母爭吵過後，顧敬臣為何會是那樣的反應了，也明白了他從前一直支持太子，為何現在兩人反目成仇。

想必此事困在他心中多年了，那種寄人籬下的感覺她太懂了，她從前雖不知曉自己的身世，但能感覺到母親對自己的疏離，這讓她對府中沒有太多歸屬感，總覺得自己就像是一個局外人，直到身世被公開，她才終於安心。

顧敬臣從小就知道自己不是已故定北侯的兒子，而定北侯卻待他如親生兒子一般親厚，越是善良、越是道德感強的人，越會因此覺得愧疚，對不起已故的定北侯，顧敬臣就是這樣的人。

秦氏當年被皇上傷害，被皇后傷害，為了承恩侯府，為了定北侯，甚至為了兒子，她不願去說此事，她都能理解。

可秦氏的不解釋，同樣也傷害了顧敬臣，作為一個私生子，他覺得自己對不起養父，同樣也對不起太子，他何其無辜，這些年來要遭受這樣的折磨。

喬意晚心疼地握住了顧敬臣的手，道：「這些年你受苦了。」

聞言，顧敬臣身子微微一顫。

此事傳開後，周遭的人見到他之後說最多的是恭喜，而只有她明白他內心的苦楚。

喬意晚道：「母親沒有做錯什麼，你也沒有做錯，錯的是別人。」

這個別人就是皇上、皇后，以及承恩侯府的人。

顧敬臣將喬意晚擁入了懷中。「晚兒，謝謝妳。」

喬意晚拍了拍顧敬臣的背道：「謝什麼，咱們是一家人，不過，此事你也莫要埋怨母親，母親不說，其實也是為你好。若你從小便知曉了真相，想必會恨極了皇上，也會恨皇后和太子殿下，你那麼小，什麼都做不了，心裡定會更加難受的，母親是在保護你。」

顧敬臣甕聲甕氣地應了一聲。「嗯。」

第二日一早，眾臣在早朝上說起了此事，皇上既沒有肯定也沒有否認，任由大家猜測著此事真假。

當天，此事便發酵開來，眾人從顧敬臣的身分轉移到了秦氏的身上，越來越多的人挖掘著當年的事情，根據顧敬臣的出生年月，大家猜測是秦氏背著老侯爺勾引了皇上。

天下沒有不透風的牆，消息還是傳到了秦氏的耳中。

秦氏不吃不喝不說話，坐在榻上，看著窗外快要枯死的樹，一坐就是兩日。

秦氏之前吩咐過要關閉院門，誰也不見，所以一開始檀香沒敢跟顧敬臣說，可這兩日老夫人的狀態越來越不對，已有油盡燈枯的樣子，她實在是擔心老夫人。

想到明日侯爺和夫人就要離京，她違背了老夫人的意願，打開了正院的門，匆匆去了前院，可惜顧敬臣不在府中，去了京北大營，她便又去找了喬意晚。

喬意晚得知此事後，當即來到正院。

秦氏幾日不吃不喝，臉上的神情甚是哀傷，沒有一絲生機，不管喬意晚說什麼，她都沒有任何反應，即便喬意晚撒謊說自己有了身孕，秦氏依舊沒任何反應。

喬意晚順著秦氏的目光看向外面的樹，那棵樹已經枯了，看上去像快要死了，之所以還在，是因為這一棵樹是老侯爺親手栽的。

母親這是想念父親了，要說如今的事對誰傷害最大，非母親莫屬。

當年的事是皇上和皇后傷害了母親，後來母親被老侯爺治癒，然而老侯爺最後卻戰死沙場。母親定然是深愛老侯爺的，如今事情傳開，不僅母親要被人非議，老侯爺也會被人嘲笑。

「母親，父親生前最掛念的人就是您，若他泉下有知，定不希望看到您為他傷心難過。」

在喬意晚看不到的地方，秦氏眼皮動了動。

喬意晚陪著秦氏坐了一個時辰，然而，明日就要離開，府中待辦的事實在是太多，她只好囑咐下人好好守著秦氏，先去處理事情了。

顧敬臣回來後先去了沉香苑，喬意晚把秦氏的情況跟顧敬臣說了。

「……母親應該是想念父親了，母親這樣子我著實不放心，可延城的戰事也耽擱不得，要不明日你先走，我留下來照顧母親，等母親好些了我再去找你。」

顧敬臣眉頭死死皺了起來，抬步去了正院。

他站在榻前跟秦氏說話，秦氏像是沒聽到一般，動也未動，顧敬臣順著秦氏的目光看向了窗外。

那裡是一棵樹，一棵應該長在西北的樹，父親得知母親想念家鄉，在前往延城打仗時順便就弄來了這樹苗，栽在了院子裡。

父親前後弄來了幾十株樹苗，最終只活了這一株，這株樹看著雖乾巴巴的，但一活就是多年，每次瞧著它快死了，結果又神奇地活了下去。

顧敬臣陪著秦氏站了一個時辰，也盯著樹看了一個時辰，想到喬意晚說過的話，他似乎明白了什麼，轉身離開了。

顧敬臣連夜進了宮。

聽到兒子的請求，昭元帝沈默了許久，問了一個問題。「敬臣，你真的對皇位一點都不心動嗎？」

顧敬臣眼眸微動，抬眸看向坐在龍椅上的昭元帝。

他在那個位置上坐了十年，也被困了十年，那個位置看似光鮮誘人，高高在上，手握大權，掌握天下人的命運，實則拉開了與所有人的距離，耳邊全是奉承和小心翼翼，無比孤獨。

敬臣，敬臣，恭敬的臣子，這也是母親從小就放在自己身上的枷鎖。

「母親從小就教導微臣要做一個對皇上恭順的臣子，微臣也從未有過逾越的想法。」

昭元帝道：「其實朕給你賜過名字，叫景辰。景，是你的輩分，辰，是星辰的辰。你出生的那一夜滿天星辰，格外耀眼，但你母親不喜歡這個名字，私自給你改了。」

顧敬臣垂眸沒說話。

昭元帝瞧見兒子沒什麼反應，只好說起了剛剛的事情。「好吧，朕可以答應你，但你也要答應朕一個條件。」

顧敬臣再次看向昭元帝。

二人商議完此事，顧敬臣站起身來，轉身離去，在即將走到殿門口時，他回首看向獨坐在大殿中的昭元帝。

「皇上，此次戰爭不知何時能結束，望您保重龍體。如今儲位空懸，定會有不少人爭著出頭，各處送來的吃食您要仔細把關，現下雖然沒了那個叫春雨的細作，但還可能藏著其他的。」說到這裡，他頓了頓。「尤其是顏嬪送來的，您更要慎重。」

前世顏貴妃攛掇太子幹過不少壞事，如今太子被廢，難保她不會親自動手。

昭元帝微微一怔，道：「好。」

從宮裡出來後，顧敬臣又馬上回府，徑直去了正院。

只見秦氏依舊坐在之前的位置上，顧敬臣上前說道：「母親，兒子帶您去找父親。」

秦氏眼眸微動，終於有了一絲反應。

顧敬臣道：「您隨兒子去延城吧！剛剛兒子去宮裡問過皇上，他已經同意了，咱們明日就出發。」

恨母親的人只有太子，前後兩世，對付母親的人也只有太子一人，如今太子已被廢，母親留在京城堪稱安全，但除此之外，想對晚兒不利的卻不止一個人，尤其是晚兒有了身孕後，多方勢力都想要除掉她，或者說是她肚子裡的孩子。

延城地處邊關，風沙大，環境惡劣，果蔬不齊全，並不是一個好去處，他以前從未想過要帶母親去延城，甚至也沒想過要帶著晚兒去，可這回，他必須將她們保護在身邊，他承受不了任何可能失去她們的風險。

延城……他就是死在了延城。

秦氏眼中一下子有了神采，眼眶漸漸濕潤，兩行淚從眼眶裡滑落，她終於開口道：

「好。」

第四十章

臘月初一，處在京城風暴中的定北侯府開門了，一行車隊魚貫而出，一刻鐘後，定北侯府恢復了寧靜，大門再次緊閉。

秦昔竹掀開車簾回望京城，臉上露出如釋重負的笑容，隨即放下了簾子。

站在城牆上的昭元帝眼眸瞬間暗淡下來。他把她困在京城多年，終究只困住了她的身子，卻沒能困住她的心，她始終不願原諒他。

早朝時，大臣們再次提及定北侯的身分問題，有人認為應該要讓顧敬臣入皇家族譜，有的人則認為顧敬臣名不正言不順，未必真是皇室的血脈。

昭元帝這次沒再迴避此事，簡單說明道：「敬臣的確是朕和秦氏所生之子。朕原本已和秦氏訂親，因一些意外，秦氏先懷了敬臣，但其後朕因故不得不與秦氏解除婚約，另娶皇后。是朕對不起秦氏，敬臣是朕名正言順的長子，此事先帝已查明記錄在冊，至於敬臣是否願意認祖歸宗，全看他個人，以後諸位莫要再議論此事，散朝。」

與此同時，已出京的定北侯府一行人正風塵僕僕前往延城——

一路上顧敬臣並未快馬先行，而是陪在喬意晚和秦氏的車隊旁，但他也沒閒著，日日收取延城的軍情，以防若延城有變，他騎上快馬，數日便可到達。

喬意晚和秦氏同坐一輛馬車，顧敬臣有時騎馬，有時一同坐在馬車裡。

一開始秦氏不說話，但過了兩日後，她終於願意跟顧敬臣和喬意晚說話了。

「意晚，妳既有了身孕，不要過於勞累，可以歇幾日再走。」

顧敬臣愣住了，一臉驚喜地看向喬意晚。

喬意晚看到他的目光，連忙解釋道：「假的，我沒懷孕，那日只是為了想讓母親跟我說話，故意這麼說的。」

當下，顧敬臣眼中的光熄了，秦氏心情也有些複雜，說了一句。「沒事，早晚會有的。」

喬意晚應了一聲。「嗯。」

馬車到達延城時，恰好是舊年的最後一日。

一下馬車，風沙撲面而來，喬意晚下意識地瞇了瞇眼，再次睜開眼時，發現有人站在自己身前，看著眼前為自己擋住風沙的男人，她笑了，雖此處距離京城千里，但是有他的地方就是家。

恰好不遠處響起了一連串的鞭炮聲，喬意晚抬眸望去，顧敬臣看向喬意晚，抬手摸了摸她的頭。

真好，他把她找回來了。

這一世，他既要守護好國土，也要守護住她。

延城定北侯府的燈亮了起來，百姓們得知他們的戰神歸來，歡欣不已，原本躁動不安的城池瞬間變得熱鬧祥和，鞭炮聲此起彼伏。

秦氏一改之前在京城萬事不理的性子，盯著人讓人好好收拾正院，這裡弄一弄，那裡弄一弄，因為是過年期間，好多店鋪都關門了，不然她要在侯府中動工了。

晚上，喬意晚和顧敬臣感慨道：「看母親這樣子真好。」

顧敬臣道：「自從父親去世後，我從未見過母親如此開心的模樣。」

喬意晚道：「還好你把母親帶回來了。」

顧敬臣握住了喬意晚的手，他若早些察覺到母親這般想逃離京城，他定早就把母親帶來了。

明日是初七，顧敬臣要去軍營，這一去不知何時才能回來，喬意晚很是不捨，顧敬臣也很不捨。

延城的冬天比京城冷，晚上，喬意晚緊緊抱住了顧敬臣，靜靜享受著二人最後的相聚。

「府中後面有個校場，母親今日還說要教我射箭。」

顧敬臣愛極了她依賴他的模樣，不過，和喬意晚不同，他想要的可不只這些。他感受著喬意晚柔軟的身體，心微微有些癢。

「嗯，母親騎射技術不錯，不過，妳若不想學，可以跟母親說妳已經會了……」

察覺到顧敬臣手不老實，喬意晚從他懷中抬起頭來，瞪了他一眼。「你就不能想點別的事情嗎？」

顧敬臣頭埋在她頸間，親了親她纖細白皙的脖子，沈聲道：「嗯，夫人繼續說啊，為夫聽著。」

喬意晚無語。他這樣讓她怎麼說？以前也沒發現他這般重慾，怎麼一成親就像是變了個模樣，每晚都在想這種事。

「沒成親前你是怎麼忍過來的？」

顧敬臣的動作微微一頓。

喬意晚瞥了他一眼，道：「你是不是心虛了？可是想跟我承認還有過別的——」

話未說完，唇就被堵住了。

許久過後，顧敬臣方道：「為夫的剛剛只是在思考夫人的問題，似乎只有遇到夫人之後，為夫才知忍字何意，從前沒有情，何來忍？」

心中若是有了慾望，而慾望不能滿足，才須忍耐。若沒有慾望，何來忍耐？

喬意晚微微一怔，很快明白了顧敬臣的意思，圈住了他的脖子，主動親了親他。

顧敬臣最受不了她的主動，很快反客為主。

屋外風沙肆虐，屋內炙熱如夏，夜還很長。

因為顧敬臣一早就要去軍營，第二日，喬意晚早早醒了過來。

她睜開疲憊的雙眼，親了親顧敬臣的唇，叮囑道：「一定要平安歸來。」

顧敬臣狠狠親了親她的唇，直到把她的唇親得紅通通的才放開。

「有夫人等著，我定平安歸來。」

喬意晚本來睏極了，可在顧敬臣走後，她忽然睡不著了，在床上躺了一刻鐘左右，便把黃嬤嬤喚了進來。

黃嬤嬤看著喬意晚的神色，既喜又憂，忍不住說：「侯爺怎地來了延城後越發粗魯了。」

喬意晚紅著臉沒說話，紫葉在一旁說了句。「夫人的臉色倒是比在京城時還好看了。」

黃嬤嬤道：「可能是最近太過勞累，晚上沒作夢，睡得好。」

喬意晚笑了笑，正欲說什麼，忽然，她怔住了。

夢……她似乎很久沒作過關於前世的夢了，最後一次作夢，她夢到了自己前世的死，還夢到了顧敬臣在奮力抄寫經書，好像還夢到了一個鬚髮皆白、仙風道骨的道士，但這一個多月來她似乎都沒再夢到前世，這是怎麼回事？

「夫人，夫人……」

喬意晚回過神來。

黃嬤嬤說：「夫人在想什麼呢？紫葉問您今日想穿哪件衣裳。」

喬意晚收回思緒，指了指檀色那件。

「穿這件吧。」

喬意晚吃過飯後坐在榻上看書，腦海中依舊在想著剛剛想過的問題。自從重生以來，她每次和顧敬臣接觸後當晚都會夢到前世相關的事情，漸漸地，她已經習慣了。可為何突然又夢不到了呢？這其中有什麼緣故？

喬意晚想到夢中的那個道士，下意識拿了一張紙，提筆把道士的模樣畫了出來。

那日似乎顧敬臣和婆母因為爭儲一事吵了一架，晚上顧敬臣回來後心情非常低落，問她要不要當皇后，第二日，顧敬臣像是變了一個人似的，看來問題出現在顧敬臣的身上。

她記得那次懷疑顧敬臣有別的女人時，顧敬臣曾說過是因為夢到了她，僅僅是夢到了她，所以就有了經驗嗎？

那時她只顧著害羞，沒來得及細想，如今仔細想想，若只是一個普通的夢，怎麼可能會有這樣的效果？想來他是真的夢到了前世，或者說，有了關於前世的一些記憶。

再想到那次她夢到顧敬臣坐上了皇位，而顧敬臣醒來後告訴她，他的夢裡沒有她，這說明他們二人可能作了同樣的夢。

類似的事情也不只這兩件，結合顧敬臣的前後變化，想來二人接觸後，夢到前世的人不只自己一個，顧敬臣肯定也夢到了，只不過成親前他夢到的內容應該和自己不同，成親後二人應該作的是同樣的夢。

畫完後，喬意晚看了看紙上畫的道士，而後把畫收了起來。

於她而言，顧敬臣是否記得前世沒什麼影響，不過，這對青龍國的百姓而言倒是件好事。她只是有些好奇，顧敬臣的前世夢境是到什麼時候，應該不是她死的時候，而且從夢境中來看，顧敬臣後來還做了皇上。

令她不解的是，為何顧敬臣在前世做了皇上，今生卻不想做了？

不多時，秦氏那邊的人過來找喬意晚了，喬意晚沒再多想，去了正院。

秦氏正跟檀香說著話，二人商議要去街上買東西，瞧見喬意晚進來，熱情地跟她打招呼。

「意晚，一會兒妳隨我去街上買些東西。」

喬意晚道：「好，等兒媳處理完府中的——」

話未說完就被秦氏打斷了。

「府中一共就妳、我、敬臣三個主子，如今敬臣去了軍營，就妳我二人，有什麼要緊的事？把事情都交給總管做吧，妳莫要日日憋在府中不出門，小心憋壞了身子。」

喬意晚愣了片刻，從前婆母一年到頭也沒見出門過幾次，比她出門的次數還要少，自從她嫁入侯府，婆母更是不出門了，各個府中有什麼事都讓她去。

「好。」

秦氏又朝她招了招手，笑著說道：「過來，妳瞧瞧我穿哪個顏色的衣裳好看。」

喬意晚認真地看了看婢女手中的幾件衣裳，選了一件絳紫色的。

「這件。」

秦氏看看絳紫色那件，又看看旁邊的墨綠和薑黃色，最後目光定格在了喬意晚身上的衣裳，道：「妳年紀輕輕的，怎會喜歡如此老氣的顏色？」

喬意晚苦笑著。「兒媳覺得這個顏色挺好看的。」

之前婆母還誇她衣裳顏色好看來著，怎地來了漠北，婆母的眼光也不一樣了？

秦氏仔細打量起喬意晚，她這兒媳長得極好看，尤其是周身的氣度，沈靜內斂，不管往哪裡一站都顯得端莊秀麗。

「這顏色也就是妳能撐得起來，換個人都要顯得老氣。」

秦氏雖然不喜歡絳紫色的那件，但因為是喬意晚選的，她還是穿上了。

檀香笑著說道：「還是夫人眼光好，一眼就看中了這件絳紫色，果然老夫人穿上顯得貴氣。」

秦氏道：「嗯，眼光確實不錯。」

接下來，秦氏幾乎日日都會出門去逛逛，喬意晚陪著她去了兩次，後來秦氏嫌她太過安靜，又跟她眼光不同，就不帶她出門了。

秦氏從前不愛出門是因為討厭京城壓抑的環境，喬意晚卻是真的不愛出門，相較於出門逛街，她更喜歡在屋裡繡繡花、看看書。

這日，喬意晚正坐在榻上看書，正院裡一位婢女來報。

「夫人，府中來了客人，老夫人讓您過去一趟。」

來到延城之後，延城官員女眷都曾來拜訪過，不過，多半都被婆母拒之門外，這次不知是何人來了，母親竟然會親自見客？

等喬意晚到了前院，看到那個熟悉的身影，終於明白了。

聶扶搖看著喬意晚，笑盈盈地沒說話。

喬意晚瞥了她一眼，隨後看向秦氏。「見過母親。」

行完禮，她站直了身子，看也不曾再看聶扶搖一眼。

喬意晚是個重視禮數的人，但她從來不要求別人必須向她行禮，只是，事有例外，聶扶搖前後兩世都覬覦顧敬臣，自己對她著實沒什麼好印象。

屋內的氣氛頓時沈寂下來，秦氏看看喬意晚，又看看聶扶搖，開口道：「扶搖，這是妳敬臣哥哥的夫人。」

秦氏這是在提點聶扶搖要記得行禮，一句話就看出了親疏遠近。

聶扶搖手握成拳，臉上依舊笑著，她朝著喬意晚福了福身。「見過侯夫人。」

喬意晚終於看向了聶扶搖，虛虛抬手道：「聶姑娘客氣了。」

聶扶搖站直了身子，秦氏為喬意晚介紹道：「這是聶將軍的女兒，聶將軍曾是敬臣父親的副將，二人情同手足。」

聶扶搖補了一句。「嫂嫂有所不知，不僅家父和老侯爺是好友，我和敬臣哥哥也從小一起長大。」

這樣的話喬意晚前世就聽過了。前世，聶扶搖時常來侯府探望秦氏，秦氏待她也不錯，她常在正院裡瞧見聶扶搖。

喬意晚正想開口說話，只聽秦氏說道：「嗯，說起來妳年歲也不小了，意晚，妳多留意，若是有適合扶搖的好兒郎，給她張羅張羅。」

喬意晚心頭一暖。前世婆母對自己有些成見，雖並未幫聶扶搖說過話，但也從未旗幟鮮明地站在自己這一邊過，反觀今生，一切都不同了。

聶扶搖臉色頓時變得難看。

喬意晚應下。「好，兒媳定會幫聶姑娘好好瞧著。」

秦氏道：「扶搖，妳若有什麼要求，也儘管跟妳嫂嫂說。」

聶扶搖忍住心中的酸澀，道：「是。」

喬意晚琢磨了一下，開口問道：「聶大人是被皇上派到延城了嗎？」

聶扶搖微怔，秦氏道：「沒有。」

喬意晚看向聶扶搖，眼中的意思很明顯了，這是在詢問她為何會在延城。

聶扶搖道：「我聽說邊關不穩，也想來出一份力。」

喬意晚道：「不知聶大人可知曉此事？」

聶扶搖微頓。「不知。」

喬意晚看向秦氏道：「母親，此事須得跟聶大人說一聲，免得聶府的人擔心。」

秦氏微微皺眉。「妳說的極是。」說著，她看向了聶扶搖。「我這就給妳母親修書一封，告知她妳的去向，妳也早些回去。」

聶扶搖當即跪在了地上。「還望老夫人莫要趕扶搖離開！扶搖從小就喜歡舞刀弄槍，也想像父兄一樣上陣殺敵，從前一直沒能尋到機會，如今好不容易來了邊關，不想就此回去。」

秦氏道：「可妳一個姑娘家能做什麼？敬臣治軍極嚴，絕不會允許妳去軍營的。」

聶扶搖道：「那我就留在城中，不去前線。老夫人，京城太過壓抑，我不想回京城，您就讓我留在這裡一些時日，過段日子我就走，您當是理解我的。」

秦氏怔了怔，無奈地道：「我跟妳母親說一聲，讓妳在這裡住些時日吧。」

聶扶搖笑著說道：「多謝老夫人。」

喬意晚一直冷眼旁觀，一句話也沒說。

秦氏吩咐道：「意晚，妳給扶搖收拾一間客房。」

聶扶搖趕忙道：「不必麻煩了，我陪您一起住，這樣咱們也能說說話，也不用麻煩侯夫人了。」

秦氏琢磨了一下，覺得這樣兒媳能更省心省力，便道：「也好。」

顧敬臣是在半個月後回來的，余將軍因病回府養病，顧敬臣則一直在軍營之中，這半個月來，他只往家裡送了兩封信，人並沒有回來。

回府後，顧敬臣先去了正院給秦氏請安，在正院裡，他見到了聶扶搖。

和喬意晚一樣，他見到聶扶搖之後第一反應是以為聶大人也來了邊關，只是此事他並未聽說，難道是奉密旨來的？

「聶大人來了？」他試探地問了一句。

聶扶搖臉上的神色微怔。「並未。」

顧敬臣面露疑惑之色，聶扶搖臉上神色亦有些尷尬。「是我想來前線幫幫敬臣哥。」

顧敬臣眉頭緊緊皺起。「邊關凶險，聶姑娘還是早些回京吧。」

聶扶搖臉色一白，他嘴上說著邊關凶險，可他還是帶著自己上了年紀的母親和柔弱的夫人來了此處。

秦氏如何看不出聶扶搖的心思，自然也看出了兒子的態度，開口打圓場道：「我已經給京城去了信，扶搖在這裡住些時日就回去。」

顧敬臣顯然不贊同母親的安排，不過他並未多說什麼，略坐了一會兒便起身離開，聶扶搖緊隨其後。

秦氏道：「扶搖，妳不是想看看我那把弓箭嗎？過來看看吧。」

聶扶搖遲疑了一下。敬臣哥不輕易回府，他也跟老夫人不親近，她若不跟著，可能見不著他了。

「廚房還煮著粥，我想先去廚房看看。」

秦氏頓了頓，道：「也好，妳去看看吧。」

聶扶搖一走，秦氏就看向了檀香，低聲道：「妳跟過去看看。」

扶搖是她看著長大的，本也是很貼心的女孩，也曾想讓兒子娶她，可她明白兒子沒那個意思，後來便沒再提過。如今兒子已經娶了心儀的姑娘，她不能讓旁人破壞了。

檀香應道：「是。」

聶扶搖終於在小花園裡追上了顧敬臣。

「敬臣哥！」

顧敬臣站定腳步，轉身看向身後的聶扶搖。

聶扶搖道：「敬臣哥，如今邊關兵力不足，梁國又蠢蠢欲動，戰爭一觸即發，此時正是用人之際，我想隨你去軍營，你知道我的身手的，我定能出一份力。」

顧敬臣微微瞇了瞇眼，問道：「妳怎麼知道邊關的兵力不足？」

聶扶搖神色微變，在顧敬臣的注視下，還是說了實話。「聽父親說的。」

顧敬臣神色變得凝重。邊關的兵力佈防是軍事機密，如今聶扶搖知曉，難保旁人不知道。

「邊關已重新佈置兵力，打梁國綽綽有餘，聶姑娘不必為此擔心。」

一計不成，又施一計。

聶扶搖道：「城內定有梁國內應，我可以為你引出來，將他們一網打盡。」

顧敬臣回絕道：「不勞聶姑娘費心。」

見顧敬臣要走，聶扶搖道：「敬臣哥，她身子柔弱，能幫你什麼？她只會成為你的累贅，只有我才能幫你。」

顧敬臣臉色陰沈，停下腳步道：「我記得聶大人在延城有一處宅子，聶姑娘今晚收拾收拾，明日一早搬回去吧。」

說完，沒再理會聶扶搖，逕自轉身離去，獨留聶扶搖神色慘白地站在原地。

喬意晚正準備睡下，見顧敬臣回房了，眼睛頓時亮了起來，笑吟吟地起身朝他走去。

「見過侯——」

話未說完，她就被顧敬臣打橫抱了起來，喬意晚嚇了一跳，連忙圈住顧敬臣的脖子。

顧敬臣問：「叫我什麼？」

喬意晚眼睛笑得彎彎的，抿了抿唇，道：「敬臣。」

顧敬臣低頭親了親喬意晚的唇，紫葉連忙吩咐屋內服侍的人退下，出去時貼心地關上了門。

顧敬臣道：「瘦了。」

喬意晚道：「有嗎？會不會是你看錯了，我怎麼覺得胖了呢？」
她最近能吃能睡，感覺胖了好幾斤。
顧敬臣沈聲道：「嗯，為夫的一會兒好好看看。」
聽懂了顧敬臣話中的暗示，喬意晚咬了咬唇。
顧敬臣眸色漸暗，喬意晚突然察覺到一絲危險，連忙轉移話題。「你吃飯了嗎？」
顧敬臣啞聲道：「沒有。」
喬意晚掙扎著要下去。「我吩咐廚房做些吃食。」
顧敬臣笑道：「不急。」
說著，走向了床邊，把她輕輕放在床上。
看著顧敬臣急切的模樣，喬意晚緊張得一顆心都要跳出來了。半個月沒見了，她怎麼覺得顧敬臣這麼嚇人呢？
「還是……還是先用飯吧。」
顧敬臣上下打量了喬意晚一眼，道：「好。」
喬意晚正欲起身吩咐人，顧敬臣的唇就重重落了下來，這一晚喬意晚明白了一句話：「小別勝新婚」。
事後，顧敬臣抱著她去沐浴，又折騰了一會兒，這才回了臥房。
喬意晚累極了，躺在顧敬臣懷中，顧敬臣一臉滿足，臉上的愁緒消散了不少，整個人看起來很是放鬆，跟在外面的緊繃完全不同。

他把喬意晚緊緊圈在懷中，說起事情。「近期可能會跟梁國開戰，城中雖已佈置好，但也可能會亂，最近若是無事，最好不要出門。」

喬意晚抱著顧敬臣的腰，臉埋在他的胸前，啞著嗓子柔聲道：「嗯，那我就不出門了。」

顧敬臣道：「倒也不是不能出門。」

他既然敢把家人帶到邊關來，自然是做好了萬全的準備，若是日日只能憋在府中不能出門，那她豈不是如同來坐牢的？他是帶她來體驗邊關生活的，不是來受罪的，不管她身處何方，他都能護著她。

「梁國在延城的內應基本上已被我剷除，但不排除有漏網之魚，想出門的話多安排些人跟著便是。」

喬意晚道：「好，我記住了。」

看著喬意晚乖巧的模樣，顧敬臣低頭親了親她的額頭，總覺得怎麼親都親不夠，怎麼看都看不夠，他恨不得把她日日帶在身邊才好。

喬意晚以為他還想繼續，身子一僵，連忙道：「我累了。」

顧敬臣失笑道：「妳想到哪裡去了？」

喬意晚知曉自己會錯意了，面色微紅，聲音嬌柔但又堅定道：「總之今晚不行了。」

顧敬臣揉了揉她的腰道：「好。」

此事說定，喬意晚想起一事，問道：「你回來時去過正院，應該見到聶姑娘了吧？」

顧敬臣道：「嗯，見過了，侯府小，住不下那麼多人，我剛剛才吩咐李總管明日一早送她回去聶家的宅子住。」

喬意晚本來閉著眼跟顧敬臣說話，聞言，她睜開雙眼，抬眸看向顧敬臣。

京城寸土寸金，定北侯府占著半條街，延城的定北侯府就更大了，在京城的基礎上還多了個校場，莫說一個人了，一百人也能住得下。她如何不明白顧敬臣的意思，她湊近了想親親他，無奈二人離得遠。

顧敬臣察覺到喬意晚的意思，主動靠近等著她親。喬意晚以為顧敬臣要親她，就沒再動，然後二人就隔著約莫兩尺的距離停下了。

二人離得極近，呼吸可聞，看著顧敬臣眼中的戲謔，喬意晚心中頓生幾分羞意，臉色酡紅。

他故意的！

喬意晚羞惱，往後一退，顧敬臣察覺到她的舉動，放在她腰間的手微微一用力，喬意晚整個人就被他提到了眼前。

「身上沒長多少肉，脾氣倒是長了不少。」

聞言，喬意晚越發羞惱了，顧敬臣知道再說下去遭殃的還是自己，連忙閉了嘴，低頭親上了喬意晚的唇。

見她微微有些反抗，他忙輕聲道：「夫人好不容易主動一回，為夫的怎能錯過這樣的美事？卻不承想夫人半途而廢，叫為夫的好生失望。」

喬意晚沒再反抗，橫了顧敬臣一眼。

顧敬臣心中一熱，又有些意動，不過，看著她脖子上的痕跡，他克制住了。

喬意晚繼續說起剛剛的事。「聶姑娘住在侯府中也挺好的，母親喜歡舞刀弄槍，我卻更喜歡讀書繡花，我不能時刻陪著母親，聶姑娘是母親看著長大的，二人更加熟稔，性情也相投，自從聶姑娘來了，她日日陪著母親去逛街，去騎馬射箭，母親的笑容都多了不少。」

顧敬臣看著她，問道：「那妳呢？」

喬意晚怔了一下。

顧敬臣道：「妳真的希望她住在侯府？」

喬意晚抿了抿唇，道：「聶姑娘是個好姑娘，從未打擾過我，也不曾在母親面前詆毀我，我每日早晚只會跟她見一面，話也很少說過，她影響不到我，她是否住在府中對我而言沒有太大的區別。」

顧敬臣眼眸微動，再次問：「妳當真希望她住在府中？」

喬意晚點頭。「嗯。」

顧敬臣沈沈嘆息一聲，更加心疼。「妳行事為何只考慮旁人的感受，從不考慮自己的？」

前世，她明明已和那姓梁的書生有婚約，只因喬氏希望她來照顧表姊的孩子，她便嫁了過來，嫁過來後從不抱怨，既不曾報復雲家，也不曾恨他。

今生，她得知自己被喬氏調包，依舊善待喬氏所出的子女、善待雲家人。

她永遠都在為旁人考慮，為旁人的行為找一個合理的解釋，卻極少考慮自己內心的真實感受。

顧敬臣道：「我是妳夫君、和妳最親近之人，妳可以全然信任我，可以對我說妳心中的不滿。」

喬意晚怔怔地望向他。

旁人只會說她懂事，說她顧全大局，從不曾有人對她說過這樣的話，可顧敬臣說了。

顧敬臣抬手摸著她的臉，沈聲道：「晚兒，妳告訴我，妳當真希望聶姑娘住在咱們府上嗎？」

他的聲音似是一種蠱惑，喬意晚回道：「聶姑娘對你有意，我不喜歡她。」

聽到這話，顧敬臣笑了。

喬意晚又道：「但是，希望她留下來陪母親也是我的真心話，母親很喜歡這裡，喜歡騎馬射箭，你日日忙於軍務，而我不擅長這些，不能多陪她，所以，我很感激聶姑娘。」

哎，她還是這樣為旁人考慮。顧敬臣微微嘆氣，不過，已經比方才好多了，剩下的事情就交給他來做。

他揉了揉她的頭，說道：「嗯，她若是想過來陪母親，那就讓她陪著，不過，沒必要住在咱們侯府中，住在聶府一樣可以來陪母親。」

喬意晚道：「好。」

第二日一早，天不亮顧敬臣就離開了。

聶扶搖不想離開侯府，去求秦氏，秦氏不僅沒有留她，還讓身邊的人幫她收拾行李。她的確喜歡扶搖，不過此事是兒子的決定，她不想違背兒子的決定，而且，扶搖此次的一些舉動也有些過了，再這樣下去難免會出事，不如就此打住。

臨走前，聶扶搖問秦氏。「老夫人，咱們約好要去騎馬，我還能陪著您一起去嗎？」畢竟是看著長大的小姑娘，這些年兒子不在身邊，她又時常陪伴她，秦氏很心軟。「自然可以。」

聶扶搖笑著說道：「好，那等馬場來了新的馬兒，我就陪您去騎馬散心。」

秦氏笑著應了。

聶扶搖離開了侯府，這對喬意晚沒有任何影響，她每日依舊管理著侯府的內務，閒來無事便繡花讀書，日子過得安逸。不過，因為顧敬臣的交代，她囑咐李總管守好侯府，同時也提醒秦氏儘量少出門，若是出門務必要多帶一些護衛。

幾日後，聶扶搖果然又來到侯府邀請秦氏去馬場騎馬。

秦氏已多日未出門，有些意動，再加上之前答應過聶扶搖，便欲隨她出門。

喬意晚想到顧敬臣的交代，連忙吩咐李總管多安排些護衛跟著。

瞧著喬意晚的安排，聶扶搖笑了。「侯夫人，妳安排這麼多人跟著，豈不是更會暴露老夫人的身分？」

喬意晚道：「人多了對方不敢輕舉妄動。」

聶扶搖道：「夫人可真是不懂兵法啊，若無人跟著，旁人可能還注意不到我們，不知我們的身分，這些人一出現，所有人都會知道老夫人的身分。妳這樣做就是明晃晃地把我和老夫人暴露在人前，生怕那些細作發現不了我們似的。」

喬意晚琢磨了一下，看向護衛，道：「那就讓護衛褪去鎧甲，隱在人群中，這樣應該不會被人發現。」

聶扶搖還想說什麼，秦氏發了話。「就按意晚說的去做。」

聶扶搖抿了抿唇，沒再多言。

秦氏和聶姑娘一同離開定北侯府後，紫葉在旁邊小聲說道：「這位聶姑娘可真令人討厭，不僅愛巴結老夫人，今日連裝扮都和夫人有幾分相似，她是沒有家嗎？非得來咱們侯府不成？」

喬意晚看了一眼紫葉，黃嬤嬤知曉自家夫人的性子，怕紫葉被罰，忙道：「紫葉這話雖有些不尊重聶姑娘，不過說的也沒錯，這位姑娘對侯爺的心思都快寫到腦門上了。」

的名字放在一起。」

喬意晚琢磨了一下，道：「這種話莫要再說吧。」

黃嬤嬤和紫葉立刻垂眸，不再說話，只聽喬意晚又補了一句。「我不喜歡聽到她和侯爺

黃嬤嬤和紫葉互看了一眼，應了下來。

喬意晚看著天邊的烏雲，想到顧敬臣之前的交代，心中總覺得有些不安。

聶扶搖和秦氏一行人順順利利到達了馬場。

等騎完馬，見秦氏已想離開，聶扶搖看著一旁的山，心中一動。「老夫人，不如咱們去山上走走？如今已是二月，山上的小花小草都長了出來呢。」

聞言，秦氏想到了幼時隨父親去山上玩的情形，她已經好多年沒去過山上了。

「也好，去轉轉吧。」

二人帶上弓箭準備上山，走到山腳前，聶扶搖看著後頭跟過來的護衛，低聲對秦氏道：「老夫人，過幾日我就要離開了，臨行前我有些話想跟您說。」說著，她瞥了一眼身後的護衛，道：「可不可以讓他們走遠一些？」

秦氏想了想，她今日是臨時決定來騎馬的，梁國就算有安排什麼細作潛伏在附近，應該也不知道她臨時改變了行程，此處遠離城區，山腳處還有護衛，當是安全的。

「兩個人跟著就好，其餘人守在山下。」

他。

待走了一段路之後，聶扶搖道：「老夫人，其實我這次前來，父親是知道的。」

父親一直想把她嫁給敬臣哥，尤其是在知曉了敬臣哥的身分之後，甚至鼓勵她來漠北尋他。

秦氏微微一怔，看向了聶扶搖。

聶扶搖道：「父親知曉邊關戰事將起，也想盡一份力，只可惜他犯了錯，皇上不再信任他了。」

聶將軍犯的錯秦氏也略有耳聞，犯了那樣的錯，確實不適合再鎮守邊關，敬臣已經為聶將軍求過情，他們定北侯府仁至義盡。

秦氏想了想，寬慰道：「妳父親若是能改過自新，從此不再犯，皇上還是會酌情任用他。」

那個人的性子她知道，雖然在感情上極不專一，但在政事上從不迷糊。

聶扶搖說：「嗯，父親早就知道自己做錯了事，一直在深刻反省自己。」

在山路上走了許久，秦氏漸漸發現事情不太對勁，即便冬日剛過，天氣尚冷，山裡也不該這般安靜，沒有野雞野兔出沒不說，甚至沒有鳥兒的叫聲。

她停下了腳步，聶扶搖詫異地看向秦氏。

秦氏神色漸漸凝重，她什麼都沒說，只道：「咱們回去吧。」

聶扶搖納悶。「為何？這才走了一小段，山頂上的風景更好。」

秦氏沒有解釋，只道：「我有些冷了。」

聶扶搖還想堅持，但看著秦氏的神色，她沒有再說什麼，只是看了看安靜的山林，無奈跟著秦氏下山。

結果一行人剛往回走了數十步，一旁的叢林裡出現了一夥蒙面人，約莫有二十人左右，兩名護衛立即擋在了秦氏面前。

秦氏厲聲問道：「你們是什麼人？」

黑衣人道：「老夫人，我們首領只想請妳們過去做客，不會傷害您的，只要您跟我們走就行。」

聶扶搖大聲道：「放肆！侯爺不會饒了你們的！」

黑衣人看向聶扶搖說道：「想必這位就是侯夫人吧？聽說侯爺和夫人感情甚篤，那就煩勞夫人也隨我們同去。」

聶扶搖並未解釋，反而順著他的話說：「既然你知道我和侯爺感情好，那也應該知道侯爺和老夫人關係並不好，你抓老夫人沒用，抓我一個人就行了，你放老夫人走，我跟你們走。」

為首的黑衣人似乎在猶豫，秦氏不贊同地看了聶扶搖一眼，直接提起弓箭就朝著為首的黑衣人射去，黑衣人躲閃不及，箭支擦破了肩膀。

黑衣人頓時惱怒道：「速戰速決，兩個人都帶走！」

秦氏低聲吩咐身邊的侍衛。「去山下叫人。」

侍衛看了看場面，敵眾我寡，多一人少一人並不能影響戰局，最重要的是叫來援兵要緊。他沒有猶豫，快速衝破重圍，拖著受傷的身體下山去了。

蒙面人有二十多人，秦氏、護衛加上聶扶搖一共三個人，結局很明顯，片刻後，護衛倒下了，秦氏也受了傷，但她沒有放棄，仍舊奮力抵抗。

黑衣人有些惱怒，這時聶扶搖站了出來，大吼道：「你們不要傷害老夫人，你們不就是想威脅顧敬臣嗎？帶我一個就夠了，我跟你們走，你們放過老夫人。」

帶著一個不聽話的老夫人麻煩太多，不如只帶一個年輕聽話的。黑衣人想了想，同意了聶扶搖的提議。

秦氏道：「不行！」

黑衣人絲毫不理會秦氏，一腳把秦氏踢得遠遠的，把聶扶搖帶走了。等其他護衛們終於趕上山，只看到了昏倒在一旁的老夫人，聶扶搖和黑衣人都不見了。

護衛們分成兩隊，一隊去追黑衣人，一隊護送老夫人回府。

此時聶扶搖並未感到害怕，她早就透露了消息，稱今日老夫人和侯夫人會來馬場，算準了梁國的內應會傾巢出動，她安排好了人，目的就是將這些人一網打盡。

「怎麼辦，後面有人追來了。」黑衣人的頭領看向身後，又看看前方通往梁國大營的路，下令道：「換一條路。」

看著黑衣人行進的方向，聶扶搖頓時慌了，她提前來探查過此處的地形，知曉那邊是懸崖。

「那邊是懸崖，沒有路的。」

黑衣人看了她一眼，拿了一塊布堵上了她的嘴。

聶扶搖此時恨死喬意晚了，自己的計劃那麼完美，若不是喬意晚硬要安排人跟著，不至於出紕漏。

另一邊，護衛已把秦氏送回了侯府。

看著受了重傷的母親，喬意晚臉沈了下來。「怎麼回事？」

她發現回來的人中沒有聶扶搖的身影，又問道：「聶姑娘呢？」

護衛跪在地上，說了整件事情，喬意晚氣得說不出話來。

這時，李總管匆匆過來了。「夫人，不好了，城裡亂起來了，您和老夫人快躲進密室中。」

怎麼什麼事情都一起來了？喬意晚頓時有些慌亂，但瞧著府中人臉上的焦急，她極力克制自己冷靜下來，越是緊要關頭，她越要冷靜，不能慌。

喬意晚細細琢磨了一下最近發生的事情，顧敬臣曾說過近期要和梁國開戰，聶扶搖邀請母親去馬場，聶扶搖被抓，母親受了重傷，城裡忽然亂了……

綁架聶扶搖的肯定是梁國人，目的就是擾亂軍心，威脅顧敬臣。可為何梁國人放著母親不抓，反倒是把聶扶搖抓走了呢？

喬意晚心中一動。難不成他們以為聶扶搖是她，想以聶扶搖來威脅敬臣？糟了！

她立刻道：「快派人去軍營跟侯爺說我是安全的，母親……」她頓了頓，說道：「母親也還活著。」

李總管應道：「是。」

喬意晚見李總管要離開，又道：「侯爺是信任孫知府的，你去孫知府那邊問問城裡是怎麼回事，可需要幫忙？」

李總管道：「好，我這就去。」

安排好一切，喬意晚守在秦氏身邊，大夫很快就來了，確切說是被抓來的。此時城中大亂，人心渙散，大夫看到喬意晚和秦氏愣了一下。

喬意晚皺了皺眉，紫葉在一旁斥道：「看什麼看，還不趕緊為老夫人診治。」

大夫穩了穩心神，開始為老夫人把脈，把完脈，又看過傷口後，大夫道：「老夫人被人踢了一腳，胳膊也被劍劃傷了，不過好在傷勢不重，上了藥，養兩個月就好了。」

喬意晚終於放心了，這時，大夫突然又開口了。

「請問這位是定北侯的母親嗎？」

喬意晚看向大夫，點了點頭。「嗯。」

大夫又問道：「您是定北侯的夫人？」

喬意晚再次點頭。「對。」

大夫面色終於輕鬆了。

喬意晚道：「您為何這般問？」

大夫笑著說道：「外頭的百姓都說老夫人死了，夫人也被梁國人抓走了，延城即將失守，大家這才慌張逃難去，如今知曉您和老夫人都沒事，還有什麼可慌的？定北侯那般驍勇善戰，延城定會平安無虞。」

喬意晚怔了一下，竟然是這樣。

大夫走後，紫葉鬆了一口氣。「這種謠言想必很快就能澄清，延城也亂不了。」

喬意晚點了點頭，抬眸看向了軍營的方向，不知顧敬臣那邊的情形如何？

梁軍顯然是有備而來的，梁國黷武，青龍國重文，兵力不如梁國。她是信任顧敬臣的，她相信顧敬臣能守住延城，可這份信任中還夾雜著擔憂，一旦有了擔憂，就沒那麼肯定他會勝利了。

黑衣人在得手後就向梁國傳遞了訊息，梁國早已準備好進攻，三皇子開始陳兵青龍國邊界。

顧敬臣很快就得到了消息，同時，他還得知喬意晚被抓走了。

斥候道：「侯爺，梁軍那邊傳來消息，夫人被他們抓走了。」

「砰！」

隨著一聲巨響，桌子碎了一地，在場的人紛紛看向顧敬臣，他們從未見過這樣的定北侯，面色沈靜，眼底冰冷，一身殺氣，令人不敢直視。

顧敬臣微微瞇了瞇眼，薄唇緊抿，手緊緊握成拳，此刻他的心中只有一個念頭——踏平梁國！

——未完，待續，請看文創風1209《繡裡乾坤》5（完）

溫暖樸實、節奏輕快／夏言

2018年9月出版

靈泉巧手妙當家

說她癡傻，不過是靈魂走錯地方，忘記回家；
讚她聰明，卻是利用了前世經驗，占得先機。
且看一個小女子如何讓全家谷底翻身，
找到屬於自己的真愛……

文創風 673 1

打從有記憶以來，房言就在市郊的孤兒院裡生活，
即便沒人領養，也得不到關懷，她仍舊平穩地完成大學學業。
眼看人生即將翻開新的一頁，一場小睡竟讓她靈魂出竅……
左看右看，房言都覺得醒來以後的自己像個鄉下小丫頭，
更奇怪的是，明明她的腦袋再正常不過，旁人卻當她是傻子？
正當一切猶如墜入五里霧中時，一位白鬍老人現身夢境，
告知她那段在二十一世紀的經歷是命運簿出錯的結果，
魂魄回到大寧朝的她，再也無法像原先注定好的那樣當上娘娘！
面對這個現實，房言雖是哭笑不得，心裡卻有了想法——
既然她的未來已經變了模樣，那給點「補償」總不為過吧？!

文創風 674 2

有了能長出神奇野菜的「風水寶地」，房言說起話來更大聲了，
上自父母兄姊、下至族親同輩，無不以她的意見馬首是瞻，
就連見多識廣的合作夥伴，也得看她的臉色做事！
只不過，儘管各項吃食生意都按照計畫進行，一切也很順利，
一場家人紛紛遭遇不測的噩夢卻一直困擾著房言，
這不，那些一肚子壞水的傢伙一個個找上門，
不僅企圖扯她的後腿，甚至把主意打到她姊姊身上……
好啊，看來他們家只能不斷往上爬，變得更強大才能自保了！
只不過，當房言忙於拓展餐館版圖時，身邊悄悄圍繞了幾個人……

文創風 675 3

自從來到大寧朝，房言的生活裡幾乎沒有「不可能」三個字，
想讓全家過好日子，兩、三年就達標，甚至稱得上是富甲一方；
製作新機器、釀造葡萄酒，這些關卡沒能難倒她；
試圖在京城購地，不僅成功了，還順道買下一座漂亮的莊子；
期盼哥哥們在學業與仕途上能有所突破，他們沒讓她失望；
鼓勵姊姊勇敢追尋心中所愛，小倆口也有情人終成眷屬。
若說還有什麼不盡人意、讓她怒火中燒的，
就是那個表面上看起來單純，卻會去風月場所的臭男人！
房言不斷說服自己他們不過是關係好一點的「普通」朋友，
卻仍為此悶悶不樂，連她一向遲鈍的母親都發現不對勁。
更討厭的是，他竟然像個沒事的人，照樣找機會上門攀談！

文創風 676 4 完

雖然前後兩輩子加起來活了快四十歲，可是說到談戀愛這件事，
房言可是徹徹底底的菜鳥，經驗值為零，嫩到不行啊！
瞧，不過是誤會人家不正經，低頭道歉就沒事了，
她卻彆扭得像個不成熟的小孩，不僅手腳不知道往哪擺，
表情也僵硬得很，甚至讓對方替她化解尷尬，簡直失敗到家！
不過呢，俗話說得好：是你的就是你的，跑都跑不掉，
儘管花的時間長了一些，命運的紅繩依然緊緊繫住她跟他。
未來的丈夫有了著落，房言便心無旁鶩地投身於工作，
展店、買地、擴充營業項目、改善菜色，可謂無往不利，
然而，人太出風頭，就會獲得「不必要」的關注……

江湖在走，手藝要有／染青衣

2023年9月出版

小匠女開業中

小女子初來乍到，一身好手藝請大家多多指教！
人氣商品音樂盒開放預訂，每天限量五件，
奇巧閣開業中，歡迎各位大駕光臨～～

文創風 1194 1

穿越當宮女？這種轉職不適合她這個前機工博士吧?!
荀柳決定偷偷做點家用品賺外快，存夠銀子落跑去。
她悄悄安排出宮的馬車，卻被陌生小太監撞見，遂送了顆小魔方給他，
順道請他保密，別提遇到她的事，想幹大事還是越少人知道越妥當。
孰料出逃當日，車裡忽然冒出不速之客，竟是之前見過的他，
原來他是二皇子軒轅澈，而她要順利出宮的條件是——帶他平安離京?!

文創風 1195 2

歷經九死一生逃出京城，荀柳帶著軒轅澈落腳西關州，
還因為治旱有功，得到靖安王府這座大靠山～～
但定居歸定居，柴米油鹽全要銀子買，不能坐吃山空的。
幸虧軒轅澈的腦子好使得很，提議不如開間專賣工藝品的奇巧閣，
無論古今，高門大戶的口袋就是深，對精巧之物更是毫無招架之力，
喊個價，她做的手工音樂盒便漲十倍的錢，開張當日營業額破千兩啊！

文創風 1196 3

軒轅澈的復仇大計即將展開，荀柳卻在此時發現他的心思——
昔日小哭包長成無雙公子，哪裡將她當成阿姊了？他的一心人正是她！
可她不願成為他復仇的軟肋，亦不喜宮廷生活，注定要讓他失望……
西關州軍情告急，荀柳發現數年前所製的彈簧袖箭被傳到西瓊境內，
西瓊人還以此改造強弩戰車和投石機，打得靖安王的軍隊節節敗退。
蝴蝶效應讓她悔得腸子都青了，這場仗，她定要替大漢百姓贏回來！

文創風 1197 4 完

西關州的戰事結束後，荀柳選擇留書出走，不想再當軒轅澈的掣肘，
她上山隱居，收養三隻小狼犬，但小奶狗的搗蛋本事簡直堪比熊孩子，
狗叫聲引來山中的黑熊，讓她心都涼了，難道要就此登出人世間？
忽然有人衝上前來替她擋下熊掌——竟、是之前偷她小豬的惡徒，
她將他帶回家治傷，結果他醒來就喊她娘子，還想跟她一起當小農?!
他是腦袋被打壞了嗎？但這無賴口氣太像軒轅澈，她懷疑其中有貓膩啊……

2023年9月出版

娘子扮豬吃老虎

文創風1191～1193

簡直不成體統！
誰家新婦洞房花燭夜會……會那般主動？
事後還捲了被子呼呼大睡，讓自家郎君凍醒！
他驚險抓住她飛踹過來的腳，她還惡人先告狀說他捏她，
這便罷了，竟還神色一言難盡地叫他多補補身子，實在氣人！

人生樂事就是嘗嘗美食，逗逗夫君／芋泥奶茶

沈蘭溪意外穿來這朝代，家中沒有糟心事，順心如意過了多年好日子，
誰知自家三妹因心有所屬，拒絕嫁人，最後還逃婚了！
眼看大婚日子將至卻沒有新娘，嫡母無奈找上她這個庶女替嫁，
沈蘭溪知道，與侯府的這樁親事是他們沈家祖墳冒了青煙才能高攀上的，
這新郎官祝煊，後院乾淨，沒有通房、妾室，只與過世的元配育有一幼子，
而且那祝家不知為何，竟也認了，同意換個新娘嫁過去，
但重點是，嫁出門做人家的新婦，哪有在自家當小姐來得自在？
何況嫡母寬和，家庭融洽，她才不想挪窩去別人家伺候公婆、操持後院呢！
什麼？除了她原先置辦的嫁妝外，三妹按嫡女分例備好的嫁妝也一併給她，
嫡母還另贈一雙東蛟夜明珠，以及她肖想許久的一套紅寶石頭面！
沈蘭溪都想跳起來轉圈了，這三妹逃婚逃得真是恰恰好……

2023年8月出版

文創風 1189～1190

女子有財便是福

領教過爾虞我詐的現代商界，再來到商貿發達的古代社會，
林棲做生意就是如魚得水，總能贏得別人的信服。
在婚姻上挑到潛力股相公，在政治上站隊跟對皇子，
總是低調賺錢的她，還真想不到人生有輸的理由！

滿腹生意經，押寶對夫君／竹笑

林棲低調地網羅應試學子們的畫像，打算從中選個潛力股丈夫，
誰知，他一個寒門秀才不小心誤闖她家院子，還撞見她在挑對象，
既然來都來了，她也大方地向這位候選夫君提出結親的意願，
一個願娶，一個肯嫁，兩人一拍即合，說成婚就成婚。
她調侃道：「看來你還要吃幾年軟飯呀。」
「煩勞娘子了。大家都知道妳是低嫁，能娶到妳是我的福氣。」
這個丈夫也是有意思，別人家的上門女婿都知道扯條遮羞布，
他卻不好面子，還對外大大方方地承認自己靠娘子供養。
算他有眼光，有她這般會賺錢的隱形富婆作靠山，好處可多著呢～～
他不僅得以全心投入科舉考試，還有天下第一書院的大儒當老師，
半年前一文不名的小秀才，轉眼間就站在天下學子所仰望的位置，
日後更是不負眾望成為六元及第的進士，林棲很滿意這門親。
可如今朝局波譎雲詭，挑對夫婿之外，她還得押寶押對儲君……

風 文創
1208

繡裡乾坤 4

國家圖書館出版品預行編目資料

繡裡乾坤 / 夏言著. --
初版. -- 臺北市 : 狗屋出版社有限公司, 2023.11
冊 ; 公分. --（文創風 ; 1205-1209）
ISBN 978-986-509-469-0（第4冊 : 平裝）. --

857.7 112016683

著作者 夏言
編輯 黃淑珍 李佩倫
校對 吳帛奕
發行所 狗屋出版社有限公司
地址 台北市104中山區龍江路71巷15號1樓
電話 02-2776-5889～0
發行字號 局版台業字845號
法律顧問 蕭雄淋律師
總經銷 知遠文化事業有限公司
電話 02-2664-8800
初版 2023年11月
國際書碼 ISBN-13 978-986-509-469-0

本著作物由北京晉江原創網絡科技有限公司授權出版

定價280元
狗屋劃撥帳號：19001626
網址：love.doghouse.com.tw E-mail：love@doghouse.com.tw